本书得到中央高校基本科研业务费专项资金项目（武汉大学自主科研项目）"1990年代诗人译诗与中国新诗的突围"和"20世纪末诗人译诗研究"的资助

方舟 著

当代诗坛的独行者
王家新诗学研究

中国社会科学出版社

图书在版编目(CIP)数据

当代诗坛的独行者:王家新诗学研究/方舟著. —北京:中国社会科学出版社,2023.5
ISBN 978-7-5227-1939-9

Ⅰ.①当… Ⅱ.①方… Ⅲ.①王家新—诗歌研究 Ⅳ.①I207.22

中国国家版本馆 CIP 数据核字(2023)第 097091 号

出 版 人	赵剑英
责任编辑	陈肖静
责任校对	李 莉
责任印制	戴 宽

出　版	中国社会科学出版社
社　址	北京鼓楼西大街甲 158 号
邮　编	100720
网　址	http://www.csspw.cn
发行部	010-84083685
门市部	010-84029450
经　销	新华书店及其他书店
印　刷	北京明恒达印务有限公司
装　订	廊坊市广阳区广增装订厂
版　次	2023 年 5 月第 1 版
印　次	2023 年 5 月第 1 次印刷
开　本	710×1000 1/16
印　张	16
插　页	2
字　数	225 千字
定　价	86.00 元

凡购买中国社会科学出版社图书,如有质量问题请与本社营销中心联系调换
电话:010-84083683
版权所有　侵权必究

序

　　本书原为方舟博士的博士学位论文。论文的选题是我建议的。建议她研究王家新的原因有好几条，其中一条是，王家新是我的大学同学，我对他比较了解，方便指导，这是私心。另一条便是我的偏见。我向来以为，研究生的学位论文，最好是选前人研究较少的对象，这样，才有话可说，才能说一点自己的看法。倘若前人都研究过了，尤其是那个领域的专家，把该说的话都说得差不多了，你再插进去，固然也可以在无话处找话说，但毕竟难有新意。且因有"成见"在先，难免产生依赖思想，所以许多论文离了"正如某某所说"，就不敢有自己的意见。古人曾批评过文学批评和文学研究中的"贵远贱近""贵古贱今"现象，我所取的便是这"近"和"今"。说来，我的这点"私心"和"偏见"，也有它的根据和合理性。

　　方舟最终选择王家新作为她的学位论文的研究对象，自然不完全是因为我主张的这"近"和"今"，而是有她自己的想法和独立思考。这想法和思考，也不是无来由的，而是基于她对近四十多年来中国当代诗坛的深入了解，对近四十多年来当代诗歌发展变化的深切把握，包括对王家新近四十多年来的诗歌创作、理论研究和诗歌翻译活动的追踪阅读和分类研究。这期间，又因为出国访学一年，得以了解王家新在国际诗坛的活动情况和国外诗人、学者对他的认识和评价。有这样的广泛阅读和前期研究作基础，又有这样的一个国际国内的视野作参照，方舟对王家新的了解，就不仅止于他的创作、研究和翻译活动本身，而是在这些活动背后隐含的，王家新对他以之为生命的诗的认识和追求，以及为这追求所选择的一条独特的道路。这条道路起于他的诗歌时代，又有别于他的同代诗人，所以方舟才说王家新是"当代诗坛的独行者"，是"一个特别的存在"。

新时期的中国当代诗坛行走，是一件颇不容易的事。要成为一个"独行者"，不为潮流所裹挟，不为趋势所左右，最终走出一个"特别的存在"，更不是所有人都能做得到的。这是因为，相对于中国新诗此前的各个历史时段来说，最近四十多年来中国诗坛，也是一个"特别的存在"。它的"特别"之处就在于，从纵向看，它是多重历史的叠合，从横向看，它又是多元要素的杂糅。作为新时期诗歌，也作为新时期文学起点的标志，"天安门诗歌"，并非一个单纯的"新诗"运动，而是杂糅了许多旧体。这些旧体曾经是白话"新诗"革新的对象，在"新诗"史上，又长期弃置不用，偶一用之，如"新民歌"，又旋招非议。"天安门诗歌"以一种特别的群众运动的方式，打破了新旧体的壁垒，唤醒了沉睡已久的旧体，也激活了不同体式的新诗，中国诗歌无意间开启了一个全面复兴的时代。此后则无论是"归来者的歌"，还是"朦胧诗"，都在有意无意地重返20世纪40年代的诗坛，"归来的歌"，以40年代的"七月派"为主力，"朦胧诗"的主力虽然是崛起的一代知青诗人，其始作俑者，却与20世纪40年代曾经活跃一时，后来被称之为"九叶派"的诗歌群体有关。这样，一个新的诗歌时代的到来，就叠合了不同时期的历史，杂糅了不同的诗歌元素。我曾经写过一篇文章，借用地质学的一个术语，把这个时期的诗歌，称之为"三叠纪"，意即其中包含了不同世代、不同体式的诗歌元素。后来的诗歌运动，如"新生代"，又在这其中加入了许多中外诗歌的思想艺术因子，有崇尚生命，回归传统，乃至于主张回到道生之初的原始状态的，有"反崇高""反意象"，迷恋现代、后现代表现技巧，热衷于"日常化""口语化"实验的，以至于90年代后出现的

"民间写作"和"知识分子写作"的论争，也缘于这期间不同的诗歌理论主张和创作追求。

　　置身于这样的一个时代，倘若只做一个诗人，也便罢了，像所有的诗人一样，各本其心，各尽其性地去创作便是。王家新上大学的时候，就是个诗人，只不过他跟别的会写诗的同学不同，别的同学大半只是爱好，他却嗜诗如命。不光写得多，写得勤，连平时的言谈举止，甚至思维方式，都带着一股子诗性。因是之故，在我的印象中，王家新从一开始，就是一个很纯粹的诗人。他后来的由创作而同时思考诗歌问题，我以为也是源于这纯粹。纯粹的人干事情喜欢穷根究底，此后，我便看到王家新的创作在与"诗"代共进的同时，他对诗的本体和功用的思考，也如影随形。如果说，他的诗歌创作在某些方面，还可找出他的代际特征的话，那么，他对诗歌问题的思考，就超出了这些代际的共性，而具有鲜明独特的个人性和超越世代的普遍性特征。方舟从"神秘诗学""承担诗学""词语诗学"" '晚期风格' 诗学""翻译诗学"等五个方面，全面系统地勾勒了王家新的诗学大厦的蓝图，并对不同诗学范畴的形成、发展、内涵、特征，进行了具体的梳理和阐发，对其中的矛盾和问题，也进行了深入的反思和检讨，凡此种种，皆为研究王家新的诗学理论，打下了坚实的基础，后来有研究王家新者，这是一部绕不开的著作。

　　方舟并非文学科班出身，在写这篇博士论文前，学的是经济。因为有家学渊源，从小受新诗浸润，自己也有发自内心的爱好，所以改习文学之后，就不但没有受枯燥的数字和烦琐的案例影响，相反，却充分发挥了她关注细节，长于抽象的特长和建构模型的能力。本书在总体上提要钩玄，取精用宏，在具体展开处，又不乏精准的细节分析，应该说，都得益于方舟这种跨学科的知识结构和研究能力的训练。

　　是为序。

於可训
2023.1.7写于珞珈山临街楼

目 录

绪论 ……………………………………………………………（1）

第一章 神秘主义诗学 ……………………………………（17）
 第一节 诗歌来自天启 ……………………………………（18）
 第二节 "物我合一"的神秘境界 …………………………（23）
 第三节 与神秘的他者"对话" ……………………………（31）
 第四节 生与死的神秘体验 ………………………………（38）
 第五节 神秘主义诗学的价值与问题反思 ………………（43）

第二章 承担诗学 …………………………………………（49）
 第一节 诗是时代的承担者 ………………………………（50）
 第二节 对知识分子精神的承担 …………………………（63）
 第三节 对汉语发展的承担 ………………………………（78）

第三章 词语诗学 …………………………………………（95）
 第一节 词语本体论 ………………………………………（96）
 第二节 词语:对存在的进入 ……………………………（102）
 第三节 基本词汇 …………………………………………（111）

· 1 ·

第四章 "晚期风格"诗学 (129)
  第一节 "晚期风格"诗学观的形成 (130)
  第二节 "晚期风格"诗学的内涵 (135)
  第三节 "晚期风格"诗学得失论 (151)

第五章 翻译诗学 (165)
  第一节 诗歌翻译是一种辨认 (166)
  第二节 语言的刷新 (178)
  第三节 达到"更高的忠实" (185)

第六章 诗学总体特征与反思 (195)
  第一节 个人体验性 (195)
  第二节 时代问题性 (203)
  第三节 世界对话性 (208)
  第四节 守望与突围 (216)

结语 (223)

附录 王家新主要作品 (229)

主要参考文献 (232)

后记 (244)

绪　　论

一　研究对象及其研究价值

（一）研究对象

本书立足于中国当代诗坛，以国际化为视野，从不同维度系统梳理、研究王家新的诗学，论析其诗学观的具体内涵、特征，揭示其形成机制、话语渊源，阐释其价值，并从不同角度进行理性反思。

那么，王家新何许人也，在诗歌方面取得了哪些成就，为什么要研究其诗学？

王家新，1957年出生于湖北省一个偏远的县级市——丹江口，1977年考入武汉大学中文系，开始从事新诗创作，至今四十余年，仍活跃在诗坛，是改革开放以来中国当代新诗的参与者与见证人，中国人民大学文学院教授。1979年，王家新与武汉大学的同学一起创办了《这一代》[①]，这是其诗歌活动的起点。这本刊物虽然只发行了一期，但是在当时的中国高校引起不小轰动。王家新作为《这一代》的诗歌编辑和文学评论编辑，他发表的作品《桥》，传抄一时。如果说大学期间只是其诗创作的试笔阶段，那么，他真正以一名诗人和诗歌评论

---

① 1979年，武汉大学、北京大学、北京师范大学、复旦大学、中山大学等13所高校的大学生文学刊物编辑部联合创办了名为《这一代》的文学期刊，创刊号由武汉大学中文系《珞珈山》编辑部主办，出版于1979年11月。

家的身份进入读者视野,则是在 20 世纪 80 年代中期,彼时的中国诗坛正由朦胧诗向后朦胧诗过渡,开始对上一时期创作思潮进行反思。在"中国诗坛 1986 现代诗群体大展"[①]后,"第三代诗"正式登上历史舞台,王家新虽然最终被主流诗坛确立为"第三代诗"的代表诗人之一,但他却是一个特别的存在。首先,从诗歌选本来看,不论朦胧诗歌选本,还是第三代诗歌选本,对王家新诗作的收录选择并未统一。例如 1987 年的《朦胧诗选》[②]收录了他的《潮汐》,1993 年的《在黎明的铜镜中——朦胧诗卷》[③]收录了他的 6 首作品,1985 年老木编选的《新诗潮诗集》[④]收录了他 10 首作品,1987 年唐晓渡与王家新一同编选的《中国当代实验诗选》[⑤]作为"第一册初步总结第三代诗的诗选"[⑥]并未收录王家新本人的作品,这意味着在其身份指认上,实际上存在分歧。其次,从年龄来看,王家新更接近"朦胧诗"群体,而从与诗坛的交往来看,则属于"后朦胧诗"群体。年龄与诗歌代际身份不相匹配,间接造成了一种心理上的错位,所以他刻意与诗坛保持距离,但还是无可避免地被视为"知识分子写作"的代表人物之一,与臧棣、西川、欧阳江河等一道被卷入 20 世纪末那场"知识分子写作"与"民间写作"的论争。面对纷争,王家新秉持一贯作风,他没有将"知识分子写作"看作一种写作派别,而是将其阐释为具有独立姿态、批判意识、内省特点和承担意识的写作精神,这种精神贯穿于他的整个诗学建构过程,如"晚期风格"诗学、词语诗学、承担诗学等,都具有很强的个人性与反思性。

王家新在诗歌创作与诗歌批评之外,开辟出新的领域——诗歌翻译。90 年代前后,他开启诗人译者生涯并延续至今,自觉思考诗人、

[①] 1986 年 10 月,《深圳青年报》联合《诗歌报》举办了"中国诗坛 1986 现代诗群体大展"。
[②] 闫月君、高岩、梁云、顾芳编选:《朦胧诗选》,春风文艺出版社 1987 年版。
[③] 谢冕、唐晓渡主编:《在黎明的铜镜中——朦胧诗卷》,北京师范大学出版社 1993 年版。
[④] 老木编选:《新诗潮诗集》,1985 年印刷,非公开出版物。
[⑤] 唐晓渡、王家新编选:《中国当代实验诗选》,春风文艺出版社 1987 年版。
[⑥] 洪子诚、刘登翰:《中国当代新诗史》,北京大学出版社 2010 年版,第 249 页。

诗歌与语言的三重关系问题。保罗·策兰、曼德尔施塔姆、布罗茨基、阿赫玛托娃、茨维塔耶娃……王家新与这些翻译对象有着精神上的联系，通过对这些诗人诗作的翻译构建自己的精神家园。与国外诗歌的接触以及身处异域的独特感受，一定程度上影响着王家新自身的诗歌创作和诗学观念，他的诗歌语言变得凝练、短促，诗歌内容加入更多思辨性，他对诗人与时代关系的态度受到西方诗歌理论的影响，而他作品中的承担意识则主要来自一批俄罗斯诗人。王家新在向外看的同时，重新审视中国当代诗歌，通过翻译构建共时性的互译空间，在全球化语境下以中外诗歌跨文化互译方式进行平等对话与交流，通过互文写作构建当代诗歌与西方诗歌之间相互生成、互相指涉的新型关系，重塑汉语形象，在世界话语场与中国诗歌的本土性之间寻找平衡点。王家新以诗歌关注中国的时代问题，突出中国性征，他的诗歌创作、诗歌翻译和互文写作推动了汉语的自我激活，为中国当代新诗语言体系带去新质。四十年来，王家新在诗歌创作、批评、翻译之间游走，出版了一系列诗集、译诗集、诗论随笔集，并编选了部分作品选。具体来看，出版的诗集包括《纪念》《游动悬崖》《王家新的诗》《未完成的诗》《塔可夫斯基的树》《重写一首旧诗》《旁注之诗》《未来的记忆：王家新四十年诗选》；诗论、随笔集有《人与世界的相遇》《夜莺在它自己的时代》《对隐秘的热情》《没有英雄的诗》《坐矮板凳的天使》《取道斯德哥尔摩》《为凤凰找寻栖所》《雪的款待》《在一颗名叫哈姆莱特的星下》《在你的晚脸前》《黄昏或黎明的诗人》《教我灵魂歌唱的大师》《1941年夏天的火星》《保罗·策兰诗歌批评本》；译诗集包括《保罗·策兰诗文选》《带着来自塔露萨的书》《新年问候——茨维塔耶娃诗选》《我的世纪，我的野兽——曼德尔施塔姆诗选》《死于黎明：洛尔迦诗选》《没有英雄的叙事诗——阿赫玛托娃诗选》《灰烬的光辉：保罗·策兰诗选》等；参与编选的作品包括《中国现代爱情诗选》《中国当代实验诗选》《当代欧美诗选》《二十世纪外国重要诗人如是说》《外国二十世纪纯抒情诗精华》《最明亮与最黑暗的》《叶芝文集（全三册）》《钟的秘密心脏》《中国诗歌九十年代备忘录》《中国当代诗歌经典》《欧美现代诗歌流派诗选》《中外现代诗歌导读》《二十一世纪中国文学大系（2001—2010 翻译文学卷）》《新诗"精魂"的追寻：穆旦研究新探》等。

从王家新的诗歌历程来看，他是一位勤奋的诗人、翻译家兼理论家，多年来保持极强的工作热情，被列为"第三代诗人"与"知识分子写作"的代表人物。王家新把诗歌当作一项严肃的工作来对待，其作品一直走在当代诗歌的前沿，诗歌创作与理论修养多年来也维持在较高的水准。

王家新曾提到，他对集体兴奋"有点兴奋不起来"，对自己属于哪一个诗歌流派不感兴趣——"我什么'派'或'代'都不是"①，这使得他常常游离于诗人群体之外，与当代诗坛之间保持一份距离感，略显"格格不入"。正是这份格格不入让王家新成为当代诗坛的独行者，在诗歌的世界艰难探索。

（二）研究价值

王家新是一位具有国际影响的中国当代诗人。20 世纪 90 年代初，王家新开始受到国际诗坛关注，并逐渐被认可。1992 年 6 月，他应邀参加伦敦大学、莱顿大学中国诗歌研讨会和鹿特丹国际诗歌节；7 月在比利时根特参加文化节朗诵；10 月在德国科隆大学朗诵；12 月在比利时根特洛赫斯音乐中心朗诵。从那以后，王家新几乎每年都被海外高校、国际诗歌节、诗歌研究中心等邀请，或参加诗歌朗诵活动，或开展诗歌研讨活动。他已受邀在美国哈佛大学、布朗大学，英国伦敦大学，荷兰莱顿大学，德国科隆大学、法兰克福大学、海德堡大学、波恩大学、美因茨大学、慕尼黑大学、特里尔大学，韩国外国语大学、釜山庆星大学，意大利博洛尼亚大学，奥地利维也纳大学，日本东京驹泽大学等，朗诵自己的诗作。受邀在德国明斯特国际诗歌节、柏林

---

① 王家新：《我的八十年代》，《在一颗名叫哈姆莱特的星下》，中国人民大学出版社 2012 年版，第 35—36 页。

文化中心"文学车间",荷兰鹿特丹国际诗歌节、阿姆斯特丹"Perdu"诗歌中心,比利时根特文化节、根特诗歌中心、根特洛赫斯音乐中心、根特"词语"俱乐部、根特首届国际诗歌节,斯洛文尼亚第27届维伦尼察国际文学节,布鲁塞尔"Bo Zar"艺术中心,希腊"第二届提诺斯国际文学节",莫斯科"白银时代纪念馆",葡萄牙里斯本文学中心,英国伦敦南岸文学艺术中心、纽卡索诗歌之家,奥地利萨尔茨堡文学中心,美国纽约之家,以及韩国昌原国际诗歌节等世界著名的诗歌中心或诗歌节朗诵诗歌。他还受邀在美国纽约州柯盖特大学做驻校诗人,在德国斯图加特"古堡学院"做访问作家……他的诗作曾在美国、英国、比利时、斯洛文尼亚、土耳其、韩国等国发表,同时被收入一些外文诗歌选本出版;获得过包括韩国昌原第四届 KC 国际诗文学奖。美国文学翻译协会 2018 年度卢西安·斯特里克亚洲文学翻译奖等在内的一系列国际奖项。

  王家新在中国当代诗坛是一位不可忽视的人物,国内一些重要的文学史教材,几乎都对他进行了论述。如洪子诚的《中国当代文学史》[1],於可训的《中国当代文学概论》[2],陈思和的《中国当代文学史教程》[3],朱栋霖、丁帆、朱晓进的《中国现代文学史(1915—2016)》[4] 等,这些教材基于不同的文学史观念和体系,阐述了王家新的诗歌贡献。一些以"经典""名作"等命名的文学选本或新诗选本收录了他的部分代表作,如谢冕、孟繁华编的《中国百年文学经典文库·诗歌卷》[5],谢冕、钱理群编的《百年中国文学经典》[6],洪子诚、奚密编的《百年新诗选》[7],朱栋霖、汪文顶编的《中国现代文学经典

---

[1] 洪子诚:《中国当代文学史》,北京大学出版社 1999 年版。
[2] 於可训:《中国当代文学概论》,武汉大学出版社 1998 年版。
[3] 陈思和:《中国当代文学史教程》,复旦大学出版社 1999 年版。
[4] 朱栋霖、丁帆、朱晓进:《中国现代文学史(1915—2016)》,北京大学出版社 2007 年版。
[5] 谢冕、孟繁华:《中国百年文学经典文库·诗歌卷》,海天出版社 1996 年版。
[6] 谢冕、钱理群:《百年中国文学经典》,北京大学出版社 1996 年版。
[7] 洪子诚、奚密:《百年新诗选》,生活·读书·新知三联书店 2015 年版。

(1917—2000)》①，张新颖编的《中国新诗1916—2000》②，牛汉和谢冕编的《新诗三百首》③，龙泉明编的《中国新诗名作导读》④，伊沙的《现代诗经》⑤等。王家新早期作品《在山的那边》和《帕斯捷尔纳克》，还分别入选人教社初一语文教材和高二语文读本。国内一批现当代文学研究知名学者，专门著文研究过王家新及其诗作，如谢冕、洪子诚、陈思和、陈晓明、程光炜、孙郁、吴晓东、臧棣、耿占春、罗振亚、西渡、陈超、张桃洲、何言宏、霍俊明、敬文东、王东东等，从不同角度阐述了王家新诗歌的价值。

  王家新及其文本价值到底体现在哪里？他是改革开放以来当代诗坛的参与者、见证人，创作了《帕斯捷尔纳克》《瓦雷金诺叙事曲》《回答》《卡夫卡》等一批产生了重要影响的诗作，探索出"诗片断"的新型诗歌形式；撰写了大量诗评、诗学随笔以及诗歌访谈，思考当代诗歌发展问题，从不同维度阐述自己的诗歌观点，构建出具有个人特色的相对完整的诗学理论体系；创作之余，他翻译了保罗·策兰、茨维塔耶娃、曼德尔施塔姆、布罗茨基、洛尔迦、阿赫玛托娃等一批外国诗人的作品，出版了一批译诗集。他一直在大学任教，是一位中国现当代文学研究专家。诗人学者臧棣认为，王家新是新时期以来当代新诗的一面镜子——"他的写作引人瞩目，出类拔萃，并呈现出当代中国诗歌在我们这个时代中所处的一些具有经典性的状态。"⑥这面镜子具有典型性和非典型性二重特征，是其特别的价值所在。在此意义上，他为我们提供了一个更有利的视角以透视我们时代新诗的一些"经典性"状态。新诗研究专家程光炜指出，在80年代末到90年代中国新诗发展的关键时期，王家新是"真正有勇气承担起历史重量的诗

---

① 朱栋霖、汪文顶：《中国现代文学经典（1917—2000）》，北京大学出版社2007年版。
② 张新颖：《中国新诗1916—2000》，复旦大学出版社2001年版。
③ 牛汉、谢冕：《新诗三百首》，中国青年出版社1999年版。
④ 龙泉明：《中国新诗名作导读》，长江文艺出版社2003年版。
⑤ 伊沙：《现代诗经》，漓江出版社2004年版。
⑥ 臧棣：《王家新：承受中的汉语》，《诗探索》1994年第4期。

人",是"一个真正从心灵上趋向伟大诗人气质的人,将会出现于20世纪的最后十年之中",并且"正趋向于达到一种类似'群峰之上'那种高远的境界",认为"他的思考已远远越出了个人、国别和民族的界限,开始具有了中国作家通常缺乏的那种开阔的视野和心理素质"①。程光炜的预判已近30年,那王家新是不是已经达到了"群峰之上"的高远境界呢?到了需要盘点研究的时候了。吴晓东曾如此评价王家新:"20世纪90年代以来的王家新是中国乃至国际诗坛上的一个独特的存在",认为他是"僭越语言边界的'伟大的游离者'",其承担者姿态"最终指向的是'一个种族的尚未诞生的良心'"②承担者与游离者构成一种特殊的关系,应如何理解呢?这里所说的"良心"指的是什么?为什么说他是独特的存在?洪子诚在点评王家新诗作时,论及顾城父亲顾工对王家新的印象,认为其是"中国的别林斯基";并对王家新乃"逆时代的诗人"问题进行了论述③。那么如何理解王家新乃"中国的别林斯基"和"逆时代的诗人"的观点呢?陈思和曾认为《帕斯捷尔纳克》是王家新为自己和同时代人"矗立的精神高度",提供的"一个诗学尺度"④,应如何理解?德国汉学家顾彬认为:"面对王家新的创作,会感到传统的对诗的分类是多么困难","他的诗能够代表80年代和90年代的诗歌创作"⑤,他这里关于王家新诗歌难以分类的观点和"能够代表"的观点之间是什么关系?以上这些问题,均值得进行深入的研究。西渡提出:"王家新是对当代诗歌有重要贡献的诗人","他的一些批评性随笔和诗学理论文章,对20世纪90年代诗歌氛围的形成有重大影响"⑥,高度肯定

---

① 程光炜:《王家新论》,《南方诗志》1993年秋季号。
② 吴晓东:《"一个种族的尚未诞生的良心"》,《当代作家评论》2010年第1期。
③ 洪子诚:《读〈塔可夫斯基的树〉》,《中华读书报》2015年7月15日。
④ 陈思和:《中国当代文学史教程》,复旦大学出版社1999年版,第346—349页。
⑤ [德] 顾彬:《王家新的诗》,克非译,波恩大学《东方研究》2002年第2期。
⑥ 西渡:《新概念语文·现代诗歌卷》,张桃洲:《王家新诗歌研究评论文集》,东方出版中心2017年版,第411页。

了王家新的诗歌和诗学对 90 年代诗坛的影响和贡献。耿占春认为："王家新诗歌的独特音质出现在 20 世纪 90 年代初，那又是一个寻求或重构诗歌话语的时刻。是一代人创伤经验的核心。在此意义上，王家新是另一个北岛。"① 他将王家新视为 90 年代的北岛，是在肯定其的划时代价值。张桃洲认为："由于他的诗歌活动的富于建设性等特点，致使他的诗学参与有力地推动了中国当代诗歌的发展，从而形成中国当代诗歌自身建构不可或缺的一部分。"② 张清华执笔的首届"苏曼殊诗歌奖"的颁奖词称他同自己时代的优秀诗人一起，"创造了汉语新诗史上最值得怀念、文本最具价值的时期之一"。"袁可嘉诗歌奖"和"诗学奖"的颁奖词如下："与一切优秀的诗人理论家一样，作为优秀诗人的王家新同时也是卓越的诗学理论家和批评家"③。

以上这些话语，从不同角度指出了王家新在中国当代诗歌史、诗学史上的价值和意义。也就是说，今天，确实到了需要专门研究王家新这类在当代诗坛具有独特地位，集诗人、诗论者、翻译家和学者于一身的诗人的时候了。

二 研究现状与存在的问题

（一）国内研究现状

1. 关于王家新及其诗创作的综论。这类文章大都结合时代背景，探讨王家新诗歌创作发生过程、诗歌特征与演变，尤其是他在 90 年代的诗歌转型问题，具有一定的综合性。具体来看，程光炜的《王

---

① 耿占春："当代诗歌三十年十大诗人评选荐语"，张桃洲：《王家新诗歌研究评论文集》，东方出版中心 2017 年版，第 411—412 页。
② 张桃洲：《现代诗歌的位置——王家新与 20 世纪 90 年代诗歌型变》，张桃洲：《王家新诗歌研究评论文集》，东方出版中心 2017 年版，第 114 页。
③ 以上均出自张桃洲《王家新诗歌研究评论文集》，东方出版中心 2017 年版，第 419—420 页。

家新论》①，以时间为导向，梳理了王家新自考入大学之后的人生道路及其曲折经历，探讨由于命运的变化所带来的诗人心境变化，以及由此所引起的创作道路的改变，结合时代背景以及王家新个人经历、性格形成等方面，对其诗学发展进行研究；其中对王家新在诗歌转型期的变化进行了深入研究，是学界第一篇较为完整的关于王家新的综合性文章。吴晓东的《"一个种族的尚未诞生的良心"》②，从王家新对词根和基本词汇的寻找、诗歌形式由诗片断到长诗的转变、承担精神以及作品中蕴含的生活伦理等方面，阐释王家新的诗歌特征；在有关词语的部分，他将王家新称为"寻找词根的诗人"，这一定位为之后很多论者所沿用。臧棣的《王家新：承受中的汉语》③，主要从王家新创作的时代感入手，强调了王家新作品与时代的关系，以及其中反映出的中国诗歌语言意识的变化，认为他的写作深入时代的内部，不断挖掘语言的力量，其写作走在中国诗歌的前沿，是反映时代诗歌的一面镜子。刘春的《把灵魂朝向这一切吧，诗人》④，以诗人传记的形式，记录了王家新从童年到少年，再到青年，最后到中年的个人成长轨迹，以个人生活经历为主线，研究诗人处于人生不同阶段的诗歌创作、诗学主张以及诗歌翻译，整体框架非常完整，从时间节点来看，几乎覆盖了王家新大半个诗歌生涯。牛遁之的《诗之锻造：王家新论》⑤，以古希腊神话和西方哲学作为引子，围绕诗歌的锻造过程，从"剖开""锤打""质地"等几个方面，归纳王家新诗歌的特征。

2. 关于诗集、诗作的个案研究。不少文章从王家新的某部诗集或

---

① 程光炜：《王家新论》，《南方诗志》1993年秋季号。
② 吴晓东：《"一个种族的尚未诞生的良心"》，《当代作家评论》2010年第1期。
③ 臧棣：《王家新：承受中的汉语》，《诗探索》1994年第4期。
④ 刘春：《把灵魂朝向这一切吧，诗人》，《一个人的诗歌史（第二部）》，广西师范大学出版社2010年版。
⑤ 牛遁之：《诗之锻造：王家新论》，张桃洲：《王家新诗歌研究评论文集》，东方出版中心2017年版。

者某些诗歌作品入手，阐释其中蕴含的诗歌创作理念和诗学问题，主要包括：承担意识、对细节的关注、对日常书写的回归、词语的运用、叙事手法、历史与个人的关系，以及诗歌如何介入现实等。陈思和的《个人对时代的承担：〈帕斯捷尔纳克〉》[1]，以王家新的诗作《帕斯捷尔纳克》为研究对象，挖掘王家新诗歌中普遍存在的承担意识，他的写作尺度以及在创作过程中对内心的坚守。洪子诚的《读〈塔可夫斯基的树〉》[2]，对王家新的诗集《塔可夫斯基的树》进行解读，文章通过对比王家新不同时期作品集，揭示出他的内在精神世界的变化，以及他对个人与历史关系的处理方式，而作者对王家新骨子里所带有的"古典精神"的指认，也为之后学术界对王家新的研究提供了一种新的思路。陈超的《王家新诗二首赏析》[3]，对王家新的两首作品《诗》和《日记》进行了辨析，认为《诗》用泥土、树木、光、飞雪、泪水等串起"漂泊与家园"的母题，这种空间上的开阔来自对复杂生命经验的融合；关于《日记》，其给出的评价是语境完整、内在精神世界自足，达到了诗与思的完美结合。胡桑的《对一只冰斧的阅读——论王家新诗歌近作》[4]，对王家新近年来的诗作进行解读，发现其作品逐渐摆脱了结构的束缚，越来越简洁，并且多了些沉默，认为这些都是对语言的回归。杨东伟的《"每一行诗/都将重新标出边境线"——论王家新近期的诗歌创作》[5]，同样关注的是王家新的近作，认为他的写作回到诗歌内部，带有对生命的审视，透出了诗性的价值，并且昭示出未来诗歌的走向，为写作提供尺度，同时在写作中建立了完整的诗学体系。柏桦的《心灵与背景：共同主题下的影响——论帕斯捷尔纳

---

[1] 陈思和：《中国当代文学史教程》，复旦大学出版社1999年版，第346—349页。
[2] 洪子诚：《读〈塔可夫斯基的树〉》，《中华读书报》2015年7月15日。
[3] 陈超：《王家新诗二首赏析》，《诗探索》1994年第4期。
[4] 胡桑：《对一只冰斧的阅读——论王家新诗歌近作》，张桃洲：《王家新诗歌研究评论文集》，东方出版中心2017年版，第146—158页。
[5] 杨东伟：《"每一行诗/都将重新标出边境线"——论王家新近期的诗歌创作》，《扬子江评论》2018年第3期。

克对王家新的唤醒》①，将《帕斯捷尔纳克》和《瓦雷金诺叙事曲》作为研究对象，结合帕斯捷尔纳克的小说《日内瓦医生》，探讨王家新诗歌与西方的关系，认为他的写作经历了对西方文学由模仿到互文的阶段，最终达到一种平等的对话。李振声的《文化的接续——王家新的〈中国画及其他〉读札》②，是极少数对王家新早期作品系列进行探讨的诗评，分析了该时期其作品中的文化价值观是怎样从大自然的古朴智慧中汲取养分，由此构成作品中的情致和理念。耿占春的《没有叙事的生活——从王家新的〈回答〉看当代诗学的叙事问题》③，从叙事学角度对长诗《回答》进行了探讨，认为这一涉及私人感情的诗歌，把爱与苦难融合在一起，不仅汇集了人物的过去、希望，还将时代的精神状况放置其中，并称其是"一首献给这个正在逝去的世纪的挽歌"。

3. 关于诗歌语言的研究。一些文章从不同侧面研究王家新对诗歌语言的探索与实验，研究作品内在的思想性、复杂性。陈晓明的《词语写作：思想缩减时期的修辞策略》④ 集中探讨了欧阳江河、西川、王家新、陈东东、翟永明等 90 年代的诗歌词语观，认为王家新善于在词语上进行深度挖掘，指出其词语较少涉及表意系统，其注重的是对个人现实境遇的书写，借此重新审视个人命运。李建春的《我们时代的诗歌教师》⑤，从语言入手，认为王家新的精神深度与丰富性都根源于诗，他对汉语言的挖掘带来了一种力量，词语运用达到了一种境界。魏天无的《"有难度的写作"：王家新的诗歌美学与伦理》⑥，以难度写

---

① 柏桦：《心灵与背景：共同主题下的影响——论帕斯捷尔纳克对王家新的唤醒》，《江汉大学学报》（人文科学版）2006 年第 3 期。
② 李振声：《文化的接续——王家新的〈中国画及其他〉读札》，《文学自由谈》1987 年第 4 期。
③ 耿占春：《没有叙事的生活——从王家新的〈回答〉看当代诗学的叙事问题》，《当代作家评论》1999 年第 6 期。
④ 陈晓明：《词语写作：思想缩减时期的修辞策略》，张桃洲：《王家新诗歌研究评论文集》，东方出版中心 2017 年版，第 76—81 页。
⑤ 李建春：《我们时代的诗歌教师》，《名作欣赏》2012 年第 7 期。
⑥ 魏天无：《"有难度的写作"：王家新的诗歌美学与伦理》，《写作》2019 年第 1 期。

作为切入点，分析了王家新诗歌语言与精神的相互锤炼，认为其写作难度的追求体现在"绝对意义"和"绝对性语言"的追求上，以及对"经验的幽暗部分"的追索；在作者看来，王家新是一位持守诗人职责、使命和伦理诉求的诗人。孙郁的《词语书写的另一种标志》[①] 以保罗·策兰和"奥斯维辛"为轴心，关注王家新在词语书写中渗出的苦难，他指出王家新在词语之间找到自己的灵魂，而他作品中的词语也逐渐成为一种精神哲学的纽带。大体而言，关于王家新诗歌语言方面的研究，有的是修辞层面的分析，有的则是本体论意义上的理性思辨；有的属于宏观把握，有的则是结合具体诗作的微观透视；有的是对创作中的语言分析，有的是语言诗学研究。

4. 关于诗歌翻译的研究。有一批文章专门研究王家新的诗歌翻译。胡国平的《"母语分娩时的阵痛"——读王家新译诗集〈带着来自塔露萨的书〉》[②]，主要介绍了王家新2014年出版的译诗集《带着来自塔露萨的书》，对其中的几首译诗进行了评述，并阐释了王家新的翻译理念。梁新军的《钢琴和乐队的对话：王家新的诗歌翻译与创作》[③]，对王家新自90年代开始的翻译实践进行了概述，从语言为目的的翻译观、作为诗人翻译家的翻译特点等方面，对王家新的整个翻译事业及作品进行了较为完整的梳理。李海鹏的《"我们的神话，我们的变形记"——评王家新译〈我的世纪，我的野兽——曼德尔施塔姆诗选〉》[④]，以翻译忠诚原作且具有创造性为切入点，认为王家新的译诗集《我的世纪，我的野兽——曼德尔施塔姆诗选》忠诚而又精确地还原了原作的内在精神，其对汉语言的纯熟运用展示了原作与译作

---

① 孙郁：《词语书写的另一种标志》，《书城》2014年第3期。
② 胡国平：《"母语分娩时的阵痛"——读王家新译诗集〈带着来自塔露萨的书〉》，《南方文坛》2015年第1期。
③ 梁新军：《钢琴和乐队的对话：王家新的诗歌翻译与创作》，《当代作家评论》2015年第1期。
④ 李海鹏：《"我们的神话，我们的变形记"——评王家新译〈我的世纪，我的野兽——曼德尔施塔姆诗选〉》，《当代作家评论》2017年第6期。

之间存在的那种张力，窥探了原作的秘密。陈庆的《他洞悉了诗和翻译的秘密——谈王家新》[①]，从音调、翻译的忠实度、翻译的可写性以及转译等角度，对王家新的译诗集《带着来自塔露萨的书》进行了全方位解读，认为王家新所做的工作抓住了诗歌与翻译之间的秘密。连晗生的《重读王家新：创作及翻译》[②]对王家新的一系列诗片断进行了整体解读，并用"舍繁复而取简洁，弃雄辩而入深沉"来形容其诗作，同时认为王家新的翻译事业对中国当代诗歌写作及翻译产生了重要的影响。辛北北的《汉语新诗的译、写"错位"现象及其自我克服——以王家新为个案》[③]从译、写两端来分析王家新的作品，认为其具有极强的时间敏感度，通过将时间转化为瞬间或者凝聚为听觉来克服写作中的"错位"现象。杨东伟的《一种翻译诗学的建立——评王家新〈翻译的辨认〉》[④]，对王家新关于诗歌翻译理论与实践的《翻译的辨认》一书，进行了整体性评述，是为数不多的考察王家新翻译诗歌理论的文章。

（二）国外研究现状

从国外学者对王家新的评述来看，艾里克·列斐伏尔的《城市，记忆——以王家新的诗片段为例》[⑤]，以王家新的诗片断为研究对象，分析了这些作品中将历史、日常生活与城市气息相结合的写作手法。乔治·欧康奈尔的《柚子的幽香——阅读王家新》[⑥]，从王家新作品对记忆的构建、对普通生活的进入角度，分析了过往的经历对王家新诗学理念形成的影响。罗伯特·哈斯的《王家新：冬天的精神》[⑦]，在考

[①] 陈庆：《他洞悉了诗和翻译的秘密——谈王家新》，《博览群书》2017年第9期。
[②] 连晗生：《重读王家新：创作及翻译》，《扬子江评论》2018年第3期。
[③] 辛北北：《汉语新诗的译、写"错位"现象及其自我克服——以王家新为个案》，《写作》2019年第1期。
[④] 杨东伟：《一种翻译诗学的建立——评王家新〈翻译的辨认〉》，《中国现代文学研究丛刊》2018年第6期。
[⑤] ［法］艾里克·列斐伏尔：《城市，记忆——以王家新的诗片段为例》，杨森译，张桃洲：《王家新诗歌研究评论文集》，东方出版中心2017年版，第375—380页。
[⑥] ［美］乔治·欧康奈尔：《柚子的幽香——阅读王家新》，史春波译，《文学界》2012年第10期。
[⑦] ［美］罗伯特·哈斯：《王家新：冬天的精神》，史春波译，《世界文学》2015年第6期。

察了王家新的个人经历与创作后,认为其在历史的巨变中写出了具有高度内省的、独立精神的作品,并从部分作品中发现了古典诗歌留下的传统踪迹。乌尔夫·鲁尔的《王家新的诗集和他的诗歌理念》[①],认为王家新在作品中表现了日常生活细微之处所包含的深刻意蕴,其诗歌创作和翻译将中国古代诗歌客观而诗意的视觉和西方意象主义的视觉相融通,构建了其独特的诗歌理念。顾彬的《王家新的诗》[②] 阐释了王家新对个人与政治的二元对立立场的反对,并指出其在中国诗歌更新换代的过程中所具有的坚持和不退缩的品质。柯雷的《旅居国外的诗人:杨炼、王家新、北岛》[③],聚焦几位诗人的海外生活经历,作者认为所谓的漂泊是诗学观念意义上的概念,从诗人的角度来看,王家新与异域环境之间的关系并不清晰,而从诗歌来看,其作品中的漂泊因素也出现在较为"现实"的生活场景,因此王家新虽然有过数次海外生活经验,但他并不是一个传统意义上的"漂泊诗人"。

(三)存在的问题与研究空间

从上述国内外研究现状可以看出,关于王家新的研究,主要聚焦于诗歌创作论和翻译论,创作论又多从其个人经历与创作关系、时代与诗歌关系、诗坛论争与个人创作关系、语言与生命表达、个人创作风格变化等层面展开研究;翻译研究则重在分析具体翻译诗集的特点、翻译的特点,分析翻译与其创作的关系。这些方面的研究水平相当高,梳理、揭示出王家新诗歌创作和翻译的面貌与特点。

王家新作为当代诗坛一位"思考型"诗人,在创作过程中一直在思考诗歌本身的问题,即诗为何物、诗源于何处、诗创作心理、诗与时代、诗与存在、诗与中外诗歌资源……他的诗思与创作紧密结合,是中国当代诗坛少数富有诗歌理论素养的诗人。王家新对当代诗坛的

---

① [德]乌尔夫·鲁尔:《王家新的诗集和他的诗歌理念》,海娆译,《写作》2019年第1期。
② [德]顾彬:《王家新的诗》,克非译,波恩大学《东方研究》2002年第2期。
③ [荷]柯雷:《旅居国外的诗人:杨炼、王家新、北岛》,张晓红译,《文艺争鸣》2017年第10期。

贡献，不仅体现在其创作的一批高水平诗歌作品，译介的一批优秀外国诗人诗作，以及向海外传播中国诗歌文化上；而且体现在其诗思上，他立足自己的创作体验，直面中国当代诗坛问题，在国际化语境里，思考、阐述诗歌理论问题，逐步建构出较为完整的具有鲜明特色的诗学理论体系。某种程度上讲，王家新在新诗理论建构上所取得的成就，甚至超出了其诗创作成就。

迄今为止，关于王家新诗学理论的研究几乎属于"盲区"。如上所述，一批文章在综论王家新的创作成就时，对其诗歌观念有所阐述，但重点不是研究其诗论；有些分析其诗歌观念的文章，只是限于某一方面的问题，或为语言问题、或为承担问题等，但是未能从更开阔的诗学背景上阐述其诗学内在的理论结构与个性，而且存在着一味顺着王家新自己的话语言说的现象，缺乏必要的理论质疑；不仅如此，一些单篇诗学研究方面的文章，多集中在研究其90年代初的知识分子写作观，对其进入新世纪后的诗歌思考少有论述。迄今为止，没有一部系统研究王家新诗歌理论的著作。所以，王家新研究还有很大的空间，这也是本书以王家新诗学理论作为研究对象的原因。

三 研究的主要内容、思路与方法

（一）研究的主要内容

本书研究的主要内容是王家新的诗学理论。王家新诗学理论是他在四十余年创作生涯中，立足创作经验，以回应当代诗坛问题为导向，以中外诗歌理论为资源背景，逐步探索而形成的。本书将系统梳理、研究其诗学谱系的具体内容，主要包括神秘主义诗学理论、承担诗学理论、词语诗学理论、"晚期风格"诗学理论、翻译诗学理论等；研究它们各自的生成机制、内部构造与特点，从不同角度阐释其价值；从发生机制、内容构造和目的诉求等方面，研究其诗学的总体特征；并从理论与创作的关系等维度反思其中存在的问题。

(二) 研究思路与方法

1. 研究思路：王家新的诗学理论是在其几十年的诗歌生涯中逐步建构起来的，与其诗歌创作、诗歌评论、诗歌翻译以及诗歌交往活动直接相关，具体诗学观念散见于其各类文本中。首先，系统性地阅读其诗歌作品、译诗、诗论、诗歌评论文章、诗学随笔、诗歌访谈录、诗歌翻译论等，分析辨识其中诗人的诗歌观念，并进行分门别类的整理研究。其次，在各种文本整理的基础上，将其诗学理论按内容构造分为神秘主义诗学、承担诗学、词语诗学、"晚期风格"诗学、翻译诗学五个方面，依次展开研究。再次，研究其五大类诗学内容时，以王家新的具体言说为依据，梳理出每一种诗学理论的具体内容、特点、生成机制，揭示其价值，反思每一种诗学理论中存在的问题；研究中，既要注意诗学概念界定，又要结合具体创作进行分析，将诗人的理论言说与创作实践结合起来阐述其诗学内容与特点，而翻译诗学研究则注意将翻译话语和翻译作品结合起来进行论述。最后，综合分析它们的特点，结合发生机制和内容构造，研究阐述王家新诗学理论的总体特征与问题。结语部分，以当代诗坛为背景，进一步论述了王家新诗学的价值问题。

2. 研究方法：本书以20世纪80年代以来的中国当代诗坛为论说场域，以中国当代诗学发展史甚至中国诗学史为宏观背景，在中外诗歌交往融合视野里，突出问题意识，综合运用文本细读法、理论归纳法和互文研究方法，以文本为依据进行理论阐释，系统性地研究王家新的诗学理论。以王家新诗学为镜子，"映现出我们时代的诗歌"，映现出四十年来中国诗学"所处的一些具有经典性的状态"[①]。

---

① 臧棣：《王家新：承受中的汉语》，《诗探索》1994年第4期。

第一章　神秘主义诗学

五四时期开始，受到西方神秘主义思潮的影响，现代中国出现了包含自然神秘论、生命神秘论和语言神秘论的神秘主义诗学，郭沫若、宗白华、穆木天、废名、梁宗岱、李金发等人的诗歌作品及诗学文章中均不同程度地带有神秘主义元素。1950年代以后，神秘论失去了存在、发展的土壤，神秘主义诗学在中国诗坛近乎消失。1980年代中后期，海子的诗歌较为集中地体现出某种神性意识。1990年代，中国诗坛逐渐进入个人化写作阶段，强调诗人思想的独立性和写作的多元化，生命哲学受到关注，生命本身的神秘性导致一些诗人开始关注诗之神秘性，呈现个体生命复杂性的神秘元素出现在一些诗人的诗论中，诗坛涌现出一批"在神性、幻想和技术领域高蹈地抒情，充满圣词气息"[1]的作品，它们从日常生活经验出发又与其保持一定的距离。神秘主义诗学在现代中国虽然没有形成完整的诗学体系，没有演化出独立的诗歌流派，但它"对于自然、生命与语言等重要命题的阐述丰厚和深化了中国现代诗学的文化底蕴"[2]，是中国现代诗学发展中不可忽视的一股力量，为中国现代诗歌的审美创造提供了新的向度。

王家新从80年代开始创作，不论作品还是诗歌观念都包含神秘主义内容，这种神秘主义的思想几乎贯穿他整个诗人生涯，他与部分当

---

[1] 罗振亚：《二十世纪九十年代先锋诗歌综论》，《东吴学术》2010年第3期。
[2] 谭桂林：《论现代中国神秘主义诗学》，《文学评论》2008年第1期。

代诗人一起传承了现代以降的神秘主义诗学，使其在20世纪后期得到了延续。王家新的神秘主义诗学强调诗歌的神圣性，他构建了一个想象中的精神存在，与之进行"对话"，触及生与死的命题，提升诗歌的精神高度。与其他具有神秘论倾向的当代诗人不同，王家新没有从宗教的角度谈论诗歌的神秘性，而是从生命存在的神秘性以及诗歌的神圣性着手，谈论诗之神秘性。王家新的神秘主义诗学观主要包括四大内容：第一，诗歌作品的完成是依靠某种外在于诗人的神异力量，当这种力量抵达之时，是语言在"说话"，是"诗"完成了它自己。第二，神秘的"物我合一"境界。王家新将这种物我相容，互相进入的状态纳入诗歌创作中，形成人与宇宙自然融为一体的状态，达到另一种层次的领悟。第三，将诗歌创作看成与神秘者的对话，这个对话者往往以"他"或者"你"的形式现身，是一个虚无的、但又无处不在的存在。对话常常以娓娓道来的形式展开，既像与老友的闲聊，又仿佛一种祷告，诗人借助诗歌来倾泻他内心的困惑与矛盾。最后，是关于生与死的神秘体验，诗人在这种与生、死的反复周旋和体验中领会生命存在的意义。本章将以王家新的诗歌论著和诗歌作品为依据，考察、研究其神秘主义诗学的内容及特征，阐述其价值，同时进行理性反思。

第一节　诗歌来自天启

　　诗是什么？诗在何处？创作如何表现出诗意、诗性，这是每一位诗人都会思考的问题。王家新是一位严肃的诗人，在他心目中诗歌是神圣的存在，在一些采访或者创作谈中，他常常提到诗歌创作近乎神性的特征，即不是他在写诗，而是诗在写他，由此赋予诗创作某种神秘性。如果说传统的神秘主义诗学强调以心灵的暗示来表情达意，进入一种超自然的状态，那么王家新诗学观中"神秘"的核心则是对诗歌抱有坚定的信仰，即一种凌驾于人类之上的神秘力量促成了诗歌的诞生。这种理念已经接近古希腊哲学中的"灵感说"——由德谟克利特所提出的，经过了苏格拉底和柏拉图的理论化阐释后形成的关于文艺创作的学说。在"灵感说"看来，"凡是高明的诗人，无论在史诗或抒情诗方面，都不是凭技艺来做成他们的优美的诗歌，而是因为他们得到灵感，有神力凭附着。"[1] 我国西晋文学家陆机称灵感到来之时"文徽徽以溢目，音泠泠而盈耳"（陆机《文赋》）。这种剥离个人主体性的诗歌观念，某种程度上意味着主体能动性从诗歌创作中的退场，诗创造源于某种超凡的神秘力量，但换一个角度看，这种形上的神秘观念的出现可能表明某种更为客观的价值理念登场了。

在王家新的神秘主义诗学中，最核心的观点是诗歌创作中存在天启降临的时刻，当这些时刻到来时，不是诗人在写诗，而是"诗"借诗人的笔现身。所谓"天启"，指向的是中国传统的神秘主义思想——"既不是像宗教信仰那样树立一个至高无上而又无所不能的人格神，也不是类似古希腊神话那样创设众多各司其职的诸神形象，而是将'神'引向'天'并统一于'天'。"[2] 也就是说，王家新的神秘主义诗学是在立足于个体生命和诗本身的基础上，谈论诗歌内在的奥秘。他认为："诗人当然必须体现出人类的自我意识，必须更深切地揭示出人自身的生存，但目前的问题是许多人已习惯于把文学的主体性视为一种'自我中心'，不是自我封闭，就是用一种绝对的'自我'君临一切。"[3] 他不赞同诗人在诗歌创作时拥有过于强烈的自我意识，一旦诗人的自我意识占据上风，要么陷入自我封闭的怪圈，要么自我表现的欲望凌驾于诗歌之上，削弱诗歌的主体性和独立性。在分析里尔克的《杜伊诺哀歌》时，王家新说："在那一刻，他仿佛凭借着不是他自己的而是某种神异的力量，一跃而进入到生命的光辉之中"[4]，这

---

[1] ［古希腊］柏拉图：《柏拉图文艺对话集》，朱光潜译，人民文学出版社1963年版，第8页。
[2] 李有光：《中国诗学神秘主义多元阐释方式及其成因研究》，《华中学术》2019年第2期。
[3] 王家新：《人与世界的相遇》，《夜莺在它自己的时代》，东方出版中心1997年版，第2页。
[4] 王家新：《序〈里尔克诗 传记〉》，《取道斯德哥尔摩》，山东文艺出版社2007年版，第51页。

里的"神异的力量"十分接近叶芝的神秘主义——"一种与做梦非常不同的状态,其时,这些形象自己获得了一种类似于独立生命的东西,变成一种神秘语言的一部分;这种语言似乎永远会给我带来某种奇异的启示。"① 当诗人进入一种不同寻常的时刻,此时的创作会达到另一个高度,语言本身也具有了生命。《杜伊诺哀歌》作为里尔克最具代表性的作品之一,标刻着人类精神世界的高度,王家新认为它的创作来自一种更高的、神秘的力量,它不只属于里尔克,更是"整个现代诗歌的光荣"②。里尔克是能够为艺术提供尺度的诗人,这样的解读并非消解里尔克创作中的个人价值,而是从更加宽广的视域来肯定其诗作之于全人类的非凡意义。伟大的作品必然突破了自我范畴,能够引起整个人类社会的共振,里尔克的诗作正是诗人突破个人情感的边界,在某种召唤下为全人类提供的精神世界的尺度,因此可以认为他的诗不为谁而作,但又是为了全人类而作。从内容来看,里尔克的诗作本身也包含着一定的神秘性,那些富有宗教色彩的诗篇极具生命之美,带来"星空外的召唤"③,不论《杜伊诺哀歌》还是《献给奥尔甫斯的十四行》都具有启示录般的意义,在王家新看来:"诗人晚期那两部有如神助的伟大作品绝不是轻易来到的"④,他用"有如神助"赋予这两首诗以神性的光辉,平添一层神秘色彩。面对布罗茨基《黑马》的结尾"它在我们中间寻找骑手",王家新认为它"显示了一种奇异的诗的想象力,一种天启般的境界"。王家新毫不吝啬对这句诗的喜爱,他在很多场合都提到了这匹"黑马",在他看来,诗人与诗的关系类似于马匹与骑手之间的相互寻找,这句诗正是"'天才的灵光一现',是一个诗人天赋的最精彩也最深刻的表达"。布罗茨基继承了俄

---

① 转引自傅浩《叶芝的神秘哲学及其对文学创作的影响》,《外国文学评论》2000年第2期。
② 王家新:《序〈里尔克诗 传记〉》,《取道斯德哥尔摩》,山东文艺出版社2007年版,第51页。
③ 郑敏:《诗歌与哲学是近邻》,北京大学出版社1999年版,第411页。
④ 王家新:《序〈里尔克诗 传记〉》,《取道斯德哥尔摩》,山东文艺出版社2007年版,第50页。

罗斯诗人的想象力，他身上无与伦比的才能成就了他——"这匹神秘的黑马并不是说出现就出现的，没有深刻独到的诗歌感受力和想象力，没有过人的语言才能，这匹马就无法被赋予生命。"① 对王家新来说，布罗茨基的这首作品所具有的非凡生命力，源自语言本身的力量，它呼唤能够承接其分量的诗人，而诗人与诗之间永远都是双向对话的关系，当他们找到彼此的那一刻，"诗"才真正现身。

王家新曾经提出："诗人之为诗人，只在于他能感知到诗，并且具备一种使诗得以'现身'的本领。所以诗人并不等于诗，诗人也大可不必把自己看得比诗更重要。"② 这里谈的是诗人与诗的关系。他认为诗人能够感知到"诗"，接受上天的旨意，以自己的本领使"诗"现身，所以诗人不能将自己看得比"诗"更重要。海子便是这样一位诗人，关于神秘诗学的探讨，很难避开他，他的命运带有强烈的神秘主义色彩，或者说他的一生就是在吟唱一首神秘的诗歌。王家新在解读海子的《面朝大海，春暖花开》时，着眼于那"幸福的闪电"，他认为这道来自天界的闪电是一种精神传递的象征，而海子要做的是"不惜代价地把这种'天启'的秘密'告诉每一个人'"③。这样的评价，将海子的诗视为人与神的统一体，海子如同一位传达天意的使者，将世界的秘密以诗的方式传递到人间。海子的诗受到荷尔德林的影响，他曾提道："做一个热爱'人类秘密'的诗人。这秘密既包括人兽之间的秘密，也包括人神、天地之间的秘密。"④ 海子这种对"人与神"的体会，让王家新毫不吝啬地赋予他一种神性光辉，对于海子来说，这样的评价并不过分，他的诗不断为汉语提供想象力，而且带来了新的生命力。王家新关注到海子从荷尔德林处获得的"令人

---

① 以上均出自王家新《诗与诗人的相互寻找》，《取道斯德哥尔摩》，山东文艺出版社2007年版，第72—73页。
② 王家新：《人与世界的相遇》，《夜莺在它自己的时代》，东方出版中心1997年版，第2页。
③ 王家新：《海子与"幸福的闪电"》，《取道斯德哥尔摩》，山东文艺出版社2007年版，第141页。
④ 海子：《我热爱的诗人——荷尔德林》，《世界文学》1989年第2期。

神往的光辉和美"①，海子活在世俗世界与精神世界之间，作品透出对世俗幸福的向往，同时充满无尽的孤独；语言朴实，又不缺乏精神的富饶，这种强烈的矛盾和冲突成就了海子的诗歌，他就是那种能够让诗"现身"的人。王家新将海子的诗歌天赋看作天界的产物，这种指认本身就带有一种不可抗拒的宿命感，面对那些来自大地又高于人间的诗作，王家新努力辨认着存于其中的汉语诗歌的秘密和源头，并赋予其神性的光辉。在王家新的观念中，诗歌不仅要脚踏实地，某些时候还需要引领人类去往更加高远的地方，而这个高远的地方，便是闪烁着精神光辉的地方。

王家新在自己的诗歌创作中有过类似体验，他的《塔可夫斯基的树》中有一句"除非有一个孩子每天提着一桶/比他本身还要重的水来"，王家新作出评价："有了这至关重要、犹如神启的一句，这首诗站住了，成立了。"据他自述，这样的句子是在对草稿进行修改时突然出现的，他本人就像诗中那个孩子，每天为了诗歌和语言而劳作、灌溉，终于有一天，那一桶"比他本身还要重的水"为整首诗灌注了相当的重量。王家新曾说："我在'事后'甚至有点惊讶是谁修改了这首诗。"②为了那棵塔可夫斯基的树，他只身前往瑞典哥特兰岛寻找，虽然早已无迹可寻，但这种坚韧与付出最终使其拥有了一首足以匹配生命重量的诗歌，从某种程度来看，他已找到那棵树。王家新将写作视作一种修行，当他进入诗歌内部时，那"神启"般的状态随之而来，对这种境界的抵达要求诗人具备极强的语言能力以及与诗歌对话的能力。王家新早年创作诗歌《蝎子》时也有同样的经历——"一个久已淡忘的词'蝎子'突然出现在我的面前。我一下子意识到我有了一首诗。"此时出现在王家新眼前的是"蝎子"，背后是整个世界，它以一种诗意的方式呈现在王家新眼前。作为诗人，需要做的不是盲

---

① 王家新：《汉语的容器》，《读书》2010 年第 3 期。
② 以上均出自王家新《"你的笔要仅仅追随口授者"》，《黄昏或黎明的诗人》，花城出版社 2015 年版，第 16 页。

目地去寻找，而是从语言出发感受世界，"它就这样生长了这么多年，直到突然被你意识到了，并由语言显现出来。就像这蝎子，过去是寻它而不遇，直到写这首诗时，它向我走来了"。① 当这只蝎子离王家新越来越近时，诗人强烈地感受到一种写诗的冲动，与其说这首诗是诗人所作，不如说是一只小小的蝎子自己成为了一首诗。关于长诗《回答》，王家新更是直言："在德国斯图加特市郊那个古堡里，我写，不分昼夜；有时我沉痛得不得不停下来，有时又仿佛被什么力量带动着，要去迎接一些更重要的时刻……"②《回答》一诗用快节奏的文本高度浓缩了王家新的过去，重构了诗人对他自身命运的认识，可以算作王家新诗人生涯到目前为止最具影响力的一首长诗。它的创作过程必然是沉痛的，但那些"更重要的时刻"牵引着他，使他完成了这首有着深远影响的作品。王家新把对个人命运的审视置于时代背景下，整部作品充满了喜剧与悲剧元素的交叉，在幸与不幸之间来回转换。凭借着对语言的高度信任，王家新将自己几十年的生活体验毫无保留地交付给语言，在不断的摩擦与碰撞中融为一体，达到一种"你中有我，我中有你"的境地。这首诗最终完成时，既是语言的显现，又是创作者自身经历的重现，其意义超越了诗歌本身。

写诗之于王家新是一种崇高的活动，诗在他心中具有神圣的地位，他认为诗人通过艰苦的劳作，凭借语言去接近诗，使诗向自己敞开，而诗的最终完成乃天启的结果。这是王家新对诗为何物、诗如何发生与完成的回答，是其诗学理论的基石。

第二节 "物我合一"的神秘境界

"天启"观使王家新在思考诗歌时对"物我合一"现象颇感兴趣，

---

① 以上均出自王家新《与蝎子对视》，《夜莺在它自己的时代》，东方出版中心1997年版，第9—10页。
② 王家新：《从一首诗的写作开始》，《没有英雄的诗》，中国社会科学出版社2002年版，第20页。

认为"物我合一"是诗人重要的存在方式，是生命与宇宙关系之奥秘的体现。王家新的"物我合一"源自中国神秘思想谱系中的"天人合一"。不管是"人法地，地法天，天法道，道法自然"（《老子》），"圣人者，原天地之美而达万物之理，是故至人无为，大圣不作，关于天地之谓也。"（庄子《知云游》）；还是"天地宇宙，一人之身也；六合之内，一人之制也"（《淮南子·本经训》），"天人本不二，不必言说"（《程氏遗书》）等，都是在阐释天、地、人之间的自然和谐关系。这种"天人合一"的哲学神秘主义在中国诗学的发展过程中有着不可替代的地位，中国古代诗人习惯以主体去感受自然，将自身融于宇宙万物之中，以宇宙的无限来包容生命的有限，最终生命与宇宙一同达到永恒，如黄庭坚的"夫心能不牵于外物，则其天守全，万物森然，出于境，岂待含墨吮笔一，架磅而后为之哉？故余云：臻欲得妙于笔，当得妙于心"（《书家弟幼安作草后》），苏轼的"与可画竹时，见竹不见人。岂独不见人，嗒然遗其身。其身与竹化，无穷出清新"（《书晁补之所藏与可画竹三首》），王昌龄的"搜求于象，心入于境，神会于物，因心而得"（《诗格》）等，无一不是在神秘之境中将主体的生命体验与自然的虚空融为一体。这种心与物的感应、交融一直延续至中国新诗，从新诗发生初期郭沫若的《凤凰涅槃》"茫茫的宇宙，冷酷如铁！/茫茫的宇宙，黑暗如漆！/茫茫的宇宙，腥秽如血！/宇宙呀，宇宙，/你为什么存在？/你自从哪儿来？/你坐在哪儿在？"，到卞之琳的《鱼化石》"我要有你的怀抱的形状，/我往往溶于水的线条。/你真象镜子一样的爱我呢，/你我都远了乃有了鱼化石"，再到新时期舒婷的《神女峰》"当人们四散离去，谁/还站在船尾/衣裙漫飞，如翻涌不息的云/江涛/高一声/低一声/美丽的梦留下美丽的忧伤/人间天上，代代相传"，顾城的《微微的希望》"我和无数/不能孵化的卵石/垒在一起/蓝色的河溪慢慢爬来/把我们吞没/又悄悄吐出/没有别的/只希望草能够延长/它的影子"，江河的《太阳和他的反光》"如今他常无形地来到中午的原野/昆虫禽鸟掀动草波有如他徐行漫步/祝福火焰角斗中的见证者：/天上的太阳 地上的废墟/以光结盟/热力不得破坏。荒凉不得蔓延。/弓的神力悄然放松赋予花的开落/箭如别针闪闪布散于女人的头发/太阳吹奏号角像兵士巡礼蓝天/废墟被开残缺的经卷肃穆陈在大地"，孔孚的《天街遐想》"天河很近/听得见鱼跳/挽挽腿/去摸一条"，直至昌耀的《慈航》"他独坐裸原。/脚边，流星的碎片尚留有天火的热、吻。/背后，大自然虚构的河床—/鱼贝和海藻的精灵/从泥盆纪脱颖而出，/追戏于这日光幻变之水。/没有墓冢。/鹰的天空/交织着钻石多棱的射线。"……这些作品在现代理性精神的烛照下，以充满神秘性的时空为言说场域，传统的物我关系结构发生了变化，"我"获得了主体地位，而这或许是神秘主义中"物我合一"境界的现代特征。

作为一名深受中国传统文化浸润的诗人，王家新常常将个人与万物统一起来思考问题，他赞同"以物观物"的观点，认为其"不是'降低'了人，而是有助于我们在更高的层次上观照人与世界的整体存在……消除了人为的干扰和障碍，才能让世界'呈现'出来，让事物与事物自成一种境界"①。以物观物，是从物的角度观察物，达到不知何者为我、何者为物的无我之境，破除人与世界之间的屏障，将个人化入世界之中，做到物我相忘。换言之，就是以接纳万物的心态感知世界。这与法国哲学家亨利·伯格森所指出的两种认识事物的方法——"第一种方法意味着我们迂回于对象的外围，第二种方法意味着我们进入对象的内部。"中的"进入对象的内部"不谋而合，在伯格森看来："第二种认识如果可以获得的话，那就达到了绝对的领域。"②王家新有一首诗《空谷》，全文如下：

没有人。这条独自伸展的峡谷

---

① 王家新：《人与世界的相遇》，《夜莺在它自己的时代》，东方出版中心1997年版，第4—5页。
② [法] 亨利·伯格森：《形而上学导言》，刘放桐译，商务印书馆1963年版，第1页。

当代诗坛的独行者

> 只有风
> 只有满地生长的石头
>
> 但你走进来的时候，你感到
> 峡谷在等着你
> 峡谷如一只手掌在渐渐收拢
>
> 你惊慌得逃回去，在峡口才敢
> 回过头来；峡谷空空如也
> 除了风，除了石头

　　诗中的"你"伴着风和满地的石头走进峡谷，却惊觉峡谷正在吞噬自己，于是"惊慌得逃回去"，最后峡谷"空空如也"，一如当初。关于此诗王家新给出如下解读："它不是肤浅的印象，也不是单一的情态，而是你与世界在一种深层感觉中的凝聚。就是在这种体验中，世界进入你的内部，你的生存'内在化'了。"① 这种人与世界彼此进入的诗学观念，为王家新的某些作品带来"悟道"的意味。回溯王家新早年诗作，能感受到强烈的"禅意"，展现出对"天、地、人"合一的哲学思想的认同。如《中国画（组诗）》的系列作品"山水人物"中的"不是隐士，不是神/你浑然坐忘于山林之间/如一突出的石头"；"鱼"中的"鱼在纸上/一条鱼，从画师的笔下/给我带来了河流"；"空白"中的"于是，你绕开了一步/而使岩松伸开双臂？向着这虚空"；"晚亭"中的"从你的笔下/一座晚亭渐渐耸上峰/归人在路上/夕光明灭于远方的层林"……彼时王家新初入诗坛，将热情和想象力寄托于山水之间，整组诗极富禅意，人在赏画，亦在画中，画又出自人的笔下。当一幅幅画卷展开之时，不仅是人、景、画的极致融合，

------

① 王家新：《我对"诗"的把握》，《人与世界的相遇》，文学艺术出版社1989年版，第23页。

也是人与自然的高度统一，达到某种神秘主义的状态。诗中所展现出的意境符合沈括所谓"书画之妙，当以神会，难可以形器求也。"（《梦溪笔谈·书画》）关于此诗，有评论家指出："要紧的不是道教老庄'超然物外'的态度触发了诗人的写作灵感，而在于他内心开始产生了审省自己的某种要求。"[1] 回到这组作品的开头——"不是隐士，不是神"——王家新拒绝成为隐士，但他身上有隐士的气质，不想参与任何的纷争，只是做一个纯粹的诗人。而现实的残酷之处在于，在你做出抉择之前，便被纳入与周遭人同样的境地，所以王家新不得不接受诗坛派别归类以及格局转换等事件。庆幸的是，王家新留存着对诗的敬畏之心，不论经历多少复杂的局面，身上还带着来自道家的"超然"，与热闹的诗坛保持一定距离。从王家新整个诗人生涯来看，道教思想的影响贯穿其创作始末，其骨子里所受到的传统文化的教养在之后的作品中总能找到蛛丝马迹。

1989—1999年，王家新的目光由中国这片古老的土地转向域外，开始了海外旅居生涯。这十年王家新诗歌风格发生了极大的转变，达到诗人生涯的第一个巅峰，其间的成果为他在诗坛赢得了一席之地。新旧世纪之交，王家新身上那些东方元素又浮现出来，《秋天》的创作周期从1998年9月持续至2000年9月，跨越三个现实中的秋天，全诗如下：

> 秋天突然间就来到
> 这个燠热的城市
> 大气流开始测量楼房与距离
> 仿佛冰山在海上漂移
>
> 仿佛大海升起

---

[1] 程光炜：《王家新论》，《南方诗志》1993年秋季号。

> 仿佛天空已被我们遗忘了多年
> 仿佛在一只望远镜下
> 地球变成了一只柠檬
>
> 仿佛我已变得和我自己无关
> 仿佛我正在公园的长椅上坐下
> 仿佛从宇宙间传来一种音乐
> 深邃而又揪心
>
> 仿佛有一片叶子迎风飞起
> 仿佛有什么正擦伤地面
> 仿佛我开始享用判决后的自由
> 仿佛人可以随时死去
>
> 仿佛一切已不存在
> 而一条通向远方的路出现
> 仿佛人终于从重负中解脱出来
> 仅仅为了与自己告别

与初入诗坛的"隐士"心态不同,王家新此时的豁达是在经历了命运的起伏,身边人的来去,被迫卷入无休止的诗坛纷争,体验过生命的无常之后拥有的开阔的人生观。全诗始于对城市、楼房等具象事物的观察,在经历了关于大海、地球等的想象,拥挤的城市景观变为开阔的、无边际的视界后,呈现出"我已变得和我无关""从宇宙间传来一种音乐"的类似于冥想的状态,此时的"我"与宇宙融为一体,最终进入到"仿佛一切已不存在"的空旷、深邃的境界。秋天之于王家新不是简单的季节体验,在他看来:"当浩浩秋风被我突然意识到时,当它不仅使我的门窗哐哐作响,而且把一切都裹进宇宙的大

第一章 神秘主义诗学

气流中时，我不能不受到一种震撼。"考察王家新作品中有关季节的描写，不难看出他尤为偏爱"秋天"，他还有《秋天》（"起风的时候才感到/天气凉了"）《秋叶红了》《欧罗巴的秋天》等带有秋日元素的诗作。王家新眼里的秋天不是凋零和衰败，它带有一种极具冲击的，能够将人和宇宙容纳进去的力量——"'秋天'尽管肃杀、严峻，却具有一种震撼、唤醒我们的力量，使我们得以超尘拔俗，与宇宙万物达成一种交流。"[①] 一个值得关注的现象是，王家新与秋天有关的论述或诗作中数次提到"宇宙"，关于宇宙星河，古有屈原的"九天之际，安放安属？隅隈多有，谁知其数？天何所沓？十二焉分？"（《天问》）曹操的"日月之行，若出其中。星汉灿烂，若出其里。"（《观沧海》）李商隐的"云母屏风烛影深，长河渐落晓星沉。"（《嫦娥》）辛弃疾的"是天外，空汗漫，但长风浩浩送中秋？飞镜无根谁系？姮娥不嫁谁留？"（《木兰花慢》）今有郭沫若的"花呀！爱呀！宇宙的精髓呀！生命的泉水呀！"（《梅花树下醉歌》）昌耀的"宇宙之辉煌恒有与我共振的频率。/能不感受到那一大摇撼？"（《巨灵》）……与这些诗人描述的变幻万千、吞纳万物的宇宙不同，王家新笔下的宇宙，是一种"向内"的宇宙，它的无穷来自心灵深处的未知，能容纳的也只有关于"我"的一切，所以"我"既是"我"，又是宇宙，所有的一切既是有形，又是无形，这与宗白华的"一会儿/又觉着我的心/是一张明镜，宇宙的万星/在里面灿着"（《夜》）以及废名的"夜贩的叫卖声又做了宇宙的言语"（《灯》）有异曲同工之处。王家新所描写的人与宇宙的神圣统一，符合东方神秘主义的"宇宙意识"论，有一种介于虚实之间的独特诗意，宇宙的无限包容冲破了生命存在的有限边界，生命由此进入一种无限的时空中，最终达到人与宇宙、与万物的和谐统一。

在一些论者看来，王家新执着于从西方诗歌中寻找精神归宿，这

[①] 以上均出自王家新《我对"诗"的把握》，《人与世界的相遇》，文学艺术出版社1989年版，第28页。

当代诗坛的独行者

种评论源于王家新作品与西方诗歌的互文，源于其对保罗·策兰、曼德尔施塔姆、奥登、茨维塔耶娃等人的翻译以及他的数次海外生活，忽视了王家新进入 21 世纪之后那些回归中国大地的诗歌。客观地看，王家新从没有抛弃自己的"中国经验"，在《秋天》之后，他还创作了《八月十七日，雨》《唐玄奘在龟兹，公元 628 年》《新疆地理》《雷峰夕照》《一支牧笛》《黄河大题》等 20 余首带有东方元素的诗歌。创作期间，王家新一直往返于中国和其他国家，与他 90 年代初次旅居海外不同的是，上一次他的作品中很少出现传统中国的痕迹，更多地以一种凝练、严肃的风格承继 80 年代末的诗歌转型；而这一次，他的创作没有受地理空间限制，中国神秘主义思想中的释和道在其中以不同方式呈现。王家新在提到诗人多多与中国大地的关系时认为："他对这片土地爱恨交加，他也从这片土地深处汲取了一种近乎神秘的能量。"[①] 王家新自己又何尝没有从这片土地获得神秘的力量，并将个人情感灌注进自然万物，写下"我的身体在这里醒来，/那一定是一只柔弱的新生的小羊"（《新疆地理》）"它在枯水期里如此安静/好像从未发出过传说中的咆哮声/但它会和我们的语言共存"（《黄河三题》）"现在，我走入蟋蟀的歌声中，/我仰望星空——伟大的星空，是你使我理解了/一只小小苍蝇的痛苦"（《第四十二个夏季》）"其实也不是我在吹，/是风在吹，/是风从笛孔里流过"（《一支牧笛》）……这些诗句凝聚了东方哲学的精华，人与自然形成一个有机的整体。正如宗白华在《新诗略谈》一文中所说："花草的精神，水月的颜色，都是诗意诗境的范本。所以在自然中的活动是养成诗人人格的前提。"[②] 王家新所做的，是以一切方式感知自然，把个体投射进世间万物，把自我的价值实现赋予自然界，所以在动物的眼中看到了悲悯，在风经过的路上听到了真谛，在河流的奔腾中找到了永恒。有学者认为，诗

[①] 王家新：《"新的转机"——1970 年代前后"创造之手的传递"和新诗潮的兴起》，《名作欣赏》2020 年第 7 期。

[②] 宗白华：《新诗略谈》，《少年中国》1920 年第 1 卷第 8 期。

"把世界以本真的样貌呈现出来，它宣告自己对世界的不理解，同时认为这种不理解正是宇宙超越性、无限性和完美性的证明，也就是世界诗意性之所以产生的基础，诗的使命就在于呈现这种神秘"。这段话强调诗以本真的形式把握复杂的世界，诗不是理解世界、阐释世界，而是呈现世界，凸显宇宙本身的超越性和无限性，凸显其不可言说的神秘性，这是对诗与神秘世界关系的把握。关于诗意神秘主义，该学者指出："诗意神秘主义在浩然的宇宙神秘面前，让一切先入为主的意识形态自行消解，让生命向广大空间敞开，以本文的、诗的自由，去获取自身的完美。"[①] 诗意神秘主义具有坚实的基础，能呈现本真的生命，弥合二元对立思维所导致的生命之分裂。王家新正是以创作诠释了"物我合一"境界的神秘性，达到对神秘宇宙的敞开，并以此述说自己对于神秘主义诗学的理解，彰显自己的神秘主义诗学观。

第三节　与神秘的他者"对话"

神秘主义者伪狄奥尼修斯描写过这样一种状态："我们祈求他使我们可能达到那超过亮光的这个幽暗，并因弃绝眼光和知识才看得见，并知道了那超过一切眼见和理解的事。"[②] 此处的"达到"即"交流"，表达的是与"他"进行交流的渴望，这种交流超越了语言的范畴。王家新的内心深处同样渴望有一个对话者，这个对话者不是大众，而是一个特别的存在，在他看来："我相信即使是最个人化、看上去最'晦涩'的诗人，在他的写作中也包含着一种对话的渴望。"渴望对话是诗人们共同的心理愿望，西班牙诗人安东尼奥·马查多有诗句

[①] 以上均出自毛峰《神秘主义诗学》，生活·读书·新知三联书店1998年版，第39、403页。

[②] ［叙］伪狄奥尼修斯：《神秘神学》，转引自毛峰《神秘主义诗学》，生活·读书·新知三联书店1998年版，第45页。

当代诗坛的独行者

"我总是跟那个与我同行的人说话；——自己跟自己说话的人，都希望有一天跟上帝说话——"（安东尼奥·马查多《画像》，黄灿然译），王家新认为："在古今中外的诗中，有与自然和历史对话的诗，也有与他人或自己对话的诗，有与诗歌本身对话的诗，甚至还有与上帝对话的诗，但无论如何，它们都不是对一个抽象的'公众'讲话的。"[①]看得出，王家新作为诗人，一方面他的内心深处有着对话的渴望；另一方面，他知道诗歌无法面向公众讲话，只可能与那些精神上共通的特定对象进行交流。

王家新在作品中常常构建出一个虚构的对象，这个对象之于他不仅是谈话者、倾听者，更是一种精神慰藉。王家新是一个对时代、历史尤为敏感的诗人，面对频繁的社会变革，他选择的言说方式是深入人心的对话，将个人境遇与历史轨迹杂糅在一起，作品中既有内心的细腻表达，也有历史的宏大叙事。

> 你一下子就老了
> 衰竭，面目全非
> 在落叶的打旋中步履艰难
> 仅仅一个狂风之夜
> 身体里的木桶已是那样的空
> 一走动
> 就晃荡出声音
> ……
> 如此逼人
> 风已彻底吹进你的骨头缝里
> 仅仅一个晚上
> 一切全变了

---

① 王家新：《诗歌能否对公众讲话？》，《取道斯德哥尔摩》，山东文艺出版社2007年版，第40—45页。

这不禁使你暗自惊心
把自己稳住，是到了在风中坚持
或彻底放弃的时候了

  这首《转变》是王家新90年代初诗歌转型期的代表作之一，该诗从头至尾以季节的变化带出"你"的外貌和心境变化，从当时的创作背景来看，大多数诗人经历了80年代诗歌的黄金时期，喧嚣过后，开始了对前一个时期的反思，诗坛进入一种混乱的状态。此时的王家新处于"忍"的阶段，他需要写出有分量的、厚重的作品来回应时代对诗歌的期盼，并凸显自己的精神底色，这与诗中"你"的境遇不谋而合，因此虽然这个神秘的交谈对象并无具体所指，但从某种角度来说，诗人是在写自己的内心，即与另一个自己对话。他从旁观者的角度眼看着自己"在落叶的打旋中步履艰难"，告诉诗中的那个你"把自己稳住，是到了在风中坚持/或彻底放弃的时候了"，这是全诗的立意所在，王家新选择在暴风中让自己沉淀，正如有学者所言："他在1980年代的沉淀就是'诗心'的积累，在1990年代的爆发，为其带来了另一场语言的景观。"[1] 作为一个肩负使命感的作家，王家新的"承担"精神决定了其不会满足于小我的精神世界，他总是要求自己的作品能与历史相称，因此这首诗也是诗人对同处于时代边缘的诗人群体的一次对话。这些诗人同王家新一样，是极其脆弱的，一次季节的变换足以让他们衰老——"季节在一夜间/彻底转变/你还没有来得及准备/风已扑面而来"（《转变》）——不少诗人在前一个诗歌灿烂期过分燃烧，当新的诗歌浪潮卷起，他们开始迷失自己，不断徘徊在过去与现实之间，王家新清楚地认识到这一切，所以他让自己迅速沉淀下来，并对同时代的诗人发声，而他选择的发声方式，便是以诗歌进行对话。王家新通过与"你"的对话，写出了一个时代的困惑，也写出了个人在其中的迷

---

[1] 刘波：《王家新：承担意识、批判精神与日常逻辑——王家新诗歌论》，《创作与批评》2014年第20期。

茫与坚守，因此这个"你"已经不再是简单的人际关系中的言说者，其指向的是精神层面，是一种不可或缺的，具有心灵归属感的存在。

  你表达了什么？"我表达了对于一个时代的幻灭"；"我开始目睹我们这一代人一个个死去……""但是你的书中却有着那么明亮的激情？"——"仅仅由于孤寂"。

诗片断《另一种风景·孤寂》以"你"问"我"答形式展开，既是对话，也是自我拷问。如果说这一对话中的"我"是诗人王家新自己，那提问者又是谁呢？提问者与作为诗人的王家新之间是什么关系呢？时代幻灭感是王家新真实的心理感受——"我开始目睹我们这代人一个个死去……"，既是象征，也是写实，它令人联想到海子、骆一禾、顾城等诗人相继死亡的事件，他们是王家新的同时代人，他们的死被冠以"诗人之死"现象，个人事件上升为文化历史事件，引发了社会持续不断的讨论。"诗人之死"甚至变为某种大众消费品，这让王家新感到颤栗和恐惧，他对这个时代幻灭了，他的内心极度孤寂，从身边人的死亡中，诗人体会到现实与命运的残酷，然而这一次他选择用明亮和激情来表达自己，这恰恰是一个诗人悲观到极点之后从作品中"榨"出的最后一丝希望。这样的诉求是其展现出的更为开放、纯粹与原始的状态，诗人希望用直击灵魂的作品与神秘的命运使者进行对话。多年以后，另一位同道者余虹的去世，为王家新的心灵再一次带来冲击，同样的死亡气息，同样的孤寂，这一次他选择用一种永恒的态度来面对生命的无常——"什么是'生命'呢？仅仅为一种肉体存在？毫无尊严地活着？"他坚信余虹的死高于某些现世中的生，是一种更高意义上的生命形式，所以他不能停止与余虹的对话，因为"他怎么可能会不在呢？他'就在那里'！"[①] 一个人的去世，以一种明

[①] 以上均出自王家新《有一种爱和死我们都还陌生》，《读书》2008年第5期。

亮的方式照耀着其他诗人，他留下的不是绝望，是关于"爱"的另一种表达。王家新不再如过去那样纠结于生命的唯一存在形式，转而以一种超然的态度面对生命、面对宇宙。在王家新看来，诗人是在受到爱的召唤后才离开尘世，但依然能与之进行对话。

　　王家新与对话者之间不是单向关系，而是复杂的博弈和周旋。作为诗创作者，他常常游走于"你"和"我"之间，不断切换视角和诉说对象，搭建了一种你中有我、我中有你的诗歌结构，这体现出他内心的矛盾，这种矛盾在不断的诉说中得到调解，欲望、挣扎得到释放。关于那些无名的对话者，王家新给出解释："为了对存在进行追问，为了深入更内在的冲突，为了让这种并不仅仅属于我们自己的'另一个人'出现在一种诗的视野里。"① 此处的"另一个人"出现于诗人追问生命存在的话语链中，是外在的也是内在的，是他者也可能是诗人另一个自我。"而在人称的使用上，是谁在高度警惕地从'我'向'我们'移动？更多的人，那么轻易地就滑过去了。"（王家新《词语》）这段自问自答是诗人对于个人与他人关系的思考，"我"是否能够轻易地代表他人，而"我们"是否又能完美地容纳作为个体的"我"的存在？由于称谓的变化所带来的视角转变有着多种可能性，诗人以接纳万物的姿态对待世界，既能将自身化为其中的一分子，又在适宜的时候选择抽身，用冷静的态度进行审视，此处的"我"和"我们"从本质上来说也是神秘者的化身。王家新已经不满足以一种身份介入世界，他在苦苦追寻将自己幻化成无数个"你"或"我"，制造出巨大的精神自由空间。王家新步入中年时，正值诗坛兴起"日常化"写作之时，诗人要面对的是过去的自己、现在的自己以及将来的自己，他的视野开始向身边聚焦，部分作品从日常经验出发，那个对话者化为抒情的、温情的形象，非常生活化，正是彼时的诗人所面临的最真实处境。不管是《挽歌》中的"你是否就在这盏灯下思念过谁/或是写

---

① 王家新：《站在父亲一边》，《取道斯德哥尔摩》，山东文艺出版社2007年版，第77页。

出了插队后的第一首诗？"，还是《尤金，雪》中的"一场雪仗也许会在你和儿子间进行，/但是，这一切都不会成为你写诗的理由"，抑或是诗片断系列《变暗的镜子》中的"坐在那里，望着远处希尔顿大饭店顶层的辉煌灯火，你第一次知道了什么叫做对贫苦人民的侮辱"……它们都是诗人在近距离体察生活之后，为生活而创作的诗。他将生活纳入审美领域，以诗歌之眼来观察生活，每一个细节都是王家新对"活着"这件事的尊重与敬畏。它们看起来都微不足道，正是这种微不足道使得每一句对话都浓缩了对生命的体悟；它们是那么平常，但"平常"这件事本身就凝聚着强大的力量。生命的意义离不开它的历史性，而历史的构成，除了宏大事件，也包括生活中无数的琐碎事件，诗人所做的便是经由对日常事件的不断描绘把它们升华至诗性的层面，从而在富于现实感的作品中体现出一种神秘感。

王家新2013年写了一首《在纽约》，结尾处有：

> 在纽约，只有一次，也只是那么一瞬
> 当一个人冒着严寒
> 裹着一身黑色长风衣匆匆赶来
> 我差点愣在那里——那是你吗？如果
> （多少年前？或多少年后？）
> 你就是那个在我的远轮减速、靠岸
> 在码头上为我出现的人……

表面写的是两个人的相遇，而那个裹着黑色风衣的"你"，可能就是诗人的另一个自己——一个来自过去，一个来自未来。此时的王家新已年近60，他无法抑制回望过去的冲动，那句"在我的远轮减速、靠岸"仿佛是诗人对自己年轻时豪情壮志的《"希望号"渐渐靠岸》的呼应，该诗写于1981年，诗中有"呵，它是不是……船/我们呼唤了很久的船？""现在好了……我曾怕我/给他许诺的只是一个空口奇迹""这是人生路上的'希望号'/是一条给我们带来希望的船"等表达。30余年后,青年时代的激情渐渐隐去,但那艘船一直在航行,而那个"在码头上为我出现的人"是诗人想象中的未来情景。多年来,他一直守候在码头,为的就是相遇那一刻。这样的结尾道尽了诗人略显沧桑的大半生,诗人在时间序列上将画面重新剪切,以现在时点为轴心,分别向前后展开,最后视线统一来到终点。王家新将主角设定为"你"和"我",会面的那一刻恍然发现,原来你就是我,我就是你,而这也是历史的神秘之处,某一个不经意的时刻,你就会与来自过去或者来自未来的自己相遇。王家新以一种历史的眼光进行创作,在他看来:"写出了个人的故事,也就写出了我们这个时代。"[①]当这些片段以"我"的口吻出现时,注入了主观情感,是一种不自觉的感同身受。当"你"和"他"出现时,视角发生改变,不仅言说对象变成客观存在,观看者亦变成第三者,诗人在起笔时以旁观者的身份来体察,平添了更多理性色彩。在这些"我与你"的对话中,有一种何所谓你、何所谓我的心境,有诗人与自己的心灵对话,也有与他者的对话,时而拆解为两个对话者,时而又合二为一。

王家新对于神秘对话者的关注,还可见诸于他的诗学批评话语中。在评述保罗·策兰的《我仍可以看你》时,他发出这样的追问:"而这个'你'是谁?一位黑暗中的天使?另一个自己?死去的母亲的魂灵?一位永不现身的心灵的对话者?死亡?命运?上帝?"[②]每一个"你",都像一个负重的使者,承载着诗人内心的重量。策兰的母亲惨死在纳粹集中营,这几乎是一个致命打击,他在余下的生命里被痛苦包围,一直试图用对话的方式来倾泻这种痛楚,所以"你"是母亲的亡灵,是黑暗中的天使,是死亡,也是上帝,归根到底是一个儿子对妈妈的呼唤,是一个人对生命的渴望。王家新对策兰诗作中"你"的

[①] 王家新:《从一首诗的写作开始》,《没有英雄的诗》,中国社会科学出版社2002年版,第22页。

[②] 王家新:《雪的款待:读策兰诗歌》,《雪的款待》,北京大学出版社2010年版,第116页。

追问，也是对自己内心的拷问。策兰之于王家新，是一位需要用一生去阅读的诗人，王家新将他视作自己的精神同类，他在一次次靠近策兰的过程中，分担着策兰的苦难与沉重，他艰难地辨认着策兰作品中的"你"，他们像极了黑暗中的指路人，更像另一个自己，是充满神性的存在。在评论作家博尔赫斯时，王家新也重点关注其作品中多变的对象，探究从"我"到"另一个"不断转换的过程中究竟发生了什么。博尔赫斯的作品中从来都不止一个声音，现实与虚构的错位所引起的角色的颠倒，为其平添了一层神秘感，而他这种"多声部"写作引起了王家新的共鸣。王家新说："诗人还必须学会在说的同时去听，亦即使写作成为一种对'谁在我们中间'或'谁在我们的沉默中讲话'的体察、追问。"此处的"谁在我们中间"是对声音的寻找，在这种寻找的过程中需要不断与之进行对话，不论这个声音来自内心或是来自遥远的某处都不重要，重要的是对其进行持续的寻找与挖掘，"博尔赫斯使我们看到，写作并不意味着把某个固定不变的主体（作者）确定在文本中，恰恰相反，是为了让'另一个'出现，或是创造一个写作者自身可以在其中消失的空间。"① 博尔赫斯作品中飘忽不定的主体是其魅力所在，王家新深知这一点，所以他对"另一个"表现出很强的兴趣，他等待其出现，并关注其以怎样的形式出现，这种执着映射出王家新内心对"对话"的诉求，他知道这个神秘的对话者终会现身。

第四节　生与死的神秘体验

在王家新那里，诗是什么的问题既是诗的本体问题，又是创作中自我书写问题，是现实体验，又是对生命存在的对话。在对话中，体验艺术与自然、自我与世界、生命与寂灭等，辨识存在的秘密。在这

---

① 以上均出自王家新《另一个人》，《对隐秘的热情》，北岳文艺出版社1997年版，第17—18页。

种意义上，诗就是对生与死的神秘体验。王家新认为："似乎只有那些'来自过去而又始终就在眼前'的精神亡灵，才对我的写作产生一种激励，才使我感到自己又和千百年来人类运转不息的精神结合在一起。"①"精神亡灵"始终在他眼前出没，构成其思考时代与自我、现实与历史的对话者。在与虚拟对话者的不断倾诉中，王家新领会了更高意义上的尺度，早年的经历和时代巨变带来的命运起伏，造就了他的沉默，80年代诗歌变革使他对人生和创作有了更多的感悟，作品开始透出历史的厚重感，尝试介入生与死的命题。王家新属于冥想型诗人，生命和死亡是永恒的议题，他的诗歌从来都直指生命最深处的奥秘，指向存在之思，那是一片严肃而神圣的领域。

"时间把我们带向死亡/可是还有另一个我，没有来得及诞生"（王家新《持续的到达》），有一个"我们"正在走向死亡，还有一个"我"处于诞生的边缘。"没有来得及"的表达，既在无形中将生与死放于一种悬置状态，还与前一句的"时间"形成了对应——时间带着我们走向死亡，所以"生"错过了时间的步伐，在这一刻没有到来。这首诗对于生与死的探讨具有很强的思辨性，已经十分接近当时出现在诗坛的"生命诗学"，虽然王家新没有直接描写关于生命的体验，但是他从生命的两个极端入手，在生与死的纠缠中直指生命的无常，一切都是未知的，直至命运降临的那一刻。命运是一个极其私人化的概念，又是人类作为共同体每时每刻都在遭遇的不确定性，具有神秘色彩。从王家新的写作历程来看，他从最初富有禅意的小我世界逐渐转向历史的、宏观的叙事，而后又回归日常写作，多次的转变决定了他能够从个人感知出发，逐渐将"生命"推向一个更为深远的范畴，以一种更为宏大的视角来进行阐释。"诗的活动的起点始终是一种生命体验。"②这是哲学家狄尔泰体验论的核心之一，他将生命体验与诗联系在一起，

---

① 王家新：《"理想主义"与知识分子精神》，《坐矮板凳的天使》，中国工人出版社2003年版，第96—97页。

② 转引自王一川主编《新编美学教程（修订版）》，复旦大学出版社2011年版，第43页。

这种观点为现代诗学的发展带来新质,王家新正是以诗歌的方式感知生命,这些带有生命体验的作品构成其诗学观的重要内容。

> 长安街上的春天是陌生的:它的绒毛,每一个细节,在一种明亮的氛围中难以辨认;但是,它带回了某种我们熟悉的气味。
> 正是这些天,我总是睡不好,做些噩梦,或很怪的梦。我恍然想起,一场大雪已在这个国家融化——时间,又开始了。
> 于是我醒来。我和死去的一切一同醒来。

诗片断《反向·春天》创作于1991年,从长安街的春天起笔,陌生而又熟悉,在这样的春天里,"我"不断地做噩梦、怪梦,这是诗人的春天病,一种特别的体验。接着,诗歌由"我"进入"国家"叙事,不论作为个体的"我"沉睡与否,对于整个国家来说,新的时间开始了,于是"我和死去的一切一同醒来",这是"我"的一种选择,一种态度。最后突然转折,暗示前文的一切似乎都是梦境中的幻象,梦中死去的也复苏了,一场无法确认是否落下的春雪唤醒了死去的亡灵。20世纪80年代,大陆先锋诗人的"生命意识"开始觉醒,到了90年代,生命诗学"以急剧的变化转型标示了巨大的话语生机"[①],越来越多的诗人选择从生与死的角度将个人与时代相结合,并将一切以诗意的方式呈现出来。这首诗加入梦境元素,梦作为另一个维度的生命体验,是一种极其神秘、至今无法用科学解释的现象,诗人将现实与梦境、个人与国家缠绕在一起,彼此无法分割,形成一种互相包含的关系。这样的创作,已经超出了"或者生、或者死"的二元探讨,置于肉体与灵魂的边缘,当丰富的精神世界在临界状态游离时,一首带有神秘主义的诗歌就这样出现。这首诗的整体气质是严肃的,不论精神如何漂移,最终落脚点还是国家,是那些被大雪覆盖的记忆,

---

① 陈仲义:《体验的亲历、本真和自明》,载陈超《最新先锋诗论选》,河北教育出版社2003年版,第42页。

是个人无法抵抗的历史车轮，是个人与时代的不可分割的关系。王家新曾这样形容自己的命运："在个人与时代之间，甚至在生与死之间来回移动"，"无论我写下的诗歌好坏，它都不是灵机一动的产物，而是和我的这种经历相关联的"。① 王家新曾目睹过、经历过的事件为他留下了难以磨灭的印象，让他产生了在生死之间徘徊的感受。他深知自己的创作根源上来自现实与命运，因此他的神秘主义诗学，并不是追求玄幻和虚空，而是借助精神世界来书写现实，换言之，神秘主义诗学是其抵达现实的重要路径。王家新在《临海孤独的房子》中写道：

> 一夜夜的阅读，我深入；而死者围拢而来。
> 总是如此，当我远离一切时，死者便来找我。死者比我更孤独。渐渐地，世界上再无别的，惟有这死者的到来——死者在词语间挪动着！
> 一夜夜，死者从我看不见的黑暗中来，而光线朝这里聚集。这时我就不敢移动。我一移动，我一生想要接住的，就那么遥远……
> 死者为我取消了时间。

王家新对时间特别敏感，时间在他笔下犹如一个判官，连接着生和死的两端。这首诗里，来自黑暗中的死者现身并向"我"靠拢，与此同时，光线开始聚集，二者形成强烈的反差，是死者的出现带来了光，还是光在追逐死去的魂灵，不得而知。诗中"想要接住的"，无疑承载了"我"一生的重量，因此"我"不敢移动，生怕一旦动起来，这些会变得越来越遥远。此处的"不敢移动"可以理解为一种静止的状态，在这种状态下，时间停滞了，它被死者"取消"了。换一个角度看，一旦移动便消失的情境，似乎暗示着这一切又与"梦"有关，此时的"我"已经意识到自己身处梦境，丝毫不敢有动静，所以他不愿醒来，在梦里反

---

① 王家新：《游动悬崖·自序》，《游动悬崖》，湖南文艺出版社1997年版，第2—3页。

而能拥有更为真实的感受。王家新在这首作品里，又一次将时间与生、死、梦境联系在一起，时间作为一种第四维的存在，担当着丈量他作品精神尺度的使命。王家新习惯于从死亡中获取生命的意义和本质，那是另一种存在，是在不断向死亡靠近的过程中得到的一种纯粹的体验。他作品中不时出现的有关死亡、虚无、命运的片段，已经十分接近哲学中的"体验"范畴，狄尔泰曾经指出："诗人是了解生命意义的先知"[1]，而王家新形容自己的人生"总是在本土与异乡之间，在个人与时代之间，甚至在生与死之间来回移动"[2]，因此可以将王家新称作"体验型"诗人，他把自身感受和经历融入生命，以一种最直观的方式捍卫着"诗意的世界观"，进入神圣的领域还原人生意义。

王家新神秘主义诗学理论的内在关系是怎样的？天启说、物我合一论、神秘的对话者以及生与死体验论，看起来独立成体，实则相互渗透，构成同质的结构体。诗人在创作中达到"物我合一"境界，此时"我"与宇宙、天地合为整体，这种创作状态与诗歌"天启论"不谋而合。当"我"与万物融为一体时，是一种极致的精神境界，此时无法分辨到底是诗人在写诗，还是诗歌顺从天意来到诗人笔下。诗中出现的神秘对话者，根植于心灵深处，是一种精神层面的存在，诗人在对话的过程中不断向内发掘，内在宇宙无限放大，所以与神秘的对话者的交流，就是存在与虚无意义上的生与死的体验。由此看来，王家新神秘诗学的四个方面并不是孤立的存在，而是一个动态的结构体，这个结构体既是王家新精神世界的存在形式，又是他诗学观的重要组成部分，这种独特的神秘诗学，将他与当代其他诗人区别开来，或者说是他作为当代代表性诗人的标志之一。王家新在诗中构建了一个想象中的精神存在，提升了作品的精神高度，为中国新诗审美提供了新的向度。相当程度上，其神秘诗论及其实践，体现了20世纪后期中国神秘主义诗学的特征与深度。

---

[1] 转引自李超杰《理解生命：狄尔泰哲学引论》，中央编译出版社1994年版，第125页。
[2] 王家新：《游动悬崖·自序》，《游动悬崖》，湖南文艺出版社1997年版，第2页。

第五节　神秘主义诗学的价值与问题反思

现代新诗史上，在古老的东方神秘主义哲学思想和西方新浪漫主义、象征主义思潮的影响下，郭沫若、徐志摩、宗白华、梁宗岱、李金发、废名、穆旦等人的诗歌观念及创作都表现出一定的神秘倾向，如郭沫若早期的"宇宙诗歌"所透出的自我与宇宙的关系，既有东方哲学天人合一的影子，又有西方新浪漫主义诗歌超自然主义元素，李金发诗歌中令人难以琢磨的隐喻来自西方象征主义诗学，宗白华的诗歌常常进入一种冥想状态，废名的诗歌中则透出浓厚的禅意。"五四"以降的中国，个体精神价值在历史大叙事中实现，人的主观性在社会实践中加以表达才更有意义。与人的精神存在相关的神秘主义诗学，并未得到展开的社会空间，只能隐身于社会话语的边缘，在个别诗人的诗作中有所体现。换言之，现代新诗史上，虽然神秘主义诗学并未消亡，但也很难清理出一条清晰的历史线索。80年代中后期，海子的诗歌较为集中地体现出某种神性意识，这种神性意识随着他的逝世戛然而止。进入90年代后，两方面原因使得带有神秘气息的诗歌再次回到读者的视野，一是个人化写作席卷诗坛，诗歌创作强调对生命的探索；二是市场经济的飞速发展，人性的消磨使得对诗歌神性的诉求愈发强烈。某种程度上讲，王家新与部分当代诗人一道承接了现代以降至80年代的神秘主义诗学的历史，使神秘主义诗学及其创作在20世纪后期得到延续，这是其重要诗学史价值所在。

然而王家新是一个生性严肃的诗人，即使在阐释其神秘诗学的核心观点"诗歌来自天启"时，他还是会质疑诗人创造力的缘起——"但问题是一个诗人的'创造力'从何而来，属于天赋，还是全部知识经历和文学经验的一种转化？"[①] 他时刻强调诗人的创作与知识、经

[①] 王家新：《当代诗歌：在确立与反对自己之间》，《没有英雄的诗》，中国社会科学出版社2002年版，第102页。

验的积累不可分割，这种观点符合艾略特在《传统与个人才能》中所说的"诗是许多经验的集中，集中后所发生的新东西"①，也与里尔克的《诗是经验》中的观点"诗并非像人们认为的那样是感情（说到感情，以前够多了），而是经验"②不谋而合。对王家新而言，相较于人们所梦寐的"灵感"，诗歌更多的是一种知识的积累，它不能脱离历史语境单独存在，是对过往经验的承继与转化。王家新是一位勤奋的诗人，从始至终将写作视作一种严肃的工作，对诗歌拥有圣徒般的虔诚。在他看来，只有抱着为诗歌献身的态度，才能领受那些"从天而降"的时刻，这是一个诗人在进入诗歌内部后达到的境界，是诗与诗人的高度合一，所谓的天赋与灵感是诗人在经历了多年的努力与写作训练之后所具备的"时刻准备着"的状态，非凡的时刻也只会诞生在那些准备好的诗人笔下。

显然，王家新的内心是矛盾的，一方面，他认可诗歌创作在某些时刻是来自上天的授意，也善于分辨那些"神授"的作品，并毫不吝啬地奉上赞美；另一方面，他始终提醒自己，写作从来不是孤立的、天外飞仙般的存在，是历史的经验和日复一日的努力成就了诗歌——"这一半出自命运的造就，一半出自他们自己的努力。"③那么，这种自我冲突心理的发生机制是什么？首先，与个人成长经历相关。20世纪70年代末，王家新从一个偏远的山区考上全国重点大学，身上有着年轻诗人的浪漫气息，他曾意气风发地在诗中呐喊"生活呵，我是爱你的，我爱！走向你，我怎不敞开我的怀抱"（《一个城市的远景、中景和近景》），"多么辽阔的世界呵，长江 我不明白：你怎么跌跌撞撞地/闯到了这里！"（《门》）"呵，船在靠岸！渐渐靠岸！"（《希望号渐渐靠岸》）……这些诗创作于80年代初，彼时的诗人对未来充满希

---

① ［英］艾略特：《传统与个人才能》，卞之琳译，《学文》1934年第1卷第1期。
② ［奥］里尔克：《诗是经验》，魏育青译，潞潞：《准则与尺度——外国著名诗人文论》，北京出版社2003年版，第97页。
③ 王家新：《篝火已经冷却……》，《雪的款待》，北京大学出版社2010年版，第276页。

望，在诗歌中表达对广阔世界的向往和对生命的热爱，肆意抒发内心的激情。但命运之神并非总能眷顾王家新，他在大学毕业时被下派到家乡一所师专代课，这是一个不小的打击，之后才辗转在北京找到新工作。生活不如意让王家新逐渐变成一个理性的学院派诗人（这也与他进入高校任职有关），不论诗歌创作还是诗评文章，都近似一台仪器般运转着。他无法接受"一步登天"式成功的例子，正如他无法将一首诗完全归结于诗人灵感的迸发，或者视为上天的馈赠。其次，与消费主义时代不无关系。进入90年代后，消费主义、享乐主义大行其道，人性在其中难免露出贪婪、邪恶的一面，面对这样的现实，王家新内心受到极大冲击，渴望被一种人类之上的神性召唤，所以当他面对一首首充满想象力的诗歌时，无法抑制内心的冲动，他知道那是诗歌之神的降临，但是内心的严谨和克制又抑制着他的想象。

　　正是这样互相矛盾的两方面，使得王家新既抱有对诗歌神性的幻想，又不自觉地让诗歌创作归于平常。他试图抹平那些对于诗人"天赋"的想象，对于写诗，他保持着高度的警醒，他曾撰文指出："进入现代物质文明社会以来，'创作'这一观念就日益显得可疑'（虽然并不排除在这一观念下写出好诗，例如海子最后留给我们的那一批诗作），如果不经过转化就很难将它纳入到我们这个时代的'知识型构'中来。"在他看来："中国现代诗自70年代末到现在，体现了一个由'创作'到'写作'的转变历程。"[①] 诚然，"创作"与"写作"是两个不同的概念，"创作"的本质属性是创造，而"写作"在理论上虽包括"创作"，但还包括"创作"之外的非创造性书写。事实上，"写作"这一概念的属性，主要是由非创造性书写所决定的。王家新自觉区分这两个概念，认为当代新诗正经历着"创作"向"写作"的转变，而他本人对"创作"则持一定的怀疑态度。对于80年代流行的

[①] 王家新：《当代诗歌：在确立与反对自己之间》，《没有英雄的诗》，中国社会科学出版社2002年版，第101页。

说法"诗人不是作为某个历史时刻的人而存在着,他是上帝或神的使者"[①],王家新认为自己不属于这个范畴,他始终将自己视为历史的一分子,对于诗歌创作怀着谦卑的态度,这种对诗歌的信仰和对现实的清醒认识造就了他,他得到了作为诗人的最好回报——来自上天"赐予"的诗歌。王家新内心的矛盾,一方面是为了强调写作所需要付出的艰辛,强调对知识的积累,破除对"创作"的盲目信仰,消解诗人神话,将诗歌从神坛上解救下来;另一方面,他的言论又在无形中淡化、甚至消除了诗创造的神秘感。王家新身上固有的理性使其成为一个思辨性极强的诗人,这也是他区别于同期诗人的重要特质,但是对待诗歌创作过于严肃和理性,一定程度上阻碍了他对于神秘主义诗学更深入的探索,也正因此,他的神秘主义诗学并没形成完整的话语体系,更多是以评论的方式呈现,这不能不说是一种遗憾。

  王家新在书写中国大地时展现出的东方神秘元素,既是对传统文化的回归,更可以算作一种"创新"。王家新对于优质的文化、语言资源一直持开放态度,在他旅居海外的日子里,诗歌中出现大量的域外元素,如"狄更斯阴郁的伦敦"(《伦敦随笔》),"这就是玛格瑞特的那些旗手——他们穿过无尽的群山与沼泽地,最后却迷失在大理石圆柱的花园里"(《词语》),"欧罗巴的秋天,天总是阴沉沉的"(《临海孤独的房子》)……当王家新身处异乡,他所经历的一切,不论气候、风景还是身边的人,都是新鲜的,作为诗人,这些理所当然成为素材。王家新毫无保留地将异域的一切以诗歌的形式记录下来,这一批在域外完成的诗歌也构成了他诗歌版图中风格鲜明的一部分。也正是这一批诗歌,使一些人称王家新为"西化诗人",这种片面化的解读,遮蔽了王家新对于传统文化的重视,他认为:"我们只有在充分了解和认识'西方'后,或者说在经受了一种现代主义'洗礼'后,

---

① 韩东:《三个世俗角色之后》,《百家》1989 年第 4 期。

才有可能回过头来与被搁置的'传统'重新建立一种关系。"① 从王家新的创作经验来看，其诗风的变化与理论追求基本一致，以传统的、带有禅意的诗风作为诗人生涯的起点，转而进行现代主义试验，之后又重拾东方的神秘风格。从作品本身来看，其语境变得愈发开阔，说明这种重拾不是对本土的简单回归，而是对传统文化资源的更为充分的利用。王家新一直在审视"本土"与"西方"、"传统"与"现代"之间的关系，他从不刻意回避自己诗歌与西方文化的关联，更不拒绝对中国传统文化的汲取，他曾谈到新诗与古典诗歌的关系，认为二者"是一种修正和改写的关系，一种互文与对话的关系"②。因此在21世纪初临之时，重新将东方神秘主义运用到诗歌中，正是他所说的"互文"与"对话"，也可以看作其创作生涯的又一次突破。他2004年有一首作品《唐玄奘在龟兹，公元628年》，里面写道："醒来，便是这荒凉的宇宙/这死去的山/这寸草不生的戈壁"，王家新再次将目光投向宇宙，从宇宙到山再到戈壁，意象的叠加透出的是无限的苍茫与荒凉，伴随着混沌与神秘。他以创作证明，对古典与传统的态度不是盲目"回归"与"崇拜"，而是有效地调动资源为诗歌服务。作为当今诗坛具有一定分量的诗人，王家新作品中的东方神秘元素印证了中国传统文化所蕴含的无限生机，为中国新诗的未来发展提供了积极的借鉴价值。

王家新擅于将自己的思考融入创作，那些与神秘他者的对话，几乎是他的自我拷问。例如在《伦敦之忆》中，有"楼梯上，即使无人的时候/也会响起咚咚的脚步声——/那是二十二年前的东伦敦，/你三十五岁"。读者会不自觉地将"你"与这首诗的完成时间——2014年以及"二十二年前""三十五岁"等与时间有关的信息联系起来，而

---

① 王家新：《"迟到的孩子"——中国现代诗歌的自我建构》，《没有英雄的诗》，中国社会科学出版社2002年版，第78—79页。
② 王家新：《一份"现代性"的美丽——从废名对林庚的评论谈起》，《诗探索》2000年第Z1期。

整首诗基本上是对诗人过往的生活场景以及个人经历的回顾，类似于一种自白，读者很容易被困在这样的片段中，难以对诗歌的边界进行延展。参照王家新其他具有神秘对话性质的作品，不难发现神性往往体现在对话者"现身"的形式上，而内容上缺乏一定的诗意。关于"诗意"，王家新有自己的理解："如今散文诗创作领域'美文'化、'诗意'化倾向比较严重。"相较于美文的"诗意"，他更注重诗歌中呈现出的思想性，擅长以独特的视角开启诗歌中的思辨模式。在他看来，"相互对话，相互辩论，还有个人与现在、过去与现在等等这样一些经验的沉淀，把它整合成一个艺术的整体，给读者创造一个可以自由出入的空间，能各自自由地走进去各取所需"。① 王家新希望读者能够在这种对话中找到属于自己的那部分，这是一种美好的愿景，但是将这种思考以诗歌的形式传达出来并为读者所吸收，是否高估了读者对诗歌本身的期许呢？

  总的来看，王家新在诗中构建出一个想象中的精神存在，一方面能够高度凝聚整首诗的核心，提升其精神高度；另一方面也不可避免地将文本与诗人自身紧密联系在一起，而过分囿于诗人的成长经历与现实处境会弱化诗歌的层次感，压缩想象空间，换句话说，是对诗意的某种消解。

---

① 王家新：《散文诗与"诗片断"》，《散文诗》2011 年第 13 期。

第二章 承担诗学

20世纪80年代末以来,随着社会生活与文化思潮的变化,中国当代新诗进入新的发展阶段,面临转型与重建。置身新的境遇,部分诗人表现出承担意志与精神,王家新经历了时代的宏大叙事,其经历与个性使他成为那一代诗人中独特的"这一个",始终将写作视为一种严肃的工作。面对新的时代命题,在随笔、创作谈、诗论、诗歌访谈录中,王家新自觉思考诗与时代之关系,探究知识分子精神世界,专注于诗歌的"承担"问题。

何为诗歌的"承担"?王家新认为,承担是"'向内的',是对个人历史境遇的切入,有时甚至是对个人内心地狱的无畏深入",承担的是"生命之重",除此之外,"一个诗人当然还应有一种更大的关怀,因为'人生的'也就是'历史的','语言的'也必然会是'文化的'"[①]。在他心中,诗是一种自我表达与承担,诗创作是以诗的方式介入时代,介入人类的精神生活,承担人生、历史的重量,承担生命之重、语言之重、文化之重,即"它首先意味着的是把我们自己置于历史与时代生活的全部压力下来从事写作。"[②] 这就是王家新的诗论和创作中所表达的诗歌承担观。

---

① 王家新:《回答普美子的二十五个诗学问题》,《诗探索》2003年第1—2合辑。
② 王家新:《阐释之外:当代诗学的一种话语分析》,《文学评论》1997年第2期。

第一节 诗是时代的承担者

诗歌与时代的关系,是当下问题,也是古老命题。刘勰在《文心雕龙·时序》中说:"歌谣文理,与世推移",时世变化势必带来歌谣的发展;"文变染乎世情,兴废系乎时序"[1],文章与时序之间处于一种共振关系。孔颖达在《毛诗正义·序》中表达了类似看法:"诗迹所用,随运而移"[2],诗歌创作随时运而变化,这是诗歌史演变的规律。王家新出生于50年代后期,是经历了时代宏大叙事的诗人,时代感刻骨铭心。诗歌与时代的关系,自80年代中后期开始,在个人化潮流中,成为很多诗人不屑谈论的话题。王家新是一位个体性非常强的诗人,却从未忘却所置身的时代,诗与时是他诗思的重要内容。他经常在随笔、创作谈中论及时代,并逐步形成了自己关于诗歌与时代关系的理解。1997年,谈到当代诗学时,他认为诗人应承担"历史和时代生活的全部压力",并且提出:"正是通过这种承担,我们的写作才有可能积极介入到目前中国的话语实践中并成为其中富有变革、批判精神和诗性想象力的一部分。"[3] 只有这样,诗歌才能真正介入当下中国的"话语实践",这是基于对80年代以来非历史倾向的诗歌创作的反思而得出的观点。1999年,在回应他人对知识分子写作质疑时,他说:"在历史上当然不乏具有永久魅力的诗篇,但这是否意味着有一种对任何时代、任何语境、任何具体写作都有效的一成不变的诗学呢?"他本人对此的回答是否定的,因为每个时代都有特定的现象与问题——"无视历史和文明的变化,无视当下写作的处境和具体问题,抽象、静止、封闭地来设定一种文化本质和诗歌本质,这并不是

---

[1] (梁)刘勰:《文心雕龙·时序第四十五》,《文心雕龙》,浙江古籍出版社2001年版,第233、244页。

[2] (汉)毛公传,郑玄笺,(唐)孔颖达等正义:《毛诗正义·序》,上海古籍出版社1990年版,第1页。

[3] 王家新:《阐释之外——当代诗学的一种话语分析》,《文学评论》1997年第2期。

一种严肃、诚实的诗学探索,恰恰相反,是对它的取消。"[1]他主张诗人不要空谈抽象的诗歌本质,应立足自己的时代,关注真实的生存处境。2003年,他认为:"其实'时代'是不邀自来的"[2],他时刻关注所处的时代,诗与时代的关系是他诗歌思想的重要内容,贯穿了他整个诗人生涯并仍在延续。2013年,他提出:"任何时代的诗歌都需要在它与现实的关系中来把握自身,因而'诗歌与现实'会不断成为一个话题。"[3]

在注重诗歌时代性的同时,王家新对于"纯诗写作"或者"不及物写作"有着自己的看法。当时有一种声音片面地将纯诗与时代对立起来,认为书写时代就不是纯诗,而在王家新看来这是一个复杂的课题,需要作全面的理解。他坦言自己从80年代以来,就是"一个或半个纯诗主义者,并且到现在'诗的纯粹性'仍是我在写作时的一个重要尺度"。即是说,诗人必须重视诗性、诗美,但这只是问题的一方面;另一方面,诗不能无视时代历史,在他看来,脱离时代背景与历史脉络的写作只是逃避现实的手段。对此他提出一连串问题:"在中国这样一个语境中,我们怎么来承担历史赋予的重量?我们的写作怎样与人生发生切实的遭遇而不是陷在某种'美学的空洞'中?或者说,我们怎样把文学的超越性建立在一个坚实的、可信赖的基础上?"[4]答案在于诗必须承担历史的重量,将诗之超越性反映在坚实可靠的时代生活上;换言之,他追求诗的纯粹,但不主张诗疏离时代,坚信"诗的纯粹性"与时代书写之间的相容性。当一些诗人以讽刺的嘲弄的口吻述说着时代的浮躁,或者走向"与世隔绝"的写作道路时,他强调诗必须承担历史的重量,将诗之超越性建立在坚实可靠的时代生活上,这样才不至于陷入"美学的空洞"。这就超越了20世纪20年代

---

[1] 王家新:《知识分子写作,或曰"献给无限的少数人"》,《诗探索》1999年第2期。
[2] 王家新:《回答普美子的二十五个诗学问题》,《诗探索》2003年第1—2合辑。
[3] 王家新:《诗歌与消费社会》,《扬子江评论》2013年第1期。
[4] 以上均出自王家新《回答普美子的二十五个诗学问题》,《诗探索》2003年第1—2合辑。

中期以来，一些诗人所主张的疏离时代、仅在诗歌内部谈论诗歌艺术的纯诗观。

那么，诗如何与时代发生关系，如何承担时代重量呢？他说："从古到今，在诗人与他的时代之间，也一直有着一种痛苦的对话关系"，"我当然希望我的写作愈来愈具有一种深刻独特的个人性质，但我知道，作为一个诗人又不能不以某种'痛苦的视力'来观照他自己的时代"。诗人不是时代的"代言人"，不是传声筒，但应该有一种"深刻独特的个人性质"，有一种"历史关怀"意识，以"痛苦的视力"观察与表现自己的时代诗歌的时代感不是刻意为之的，而是"在写作与语境、个人与历史的张力关系中产生的"①。诗人不是复制时代画面，不是简单呼喊时代口号，而应当历史地审视时代，以个人化方式介入时代，在个人与历史紧张的张力关系中承担时代的重量。这些是王家新关于诗歌与时代关系的核心思想，是其承担诗学的核心内容之一，而这一核心思想在不同的言说语境里，则延伸、演绎出不同的具体观念，对诗与时代关系作更具体的诠释。时代在哪里？在王家新看来，时代并不是空洞的宏大概念——"当你挤上北京的公共汽车，或是到托儿所接孩子时，你就是在历史之中"②，这里的"历史"就是时代，它是具体的生活片段构成的，不是抽象的符号。诗人的每一次对生活细节的表达，便是对历史的进入，对时代的表现。

诗人怎样与时代发生关系呢？王家新认为："诗人当然关注他的时代"，这是毋庸置疑的，但是"任何一个伟大或优秀的诗人在内心里都不可能与他的时代完全保持一致，事实是，正是一种深刻的错位感而非'合拍感'造就了诗人"③，以独立的姿态与时代之间建立一种"深刻的错位感"，这是一种辩证的观念，是王家新对作为个体的诗人与时代关系的一种理论把握。王家新援引了阿甘本、罗兰·巴特、尼

---

① 王家新：《回答蔡美子的二十五个诗学问题》，《诗探索》2003年第1—2合辑。
② 王家新：《游动悬崖·自序》，《游动悬崖》，湖南文艺出版社1997年版，第3页。
③ 王家新：《知识分子写作，或曰"献给无限的少数人"》，《诗探索》1999年第2期。

采等所提到的"不合时宜"或者与时代"错位"的观点,认为不合时宜者"比其他人更有能力去感知和把握他们自己的时代",他们与时代之间是一种奇异的联系,"同时代性既附着于时代,同时又与时代保持距离。"这种关系是非一般意义上的紧密关系,"同时代是通过脱节或时代错误而附着于时代的那种联系。"诗人只有坚持这样独立的姿态,才能把握时代。诗人不仅需要"凝视"时代,还应该通过"征引历史"以"回归当下",即通过"阅读历史,并以此向我们未曾在场的当下回归"[①]。时代是现在进行时态的存在,是诗人所置身的当下社会状态,包括政治、经济、文化等各个方面,相当复杂,而当下是相对于过去而言的,是过去历史的延续,在这个意义上,处理当下问题不能不思考其与过去历史的关系,思考诗与时代的关系不能不思考诗与过去的历史、文化艺术的关系。在《另一种风景》中王家新写道:"你生活在我们这个时代,却呼吸着另外的空气""问题是我只能这样,虽然我可能比任何人更属于这个时代""但是,这……"这三句对话中,已经无法分辨"你"和"我"的身份,与其说是对他人的倾诉,不如说是诗人对自己内心的诘问。对话中显现出一个核心词汇——"时代","你"比任何人都更属于这个时代,却呼吸着另外的空气,这种内部的纠缠与矛盾,表达出诗人对同时代性的困惑。

正是在时代与历史维度上,王家新认为与时代联系过分紧密无法真正认知时代,只有窥视、征引历史才能有效地进入时代,他常常从艺术史、诗歌史的角度出发,为旧时代艺术的消逝而深感遗憾。但是深知历史不等于当下,历史只是进入的途径。面对旧艺术爱好者的盛情邀请,他直言:"这一切在我看来,都不过是对过去某个时代的不自然的摹仿;它制造着一种对现实的短暂幻觉,却不能改变更广大的现实本身。"[②] 他认为,一个真正有担当的文化工作者,从不奢望模仿旧时代,而是心存

---

① 以上均出自王家新《诗人与他的时代——读阿甘本、策兰、曼德尔施塔姆》,《塔可夫斯基的树:王家新集 1990—2013》,作家出版社 2013 年版,第 231、233 页。
② 王家新:《饥饿艺术家》,《对隐秘的热情》,北岳文艺出版社 1997 年版,第 5 页。

敬畏，每个时代有每个时代的特质，形式上的模仿永远无法重现曾经的辉煌。"心存敬畏"是他倡导的一种态度——致敬过去的艺术与文明。他有诗句："一种古老的文明正在我们身上消失/犹如痛苦蜕变后的蝉壳。/而您，要执意为它唱一支挽歌。"（《致一位尊敬的汉学家》）我们是由古老的文明蜕变而来的，这一认知既是对过去的尊重，也是对自我的清醒认识，因此王家新以一曲"挽歌"对过去以及过去的书写者致敬。文明的更替是时代不可阻挡的趋势，他认为诗人要做的是关注当下的现实处境，而不是对虚空的永恒怀有执念，他坦言："我认为那些患有'永恒情结'的写作者并没有真正意识到他们在做些什么。"[①]挽歌的真正目的应是当下。他曾翻译过叶芝的一首《新面孔》：

> 如果你，步入老年，先我而死，
> 梓树和馨香的欧椴都将不再
> 听到我生者的脚步，我也不会踏上
> 那会击破时间牙齿的我们锻造的地方。
> 让新面孔去玩他们愿意的戏法
> 在那些老屋里；夜可以压倒白昼，
> 我们的幽魂仍将漫游于花园砾石
> 那活着的比它们更像是阴影。

这首诗是叶芝送给好友格雷戈里夫人的，此时诗人已步入晚年，存留在记忆里的柯尔庄园被收归国有，整首诗有一种物是人非的沧桑感。王家新在翻译这首诗时尚且年轻，但是从"那会击破时间牙齿的我们锻造的地方"可以看出，优秀的翻译与译者的年龄无关。这句诗一是强调"击破时间牙齿"；二是"我们锻造的地方"。柯尔庄园本属私人所有，是一种贵族的象征，而这一句遵照英语语法的翻译立时让

[①] 王家新：《谁在向我们走来》，《夜莺在它自己的时代》，东方出版中心1997年版，第59—60页。

人回到旧文明时代,即"我们锻造的地方",达到了一语双关的效果。虽说是一首怀念旧时代的作品,但诗人倾注了关于年代、人生以及岁月的思考,"让新面孔去玩他们愿意的戏法/在那些老屋里","新面孔"与"老屋"构成紧张对话关系,让"新面孔"在"老屋"玩他们愿意的戏法是一种态度,蕴含着诗人心中所构造的新旧关系。王家新用生命的鲜活来感受,因此"梓树""欧椴""幽魂"等意象使整首诗蕴含了新旧文明更替的伤感,而"生者的脚步""那活着的比它们更像是阴影"等翻译,挖掘出诗歌背后的意义。对叶芝来说,这首诗如同一首挽歌,哀悼一个光辉时代的逝去;对王家新来说,虽然未曾经历那样的时代,但他借助对这首诗的翻译来纪念曾经存在过的高贵的文明。在王家新看来:"叶芝并不因时代的破碎而破碎,相反,他的存在的勇气在于'选择一个与这个时刻相关的态度',在于他坚持一种心灵与诗歌的重新整合,以把个人与历史、激情与反讽、信仰与智慧相互熔铸为一个整体"①,这正是王家新所向往的,个人与时代的坚守和共存。

王家新初到英国时,写下"落日迸放,英格兰的天空死去",他惊异于大不列颠王国那种古老、庄严气息的消失,并坦言彼时的自己"对西方文化的没落及彻底商业化不无痛感"。英国是欧洲文化重要的组成部分,更是一个诗和语言的帝国,从这里走出过莎士比亚、济慈、华兹华斯,同时英国作为老牌资本主义国家,是第一次工业革命的发源地,文化的演变很难不受到工业进步、商业发展的冲击。庆幸的是诗歌没有消失在大机器生产和蒸汽机的轰鸣声中,反而是在一遍遍遭受"劫难"后艰难地继续存活下来,这足以显示出诗歌自身生命力之顽强,这对王家新思考诗歌与时代关系问题不可谓不是一种启迪。王家新开始诗歌创作时,正值经济、政治、文化的变革期,诗歌与时代常常显得格格不入。如何在这样的境况中抵御冲击,增强诗歌的生命力,是当代中国诗人共同面对的诗学课题。王家新承受着来自时代的

---

① 王家新:《奥尔甫斯仍在歌唱》,《游动悬崖》,湖南文艺出版社1997年版,第242页。

拷问，他说："在历史上恐怕从来就没有过一个专门为诗歌而形成的时代，但那些真正的诗人们却在非诗的时代开创出了一个个诗的时代！"① 他从人类诗歌历史中获得了力量，看到了希望，认为可以在非诗的时代开创一种诗的时代，这是他对新的历史时期诗与时代关系的回答，一种建立在历史认知基础上的诗学观。

置身市场经济下的消费时代，王家新心存忧虑，他认为消费文化"掩盖了文学和诗歌的真正标准。它降低了这个民族的智商。它模糊了人们的审美判断力"②。这并非危言耸听，当时代逐步向娱乐化发展，王家新担忧诗歌沦为金钱的附属品，担忧社会发展的超速度瓦解艺术的价值，而这一切终将指向整个时代的精神贫瘠。面对这种精神萎靡，他直言："如果说我们曾经有过那么一种诗歌精神，我们曾经有过那么一个灵魂，那么在这样一个商业化、娱乐化的时代，这个灵魂离我们愈来愈远了。"③ 作为诗人，王家新不能停止写作，他面对的是一个现实难题——一方面，写作让他获得了精神独立；另一方面，诗人的写作无法脱离其所处的历史与时代而孤立存在，这就使得写作既是他与时代发生关系的纽带，也是他与时代保持距离的方式，于是他写下："我这样来限定写作：一种把我们同时代联系起来但又从根本上区别开来的方式。但即使不做这样的限定，诗歌也依然在做它自身的双向运动。"④ 诗歌是王家新介入现实的唯一方式，只有通过写作才能让时代在自己的笔下出现，也只有通过语言，才能让自己独立出来，所以写作是他无法抗拒的命运——"在这个时代，如果我不能至死和某种东西守在一起，我就会漂浮起来；漂在大街上，或一首诗与另一首之间。"（《反向·诱惑》）当精神生活被世俗生活取代，沦为物质社会的牺牲品时，文学在其中痛苦地挣扎着，诗人所能做的便是与

---

① 以上均出自王家新《岸》，《对隐秘的热情》，北岳文艺出版社1997年版，第143、148页。
② 王家新：《诗歌与消费社会——在尤伦斯艺术中心的讲座》，《在你的晚脸前》，商务印书馆2013年版，第31页。
③ 王家新：《"地震时期"的诗歌承担及其困境》，《诗探索》2009年第1期。
④ 王家新：《谁在我们中间》，《游动悬崖》，湖南文艺出版社1997年版，第215页。

诗歌相依为命，互相守候着对方。文学，在他看来"只是在世俗的欢乐中继续它自身的痛苦，在时代的喧嚣中进入它自身的宁静——其软弱与力量、不屈与高贵，都在于此"①。文学的存在是浮躁的社会还留有尊严的象征，艺术的发展永远是时代进步的标尺，即使环绕的声音再多，诗人也需要在这种嘈杂中找到自身定位，在痛苦中续写使命，而语言是诗人唯一能对时代说话的方式。虽然很多诗人不愿意承认，但一个不可否认的事实是，诗人成了这个时代的见证者，其写作也无可避免地受时代影响，诗人所需要思考的是如何用语言与社会对话，达成"和解"。诗歌从来不是从天而降或灵机一动的产物，它与个人经历密不可分，而个人的经历只有放在历史的背景下才具有真实性。王家新热衷于参加诗歌朗诵，这是他处理诗歌与时代关系的另一种途径。不管作为诵读者还是听众，他都将其当作一项严肃、庄重的事来对待，而他也习惯于在这种场合思考精英文化与大众文化的界限，以及文化传播与国民素质的关系。他在比利时根特艺术节朗诵期间遇到大众偏爱的流行乐和摇滚乐，感受到了欧洲文化的复杂性，体会到文化在未来多元发展的重要性，而这些都引起他的反思——"所谓的'严肃文学'或'精英文化'，也只有在对这样一个时代的加入、感受和批判中才能再一次找到并确立自己的位置。"引申言之，严肃的诗歌、精英诗歌只有在加入、感受与批评时代中，才能确立自己的位置，他提出："有时不是在苦思冥想之中，而是在与时代生活的深刻摩擦中，我们才听到精神本身对我们的召唤！"② 突出诗人与时代生活摩擦的重要性。

当代新诗浪潮不断，各种观念此起彼伏，王家新作为见证者或亲历者，对其中一些重要现象与问题，时常发表看法，以此丰富或校正自己的诗歌观念。"纯诗写作"或者"不及物写作"曾经受到诗人的

---

① 王家新：《对隐秘的热情》，《夜莺在它自己的时代》，东方出版中心1997年版，第130—131页。
② 以上均出自王家新《多种面孔的欧洲》，《对隐秘的热情》，北岳文艺出版社1997年版，第160—161页。

热捧，但王家新认为那种脱离时代背景与历史脉络的写作并不真实存在，只不过是用以逃避现实的手段。他创作于1995年的诗片断《蒙霜十二月》中有：

北京（一）

当我再一次走过电报大楼，当我艰难地穿过以前居住的西单闹市区，北京！像是音乐中的一个主题，推迟多年后又在这个初冬出现了——

而你看到了什么，在这四处广告、万头攒动之中？又一座商业巨楼拔地而起，而一辆三轮车在朝着一个步行的老外猛追……

当我对这一切感到揪心，突然间，在西长安街尽头，诗句已化为一片蒙霜的美丽如火的秋林……

路过崇文门劳工市场

路过崇文门劳工市场，看到那片在寒风中期待着被领走的人们，我再次想到我们都曾有过的贫穷与无助。而一个作家必须不断地意识到自身的贫穷。

一个从来没有饿过的人，能否在赞美诗响起的时候意识到他自己的贫穷还没有完成？能否从一只最后的面包上，感到神的庇护？

"人必须生存，必须创造。人必须生存到那想要哭泣的境地。"

我想起了加缪的那句话，心里有什么一涌，又向前走去。

从电报大楼到西单闹市再到崇文门，诗人穿梭在北京的大街小巷，感受着这个城市的变化和艰难，当他亲眼看到底层的艰辛时，他深深地感到语言的贫乏，语言是作家唯一拥有的财富——"能否从一只最后的面包上，感到神的庇护？""而一个作家必须不断地意识到自身的贫穷"。当拔地而起的商业巨楼、四处可见的广告牌、穷追不舍的三轮车逐渐成为一种日常时，王家新感到自己正在与这个时代慢慢脱节。

社会的快速运转对王家新来说如同幻境,但他没有选择背弃生活,而是从生活内部进行自我反思。他主张:"真正有价值的文学写作其实并不是一种抽象的言说,而是有其历史上下文关系的'话语',它只有(也总是)和某一时代人们要说什么以及怎么说这一系列话语实践发生深刻关系时才能获得自身的意义。"①时代变迁带来的关于社会变革、人类处境以及自身困境等命题不断拷问着他,他领悟到,语言所经历的一切便是诗人所感受到的一切,那个再平凡不过的蒙霜十二月刺痛了他,让他深深意识到生存是一个人不得不面对的现实,作为诗人无法超越具体语境展开写作,所以他发出这样的声音:"正如诗人面对的时代并不是一个摆在那里供人思考的时代,而是一个只有在写作中才能显现出来,并且显现到什么程度就只能是什么程度的时代一样"②,时代只有在诗人的写作中才能显现出来,诗歌承担着显现时代的重任,这一观点突破了时代决定诗歌写作的观念。当一些诗人以讽刺的嘲弄的口吻述说着时代的浮躁,或者走向"与世隔绝"的写作道路时,王家新还是坚持着自己一贯的风格,沉着、冷静,他用语言去凸显时代,以语言的质感抵消时代的不真实感。

谈到自己的创作,王家新说:"总是在词中上路,又总是永无归宿。"他把诗歌创作归结为以词上路,他写下"终于能按照自己的内心写作了"(《帕斯捷尔纳克》),这些都透露出他对回归内心、回归语言的渴望。"我不能不感到那时在我们内心里经历的一切,超越了具体的历史时期",在个人与时代的对话中,个人心中所经历的内容超越了具体的历史时期,获得了某种超越性,"我不得不考虑怎样以个人的方式去'承担'的问题"③。诗人在面对个人体验与时代症候时,不能逃避,而应思考如何以一种个人的方式来承担这一切,这一诗学

---

① 王家新:《单向街与教区边沿的房子》,《坐矮板凳的天使》,中国工人出版社2003年版,第100页。
② 王家新:《一个人和他的花园》,《对隐秘的热情》,北岳文艺出版社1997年版,第60页。
③ 王家新:《游动悬崖·自序》,《游动悬崖》,湖南文艺出版社1997年版,第2、3页。

观延续了自古以来中国诗人的担当精神，强调了诗人的个体性。生活的沧桑使王家新重视生命书写，他倡导具有担当精神的个人诗学，既让语言显露它的本真，又让历史在其中现身。

王家新曾经提到帕斯捷尔纳克的诗学启示，他认为帕氏"把个人置于历史的遭遇和命运的鬼使神差般的力量之中，但最终，又把对历史的思考和叙述化为对个人良知的追问"①。在这种个人与历史的反思中，长诗《回答》诞生了。《回答》的定位是个人"史诗"，一经发表便在读者中引起不小的反响，被认为是继《帕斯捷尔纳克》与《瓦雷金诺叙事曲》之后王家新又一首有辨识度且具备承担精神的诗歌。这首诗从发表至今已经有数篇文章对其进行过解读，而它最有价值之处便在于个人生活向历史维度敞开，历史的脉络出现在一个极为私密的个人化叙事文本中。叙事是诗歌言说时代、承担时代重量的重要途径，在90年代成为写作的焦点，围绕叙事进行的写作实验催生了一批"伪叙事"作品，脱离生活本身的逻辑，难以与现实接轨，文本再一次变得空洞、乏味。王家新将叙事定义为讲故事——"我意识到了我们将要着手的工作，那就是形成一种新的话语能力，以给这个无以名之的时代讲出一个故事来，使它再次成为可以被我们所把握、可以被诗歌所谈论。"② 此处提到的"给这个无以名之的时代讲出一个故事来"，就是叙事，是关于诗与时代发生联系的诗学观念，以历史的眼光和严肃的态度，审视时代背景下的个人生存境遇。从这一点来看，《回答》做到了，王家新曾感叹："每当我重读此诗，我都感到它再一次把我带回到我的某种根本命运之中。"③ 王家新以自己的个人经历写出了《回答》，这首诗完成以后，它的存在又以文本的方式再次构建了王家新的命运，这便是诗中那句"回答一首诗竟需要动用整个一生，而

---

① 王家新：《承担者的诗：俄苏诗歌的启示》，《外国文学》2007年第6期。
② 王家新：《"讲出一个故事来"》，《对隐秘的热情》，北岳文艺出版社1997年版，第172—173页。
③ 王家新：《从一首诗的写作开始》，《没有英雄的诗》，中国社会科学出版社2002年版，第20页。

你，一个从不那么勇敢的人，也必须/在这种回答中经历你的死，你的再生"。这一刻，诗人的生命线被埋在了字里行间，难以分辨到底是诗人的人生经历造就了这首诗，还是字节的跳动在秘密引导着诗人的人生走向，而这种无法割舍的关系便是其叙事诗歌的秘密。

这首诗并不是一个关于时间的线性叙述，它将时间轴打乱，以片段化的呈现方式，个人生活穿插着强烈的时代印记，如"十年，二十年……我们的国家，我们的时代/我们的朋友和亲人，发生了多大变化呵"指的是中国发生的一系列变革，每一个人都生在其中，是历史的一分子，时代的一分子，因此也无可避免地留下相应的痕迹；"我们还属于从下放的山乡来到大学校园的那一代人吗？不，珞珈山已是墓园/埋葬了我们的青春"，这里的校园、青春已经不只属于王家新个人，而是属于他那一代人共有的记忆；"我又能否让我自己和我的同时代人——从我的写作中走过，并脱下面具，为了同一种黑暗的命运致礼？"当同处一个时代的人从写作中走过，正是一种关于时间流逝的主观感受，"于是我把你带在我的生活里（我竟不知这也正是它的要求），如同我们仍住在北京西单那两间低矮而潮湿的老房子里"北京西单低矮而潮湿的老房子，是纪实，也是暗喻，让人联想到那些奋斗初期的艰难，那是一代人为了追寻梦想而共同拥有的潮湿的经历，"你也不再是那个走向金水桥头，举起右手/向着伟大领袖的遗像悲壮宣誓的小丫头了"，"你在诗中提到了戴安娜。戴安娜的死让我震惊，让我不敢相信"则分别指向金水桥上的宣誓以及1997年震惊全球的英国皇妃戴安娜逝世事件。这些都是诗人作为亲历者所经历的一切，一方面它们构成了诗人个人生活的一部分，另一方面它们本身就是时代历史的化身，这些叙事片段无论以怎样的先后顺序出现在诗中，都是对历史的一种串联和复盘。自我生活与时代内容相互进入，虚虚实实，构成一种审美结构，这就是王家新所追求的以个人故事展现时代内容的叙事诗学效果。

而这引出另一个诗人与时代关系的诗学问题——当所有人都是时代的目击者，那么"回答"的主体是谁，是诗人本人，还是那些具有相同经历的同时代人？从创作初衷来讲，这首诗确是王家新本人对自我的审视与反思，但是从诗歌的角度来讲，一首作品在完成以后便与诗人分离，呈现出一种"点——线——面——体"的动态演变过程，对此王家新本人给出自己的理解："这首诗出来之后，有人这样评价，说这首诗写的是一个叫王家新的人的自传、生活史。但是我不是这么理解，我希望他们把它作为一首诗，在诗中出现的我，我提出问题、回答问题，都不单是王家新个人的问题。"① 很显然，王家新对于这首诗的建构并没有停留在个人生活的层面，而是透过对个人生活细节的描写，将时代的特征以及一代人内心的焦虑融入其中。诗歌中出现的另一个女性形象"弗兰达"，则被认为是一种精神象征。实际上，弗兰达确有其人，王家新在随笔《魔山》②中曾经提到过她，二人在德国斯图加特相识，这是一位来自意大利那不勒斯的建筑艺术家。从托马斯·曼到但丁，他们探讨的内容包括灵与肉、生与死、政治与哲学等等，王家新在与弗兰达神交的同时获得了心灵的平静。《回答》一诗的创作时间从1997年11月延伸到1998年1月，此时王家新居住于德国斯图加特的一处古堡，究竟他与弗兰达的相遇是否发生在其创作《回答》期间不得而知，诗中有如下情节：

> 深秋的夜。我刚刚从弗兰达那里
> 回来，这个美丽的、一直带着凝视的眼光
> 有着一头金色卷发的意大利建筑艺术家
> 在给我做了浓浓的意大利咖啡后
> 坐下来，唱起了关于她家乡的歌——
> 那不勒斯，你有一千种颜色
> 那不勒斯，你有点让人害怕
> 那不勒斯，你是孩子们的声音，他们

---

① 张洁宇等：《对〈回答〉的文本细读》，《江汉大学学报》（人文科学版）2005年第2期。
② 王家新：《魔山》，《坐矮板凳的天使》，中国工人出版社2003年版，第72页。

>在渐渐长大
>那不勒斯，你是海的味道，海的歌
>那不勒斯，人人都爱你
>没有人知道你的真实

"弗兰达"已经成为王家新的灵魂伴侣，当王家新个人感情生活遭遇危机，婚姻破碎之时，他一次次地想到弗兰达，想到这位"那不勒斯的女儿"，徘徊在她与前妻之间，直到"我已把她写入诗中"，他们互相期待，互相理解，但是"我的身体却在变沉"，诗人无法承受这种存在于真实与虚幻之间的、来自精神上的超负荷，最终"我回来了。我从弗兰达的二楼回到我的/顶楼，回到我的地狱"。现实将王家新的想象摧毁，他痛苦地陷入挣扎，思考着现实与梦想之间究竟有多大差距、背叛与忠诚该怎样衡量、物质与精神应当如何取舍、爱情与自由哪个更重要、去成为还是不去成为……这些问题尖利且扎心，它们是处于同一片历史天空下的人们所遭遇的共同的困惑。所以王家新不仅是在替自己回答，更是在替一代人回答。《回答》是王家新承担精神的实践，一个理想的承担诗歌文本，不仅替他自己回答了人生复杂的谜题，更替一代人解答了何谓"承担"的生存问题。

第二节 对知识分子精神的承担

诗歌与知识分子关系，宽泛地讲，是一个古老的问题；严格意义上，则是90年代后出现的文化命题。中国古代诗学的基石是"诗言志""诗缘情"，其"志"最初指的是诗人之怀抱、志向[1]，"情"则是诗人内在之情（陆机《文赋》）。基于此，随着朝代更替，主流文化的逐渐形成与变化，延伸出不同层面的诗歌观念；但总体而言，"志"

---

[1] 朱自清：《诗言志辨》，广西师范大学出版社2004年版，第7—8页。

与"情"由个体性转化为集体性,乃修身、齐家、治国、平天下之"志"和"情"。儒家诗教理念,决定了诗歌承担着培养君子人格的重任,要求做到"温柔敦厚"①、"思无邪"②,它们成为诗人身份认同的基础与依据。近代以后,"诗界革命"兴起,白话自由新诗逐渐取代文言格律诗,诗歌成为参与现代文化启蒙、救亡图存和社会变革的重要载体,成为参与社会文化建设的重要媒介,白话自由体新诗人在文化现代化潮流中确认自我身份。80年代中后期开始,随着市场经济发展,文化开始转型,知识分子面临着自我身份重新确认和价值重构的困境,知识分子的社会身份、位置与价值成为讨论的重要话题,文化界开展了广泛的"人文精神"讨论③,有学者提出:"在当代诗歌无比艰难的现代化进程中,'知识分子性'是一个至关重要、而又屡屡受挫的未完成性话题。"④诗人群体的边缘化感觉强烈,诗人何为、诗歌何为的问题开始凸显。1987年,王家新作为《诗刊》编辑,参与举办了"青春诗会",会上"知识分子精神"成为重要议题。在如此文化语境和诗歌发展状况里,王家新开始思考诗歌与知识分子之关系问题,倡导诗歌应该表现、承担知识分子精神。

1997年,他在对中国当代诗学进行话语分析时认为,80年代以来,中国诗坛看似繁荣,实则有一种内在的萎缩倾向。他问道:"非历史化的抽象写作或不及物写作纵然可以把某种诗歌写到纯之又纯的程度,但它们能否和人们当下的生存及语言经验发生一种切实的摩擦?"他的答案是否定的,认为正是这种不及物写作、"纯诗"写作导致"现实仅被限定为在诗歌之外谈论的事情,文本与语境老死不相往

---

① 郑玄注,孔颖达正义,吕友仁整理:《礼记正义》,上海古籍出版社2008年版,第104页。
② 杨伯峻:《论语·译注》,中华书局1980年版,第11页。
③ 张汝伦、王晓明、朱学勤、陈思和:《人文精神寻思录之———人文精神:是否可能和如何可能》,《读书》1994年第3期;王晓明:《知识分子在"全球化"中的作用》,《东方文化》1999年第4期等。
④ 程光炜:《不知所终的旅行》,《岁月的遗照·导言》,社会科学文献出版社1998年版,第2页。

来",诗人应自觉介入现实,介入生命真实的存在。王家新认为,诗人应当"重获一种面对现实、处理现实的能力和品格",创作出具有历史批判精神与诗性想象力的作品,他认为这是"我们在今天不得不考虑的问题"[①]。这里的"我们"指包括他自己在内的知识分子同代诗人,"不得不考虑"体现了一种忧虑,不只是自我反思,更是对诗歌发展状况的反思,是对诗歌发展走向的期待。1999年4月,王家新参加了召开于盘峰宾馆的"世纪之交:中国诗歌创作态势和理论建设研讨会",在会上作了长篇发言,该年底刊发了两篇重要的诗论文章,即《知识分子写作,或曰"献给无限的少数人"》和《从一场濛濛细雨开始》,较为系统地阐释他的"知识分子写作"观,倡导诗歌承担知识分子精神的思想。何谓知识分子?90年代初,他认为:"他不仅是社会的一员;他更是一个文化的产物,在少数杰出的优秀者那里,他还是人类千百年来所创造的一个'灵魂'。正因为如此,愈是在动荡和危机的年代,人类的理智和良知愈是要求他能够守住一线文化命脉,拒绝各种时尚诱惑,而独自维系并深化人类更根本的精神存在。"[②]这是在更广阔的人类文化视域中定义知识分子,认为它不仅具有一般社会成员的属性,更是"文化的产物",是人类的"灵魂",所以关键时候应"守住一线文化命脉",拒绝时尚的诱惑,坚持自我独立性,能够独自"维系"和"深化"人类"更根本的精神存在"。这就是他心中的知识分子,或者说知识分子精神。

诗人与知识分子是什么关系?传统语境里,这本不是问题,因为在原有的观念体系里,诗人就是读书人,就是有知识的人,有知识的人就是知识分子。但自90年代开始,萨义德、福柯、萨特、韦伯思想的引入,西方现代知识分子观念被中国学界所接受,认为知识分子不仅是有专业知识的人,还必须有一种独立的意志,超越狭隘的专业知识限制,具有正义感与良知,关注社会,关注公共文化建设,抨击愚

---

① 以上均出自王家新《阐释之外:当代诗学的一种话语分析》,《文学评论》1997年第2期。
② 王家新:《冯至与我们这一代人》,《读书》1993年第6期。

昧、丑恶与不合理现象，有一种强烈的批判意识，与主流社会不相容，关注边缘与底层，质疑、指证与对抗不公正的行为与规则。相比而言，中国古代的"士"作为一个重要的阶层，参与了古代中国社会治理和文化建设，"士不可以不弘毅，任重而道远"[①]，突出了担当精神；"士为知己者死"[②]，是一种"弘毅"，与西方现代知识分子观念相比，"士"作为等级社会中的阶层，缺失平等、独立的身份认同。王家新说："知识分子当然并不等于诗人，但诗人从来就是知识分子，或者说应具备知识分子的视野和精神。"他认为在大众文化时代，诗人首先应该"具备知识分子的独立立场和认知态度"，也正因此，"诗人与知识分子并不对立，相反，只有把中国现代诗歌及当下写作纳入到中国现代知识分子的根本历史境遇和命运之中，我们才能充分认识它的职责和意义"。在他看来，知识分子不等于诗人，这个判断没有问题；但诗人从来就是知识分子，则不准确，与事实不相符，所以他补充道，诗人"应具备知识分子的视野和精神"，"行使一种知识分子的文化使命"，即诗人应具有知识分子精神品格，这种品格就是"独立立场和认知态度"。这是他对当下诗人与知识分子关系的理解。在这个意义上，诗人的写作就是一种知识分子写作。王家新在90年代知识分子问题探讨语境中，形成了自己的诗人与知识分子关系的观念。

那什么是"知识分子写作"呢？他认为："它首先是在中国这样一个社会，对写作的独立性、人文价值取向和批判精神的要求，对中国诗歌久已缺席的某种基本品格的要求"，这种写作不同于"纯诗写作"，也不同于"神性写作"，而是需要"切入我们当下最根本的生存处境和文化困惑之中"，是关注现实，"担当起诗歌的道义责任和文化责任"，这就是"知识分子写作"。这种知识分子写作观，源于王家新对80年代和90年代中国诗歌写作状况的观察与认识，它意味着中国

---

① 《论语·泰伯第八》，程昌明译注，山西古籍出版社1999年版，第81页。
② 《战国策·赵策一·晋毕阳之孙章》，《战国策校注系年》，中州古籍出版社1988年版，第342页。

诗歌写作"由八十年代普遍存在的对抗式意识形态写作、集体反叛或炒作的流派写作、非历史化的带有模仿性质的'纯诗'写作等等到一种独立、沉潜的具有知识分子精神和文化责任感的个人化写作的转变"。即是说,知识分子写作被界定为承担知识分子精神的个人化写作。

知识分子写作强调警惕性、反思性;始终"把自己置身于时代和人类生活的无穷性与多样性中去讲话",这是对作为知识分子写作的诗人个体身份的强调。毋庸置疑,作为知识分子的诗人,其写作必然与知识发生关系,与中外诗歌发生关系,那如何理解这种关系呢?王家新认为知识分子写作"必然是一种互文性写作。诗歌肯定与生活有关联,但它同时也来自文学本身"。这是一种大胆的观点,认为诗歌不仅来自生活,也来自"文学本身",所以中国历代诗歌之间构成相互指涉的"互文体系"。也正是在这个意义上,他提出了当代诗歌写作与西方诗歌之间的新型关系:"由以前的'影响与被影响'关系变为一种平行或互文关系。"将中西诗歌之间的关系由强弱等级关系改变为平行的对话关系,改变为相互生成的关系,做到了"既把自身与西方文本联系起来,但同时又深刻区别开来",因此知识分子写作"不是在封闭中而是在互文关系中显示出中国诗歌的具体性、差异性和文化身份的写作",是"置身于一个更大的语境而又始终关于中国、关于我们自身现实的写作"。突出文本的中国性征、中国身份,它是"向我们自身的现实和命运'致敬'的文本"。"知识分子写作"作为历史转型时期的诗学,强调独立性、个人性,"它只能是一种对'无限的少数人'讲话的那种话语"[①],它主张以知识分子精神承担时代重量,且构成 90 年代诗歌写作的重要倾向。

王家新在思考知识分子诗学过程中,努力把知识分子的承担精神作为对自己写作的要求——"一种文学,如果要想获得它的成熟、高

[①] 以上均出自王家新《知识分子写作,或曰"献给无限的少数人"》,《诗探索》1999 年第 2 期;王家新《从一场濛濛细雨开始》,《读书》1999 年第 12 期。

贵和尊严，就必须在任何境况下都能保持住一种知识分子精神。"[1] 他不断警惕脱离语言的现实感进行空泛的创作，同时也努力拒绝"诗歌派别"以及"写作立场"等对自身的束缚，其写作最重要的特征便是保持思想的独立性与批判性，批判不是动辄以"不"的姿态来显示自己的与众不同，也不是对大众所信奉的事物嗤之以鼻，而是一种建立在独立人格之上的独立思考能力，是抵制了盲从的诱惑之后在理性、道德约束下所做出的最为公允的判断，是深入诗歌内部，以一种广阔的文化视野对个人命运以及现实境遇进行深刻反思，更是"摆脱'独自去成为'的恐惧，最终达到能以个人的方式来承担人类的命运和文学本身的要求"[2]。

卡夫卡是一位以个人方式承担人类命运与文学的作者，他所达到的思想高度是很多写作者穷极一生都无法企及的。不同于传统意义上那些将文学作为谋生之道或者为了文学而工作的人，卡夫卡是一名进入文学内部的作家，他自身的命运与文学无法分开，对他来说，文学就是一切，这也让他选择了对个人生活的舍弃。卡夫卡置身的世界是一个异化的世界，人的生存意识被扭曲，空间趋于狭窄甚至封闭，而最为讽刺的是，这个世界仿佛有魔力般，深深吸引着现实世界的人，无数人前仆后继地企图探究这个世界。在这种狂热中，人们将卡夫卡捧上"神坛"，并一再歌颂"卡夫卡神话"。90年代初，王家新创作了《卡夫卡》，该诗在卡夫卡的艺术世界与现实世界之间搭建了一座桥，开头如下：

> 我建筑了一个城堡
> 从一个滚石的梦中；我经历了审判
> 并被无端地判给了生活
> 我的乡村之夜踟蹰不前，我的布拉格

---

[1] 王家新：《冯至与我们这一代人》，《读书》1993年第6期。
[2] 王家新：《夜莺在它自己的时代——关于当代诗学》，《诗探索》1996年第1期。

自一个死者的记忆开始

"城堡"指向卡夫卡的小说《城堡》，而"滚石的梦"则源于卡夫卡在他的日记中一再提及的西西弗斯神话中那颗不断滚落的大石头。这样的开头暗示着卡夫卡的一生都被困在自己建造的城堡里，他用语言营造了一个只属于自己的神话，并且永远无法逃离。诗中的很多描写都与卡夫卡的作品遥相呼应，如"我的乡村之夜踟蹰不前"指向《乡村医生》，"而为什么我的父亲一咳嗽/天气就变坏，我不能问"来自《致父亲》，"于是有时我就想起中国的长城"与《中国长城建筑时》有关，"更多的人在读到它时会变成甲虫"出自《变形记》，"我写出了流放地，有人就永无归宿"对应着《在流放地》……这些虚拟世界的意象与卡夫卡的真实生活杂糅在一起，他的由于患上肺结核而"变黑的肺"，他在生命的最后请求朋友"请替我烧掉我的这些书"，这些片段连在一起，呈现出的是一个即将崩塌的世界，而从里面缓缓走出的，是一个失败者。在王家新看来："卡夫卡一生坚持不懈地通过写作想要认识的，我想并不是那些和他自身的这种存在并无深刻关联的主题，而正是艺术家的命运。"卡夫卡全部的作品都指向一个终点——荒诞，他自身失败者的形象正是这种荒诞在现实中的延续。《卡夫卡》中有诗句：

  现在，饥饿仍是我的命运
  我能做的，只是坚持到最后一刻
  因此世界本身并不荒诞
  尤其是当一位美丽的女性照耀着你时
  为什么你我就不能达到赞美？

卡夫卡与女人的关系极其复杂，他生命中出现了多位女性，但没有一位真正进入他的世界。他有过三次订婚，但最终都取消了婚约，说明他渴望接近女性，又对婚姻感到恐惧，他害怕这会破坏他的孤独，而孤独是其写作源泉所在。在王家新看来："卡夫卡是为世世代代所有的作家去'受难'的。"① 卡夫卡的《饥饿艺术家》几乎是他的个人写照，小说中的一切都是扭曲的，甚至连饥饿艺术家本人，并不是一个通常意义上关在笼子里供人参观和娱乐的可怜、可悲的形象，他是一种真正意义上的"畸形"，所谓的饥饿艺术对他来说是一件极为平常的事情，"只有他知道，忍受饥饿是多么容易，这是连行家也不会知道的。这是世界上最容易的事情。"所以饥饿艺术家的命运看似任人摆布，实际上这一切不过是他的一个骗局，他并不是真的在忍受饥饿，小说结尾处他坦白，"因为我找不到合我口味的食物。假如我找到这样的食物，请相信我，我就不会引起轰动，我就会跟你和所有的人一样吃得饱饱的"。② 这篇小说并非传达艺术的不被理解，也没有对公众进行控诉，而是卡夫卡对世人的一种嘲弄——饥饿艺术本身就足够荒诞，而最后一刻所揭示的真相竟然超出这种表演行为本身，于是王家新写下了"饥饿仍是我的命运，我能做的，只是荒诞到最后一刻"（王家新《卡夫卡》）。人们惊异于卡夫卡书写荒诞的天赋，而对于卡夫卡来说，这是一件最简单不过的事情，因为荒诞便是他本身。所以王家新的《卡夫卡》是一首"还债"之作，他要还的，是卡夫卡为他笔下的人物以及为万千写作者背负苦难之债。

王家新在另一首与卡夫卡有关的《布拉格》中写道：

我将离去，但我仍在那里
布拉格的黄昏会在另一个卡夫卡的
灵魂中展开
布拉格的黄昏永不完成

---

① 以上均出自王家新《卡夫卡的工作》，《北京教育学院学报》1995 年第 2 期。
② ［奥］卡夫卡：《饥饿艺术家》，《变形记·卡夫卡中短篇小说全集》，张荣昌译，上海译文出版社 2012 年版，第 164、171 页。

布拉格的黄昏骤然死去——
如你眼中的最后一抹光辉

　　布拉格之于卡夫卡，如同彼得堡之于陀思妥耶夫斯基、都柏林之于乔伊思、伦敦之于狄更斯，是一种灵魂的归宿。布拉格本身是一个多民族地区，不同民族间的语言、文化以及宗教信仰均存在差异，这也导致了这座城市的复杂性。布拉格是卡夫卡的故乡，他一生几乎没有离开过那里，但"祖国"这个概念对他来说，还是太遥远，所以在这首《布拉格》中有诗云：

流亡的人把祖国带在身上
没有祖国，只有一个
从大地的伤口迸放的黄昏
只有世纪与世纪淤积的血
超越人的一生

没有祖国
祖国已带着它的巨石升向空中
祖国仅为一瞬痛苦的闪耀
祖国在上，在更高更远的地方
压迫你的一生

　　卡夫卡作为一名讲德语的犹太人，常年生活在德意志文化与犹太民族文化的交织下，所以他始终无法得到祖国的庇护，没有归属感，一生都在流亡。布拉格的矛盾、冲突间接显现在卡夫卡身上，塑造了一个悲观的、神经质的作家。然而王家新的诗歌里出现了另一个卡夫卡，那是一个不再被苦难折磨的人，他不是一个失败者，他的眼里闪着光辉，重新回到了人间。本雅明在谈论卡夫卡时曾指出："要恰如

当代诗坛的独行者

其分地看待卡夫卡这个形象的纯粹性和它的独特性,人们千万不能忽略这一点:这种纯粹性和美来自一种失败,导致这种失败的环境因素是多重的。"① 在王家新看来,卡夫卡的失败源于他的良知,他感谢这样的失败,发出这样的声音:"让我们向这些失败的人敬礼吧——为了这些优秀的人世世代代对其'天命'的承担,也为了在一个扼杀精神的时代再度闪耀起诗歌的明亮!"② 作为一个人,卡夫卡也许是失败的,但是他个人生活的失败换来的是文学内部的精神觉醒,这是一种艺术上的胜利。王家新在诗片断《叙事·从一个卡夫卡的断句开始》中写道:

> 在长久的沉默之后,你的写作从一个卡夫卡的断句开始。仿佛这是一种无法避开的安排,为了让卡夫卡再次来到你这里思考他自己——卡夫卡永不完成,卡夫卡从不断的失败中开始,直到他在你的写作中与自己告别,变成另一个人……

王家新深知自己将无可避免地在写作中与卡夫卡相遇,他的思考也许正是卡夫卡留下的思考,所以当卡夫卡替世代写作者承担了他们的命运之时,王家新则承担了卡夫卡,他对卡夫卡的书写,构成一种文化互文性关系,体现了以个人承担历史与文化苦痛的知识分子精神。

有学者曾经这样评价王家新:"王家新的诗歌已被视为当代中国诗坛的启示录,象征了诗歌领域的一种内在精神的觉醒。"③ 在王家新的诗中总是能够找到一种精神的在场,这是一种支撑命运重担的力量,而他习惯于将生存的压力内化,所以最终呈现出来的语言具有极强的信念感。这种信念感,源于一个诗人对诗歌的深切认识——"诗歌之

---

① [德]瓦尔特·本雅明:《启迪:本雅明文选》,张旭东、王斑译,生活·读书·新知三联书店2008年版,第155页。
② 王家新:《饥饿艺术家》,《对隐秘的热情》,北岳文艺出版社1997年版,第7页。
③ 吴晓东:《"一个种族的尚未诞生的良心"》,《当代作家评论》2010年第1期。

所以有其存在的必要，正因为它能帮助我们重新唤起我们自己忘记的灵魂。"[1] 诗歌之于王家新，不是赖以生存的工具，更不是诗情画意的生活方式，而是一种内在的精神升华，一种直达灵魂深处的自我拷问，所以他的作品总是透出历史的沉重与现实的苦痛。从奥斯维辛集中营到"9·11"，他时刻关注着人类文明的演变，试图在这种惨无人道的极端事件中找到人类发展困境的蛛丝马迹。王家新常常引用阿多诺的名言"奥斯维辛后仍然写诗是野蛮的，也是不可能的"，对此他给出自己的理解："'奥斯威辛'之后写诗的前提应是彻底的清算和批判——不仅是对凶手，还是对文化和艺术自身的重新审视和批判！"奥斯维辛发生在文明高度发达的西方资本主义世界，难以想象一个极其自律、社会如同机器般有序运转的地方会催生出人类历史上罕见的种族屠杀行为，它就像一个谜题，困扰着一代又一代有良知的人，所以奥斯维辛之后能否写诗的问题已经不是单纯的怀疑"写诗"行为的合理性，而是对整个文明的发展、艺术的演变以及人类自身理性与非理性行为的高度质疑。当人类无法解决自身最根本的问题时，不止写诗，任何行为都没有意义。在王家新看来，这一切都是"文化与野蛮的辩证法"[2]，他要做的，是在语言里找到答案，这毫无疑问是一项艰巨的任务，尤其是当不同文明之间存在政治、宗教、民族等冲突时，任何不够审慎的态度都有可能误入歧途，而王家新的可贵之处在于，当舆论陷入疯狂、身边人的态度也近乎失控之时，他仍能保持冷静，努力不被任何偏执的言论所左右，始终努力以客观、公正的态度进行反思。他对"复杂世界的可怕简化""二元对立思维""话语的绝对性和排他性""思想的暴力及极端主义"[3] 等都保持高度的警惕，这就是所谓的知识

---

[1] 王家新：《从一首诗的写作开始》，《没有英雄的诗》，中国社会科学出版社2002年版，第25页。

[2] 以上均出自王家新《"你的金色头发玛格丽特"——德国艺术家基弗与诗人策兰》，《在一颗名叫哈姆莱特的星下》，中国人民大学出版社2012年版，第217—218页。

[3] 王家新：《在一部电影结束的雨声中》，《没有英雄的诗》，中国社会科学出版社2002年版，第65页。

分子的反思性、批判性。关于"批判性"或曰"批判精神",王家新有着自己的见解,他坚持"如果这种'批判'仅仅固定在向外的对峙而不转化为向内的反省,那么迟早会从这种'悲壮'中显出它的喜剧性来"①,这是一种清醒的意识。

王家新对痛苦的探寻与承担,早已超出文学的范畴。他1982年写过一首《致唐山的树》,关于唐山地震的诗歌不计其数,而这首诗将大地震后残存的树木作为关怀对象,当整座城市成为废墟,那些树木如同民族的脊梁一般屹立着,深深地触动了王家新的内心。近乎呐喊一般,王家新写下这些句子:"那显示出唯一生机与希望的,就是这些像稀稀落落的史诗断片一样悲壮的树吗?""那奋起同虚无、同命运做殊死抗争的,就是这些恍如突然出现的树呵!""你们就这样屹立着,和注定要再次升起的太阳一起,以不可思议的光芒,重新照亮了这片废墟!"……天灾来临的时刻,鲜有诗人将笔触伸向自然界的生物,他们给予更多关注的还是自己的同胞,然而地震摧毁的又何止人类的家园——在这片大地上扎根的树木、奔跑的生灵,它们的家园也遭到了毁灭性打击。王家新想象着在大地撕裂之时,这些树木以一种怎样不屈的姿态来抵御这场浩劫,树根痉挛、树枝被无情地折断、满树绿叶四散,人类所能遇到的最悲惨的遭遇,同样发生在这些树木身上。但是像那些拥有强烈求生欲的人们一样,它们站住了,哪怕枝丫残缺,哪怕世界已经毁灭,哪怕太阳已经被黑暗吞噬,它们也在顽强地与命运做抗争,这种对生的渴望足以让任何人泪涌。"哦,你那被命运无情撕裂、又顽强裸露的伤口愈合了吗?当你转向历史,额头上的皱折又将压进什么样的表情呢?""让整个人类都看到:就是在这样的树下,在历史的废墟上,站起了我们咬紧牙关、充满热望的民族!"毫无疑问,王家新笔下的树木不仅是希望的象征,更是中华民族精神的化身,与他中后期倾向于写"挽歌"不同的是,该时期的诗人,自身也处于奋斗之

---

① 王家新:《谁在向我们走来》,《夜莺在它自己的时代》,东方出版中心1997年版,第60页。

中，他的诗创作处于上升期，作品中也释放出大量积极的信号。所以他在千疮百孔的土地上看见了那些屹立不倒的树，他相信这是希望的种子。诗中还有一句"树呵，你看见了吧——在你的呼吸中，身旁的原野，我的心以及远方的海，都在激动得一起一伏"，王家新把自己的心与树木、山海、原野紧紧地联系在一起，此刻他的精神完全寄放在这些自然界生物之上，他们就像一个整体，心脉相通。

多年以后，王家新在作品中再次提到了树木，《变暗的镜子》开头处"热爱树木和石头：道德的最低限度"，以及《局限性》中"多少年来我看到的/只是树木和石头"。这时的他，仍旧深爱着这个世界，仍旧把对这片土地，对生命的爱灌注在一花一草，一石一木中，历史轮转，时代变迁，但是这份爱从未变质，还是如此的纯粹。而他2004年的作品《田园诗》，更是带来一种心灵深处的震动，诗中写道："这一次我看清了它们的眼睛（而它们也在上面看着我）/那样温良，那样安静/像是全然不知它们将被带到什么地方/对于我的到来甚至怀有/几分孩子气的好奇。"王家新以平静的口吻叙述着他与羊群的相遇，羊群无法违抗命运，但是它们的温良让背后的真相显得尤为残忍，因此这是一首"反田园诗"，带着强烈的反讽意味。王家新在解读这首作品时提道："有人说这首诗体现了对动物的同情，但我们有什么资格同情羊呢——它就是我们自己的伤口！"[①] 生命是平等的，人类并非世界的主宰，当人类以为掌握了其他物种的"生杀大权"时，其实人类的命运也不由自己决定。在王家新看来，这是一首关于创伤的诗，有读者直接将其定位为"后奥斯维辛时代的田园诗"。在王家新作品中，创伤与治愈是一个恒久的话题，类似的"田园诗"还有2012年的作品《黎明时分的诗》，它描写黎明时分一只野兔侧身打量"我"之后，纵身消失于草甸，诗人由是感叹野兔除了搬运粮食，它也有"眺望黎明的第一道光线的时候"。描写的场景再平常不过，然而面对

---

① 王家新：《写作，创伤与治愈》，《扬子江评论》2018年第3期。

所谓的田园画面,诗人内心却无法平静。在人类的观念里,野兔被定义为可爱的、机灵的"野生动物",它们的一生被简化为"搬运食物";但诗人改变了传统田园诗的写法,以平视的姿态来对待野兔,它们也有自己的庄稼地,也有属于自己的生活,也有自己的思想。这是一首生命反省之诗,"还债"之诗,达到了另一个高度。王家新通过以上关于石头、树木、羊群、野兔的诗歌所传达出来的,是无论一个诗人的诗歌风格发生怎样的转变,他的初心是不变的,他从来没有忘记脚下的一粒石子、路旁的一朵小花、身边的一棵树苗,以及路过的一群羊,他对待万物的态度是他的道德尺度,更是对自身灵魂的检视,而这又何尝不是作为知识分子的诗人对生命存在的一种重审与承担呢?何尝不是知识分子反省精神的体现呢?

在 2008 年汶川地震期间,涌现出大量的"地震文学",面对这种瞬时的诗歌浪潮,王家新并不认同媒体所渲染的"诗歌复兴",反而从诗歌内部进行反省,他提出:"一个诗人还有他自己的道德,那就是对语言的珍惜。他对语言的关注和珍惜,就是他对生命的关注和珍惜。"任何一个有良知的人在面对灾难时,都会守住自己的道德底线,他不会将语言作为发泄的工具,在生命面前,对语言的尊重就是对生命的尊重。关于这次地震,王家新写下两首诗,一首为《哀歌》:

> 父亲失去了儿子
> 孩子失去了母亲
> 失去,还在失去
> 失去,还在冒烟
> 而我失去了你——语言
> 你已被悲痛烧成了灰烬……

这首诗没有抒情,没有安慰,王家新曾谈到西渡在邮件中称:"这次地震我一个字也没写,面对这种巨大的灾难,我无法找到一种个人的语言。"而王家新自己坦言，地震过后写诗"与其说是作为一个诗人在写诗，不如说是作为'悲哀的学徒'"。如果说《哀歌》表达了王家新作为一个"人"在天灾来临时的无力感，那么另一首《写在余震中》则体现出一个诗人在面对巨大公共灾难时所具备的承担精神。诗中有片段如下：

人民
山崩地裂之后
"人民"就不再是抽象的了
人民就是被压在最下面的人
就是那些在地狱里惊慌逃难的人
人民，就是那个听到求救声
却怎么挖也挖不出来的人
就是那些已不会说话，只会喊老天爷的人
就是那些连喊也没有喊出口
就和他们的牲口一起
被活活带入泥石流的人……
人民，人民就是那些从来不会写诗
却一直在杜甫的诗中吞声哭的人！

新词
我新学到的一个词是"堰塞湖"，
我的悲哀也如它一样在一天天淤积。
我已不知道拿它怎么办。

这首诗埋藏着王家新深深的自责与愧疚，正如他所说的："一个诗人所能做到的，只能是以他的最大哀痛显示于这非人间。"他对离开的生命感到抱歉，他替他们在语言里悲哭，他哀叹诗歌的无用，但是他依然在写，因为他肩负的是一种更高的责任——"我想诗歌的意义就在于明知它不会使任何事情发生，还依然去写，这就是它的意义。"诚然，诗歌在灾难过后并不能带来任何实质性的影响，但是它对心灵创伤的治愈是无可替代的，当一些生命无法挽留之际，还有心灵值得挽救，也正因此，"诗人怎么可能无动于衷？"从另一个角度来看，诗歌是"被需要的"。在这种"被需要"的氛围里，王家新保留着知识分子写作的独立姿态，即使悲伤已经弥漫了整个中国大地，他还是坚持认为："当你写作时，你还必须发出你个人的声音"①，这种对个人写作的坚守在特殊历史环境下显得异常困难，尤其是当多数人已经妥协时，而这也是王家新所谓的地震时期诗歌的承担与困境，他面对的是人一生中最为严肃的话题——生与死，所以他的写作与之相称，具有同样的分量，真实而深入心灵，直面民族的苦难和人的苦难。

在王家新那里，诗之思不仅体现在诗学随笔和诗论中，更体现在诗歌创作活动以及诗歌文本之中，诗创作是其诗学的实践，诗歌文本是其诗学的对象化存在形式，诗学理论与诗歌作品二者之间形成互文性对话关系，相互阐释、延伸与增值意义。

第三节 对汉语发展的承担

从诗创作角度思考汉语自身问题，以诗创作担当汉语更新、发展的责任，这是王家新置身于全球化语境中的一种语言自觉、文化自觉。诗与汉语的关系，在中国古代诗学谱系里，主要表现为诗歌与语言的关系问题。"诗言志，歌永言，声依永，律和声"②，这里"歌永言"就是谈论"歌"与"言"的关系，即以歌唱延长、凸显言语，使

---

① 以上均出自王家新《"地震时期"的诗歌承担及其困境》，《诗探索》2009年第1期。
② 《尚书·尧典》，选自（清）孙星衍撰，陈抗、盛冻铃点校《尚书古今文注疏》，中华书局1986年版，第69页。

"言"具有表现力,它是"言"生成为"诗"的途径。"诗者,志之所之也。在心为志,发言为诗。情动于中而形于言,言之不足,故嗟叹之,嗟叹之不足,故永歌之,永歌之不足,不知手之舞之,足之蹈之也。"① 这里的"发言为诗"就是谈论"言"与"诗"的关系,即诗是言所构成的。由情到言,当言无力表达内在之情时,就进而需要嗟叹、咏歌、手舞足蹈,这就是诗之生成机制。"信言不美,美言不信"②,是老子对言与信、言与美关系的理解,充满辩证特色。"故说诗者,不以文害辞,不以辞害志"③,指出了文辞与志之关系原则。"子曰:'书不尽言,言不尽意'"④,在这里,孔子指出了"言"的有限性现象。"立文之道,唯字与义"⑤,刘勰意识到文字对于"立文"的重要性。显然,中国古人认识到了语言表达的有限性和有效性,探讨了语言与诗性生成的内在机制。他们谈论的是自己所使用的语言,或者说某一具体的汉语,但因天下中心主义观念,他们并不把周边少数民族语言当一回事,缺乏参照,所以那时他们并没有明确的汉语意识。他们聚焦于语言与诗意表达、生成的关系。直到近代以后,世界观念的发生,英法日等外语成为强势的语言,于是汉语意识随着民族意识觉醒而凸显出来了。"五四"时期,胡适在倡导文学革命时,提出了"国语的文学""文学的国语"观念,认为:"有了国语的文学,方才可有文学的国语。有了文学的国语,我们的国语才可算得真正国语。"⑥ 以建设国语和白话文学为目的,论述语言与文学(包括新诗)的关系⑦,这

---

① (汉)毛公传,郑玄笺,(唐)孔颖达等正义:《毛诗正义·序》,上海古籍出版社1990年版,第1页。
② (春秋)老子著,姚会民整理:《道德经·第八十一章》,华文出版社2010年版,第410页。
③ 《孟子·万章上》,任大援、刘丰等注译,安徽人民出版社2002年版,第145页。
④ 《周易·系辞上》,金永译解,重庆出版社1997年版,第418页。
⑤ (南朝梁)刘勰:《文心雕龙·指瑕第四十一》,《文心雕龙》,浙江古籍出版社2001年版,第217页。
⑥ 胡适:《建设的文学革命论》,《中国新文学大系·建设理论集》,上海良友图书印刷公司1935年版,第128页。
⑦ "国语"就是一国之语,体现了一种民族、国家意识的觉醒,国语就是普通话,按照国家对普通话的定义,也就是我们现在所说的汉语。

是中国进入现代社会后"国语"意识的自觉。此后相当长的时期里，语言与文学的关系成为文学界讨论的重要话题，主要问题是如何以作为"国语"的白话语创作新文学。

王家新是有历史感的诗人，进入 90 年代后，他从中国新诗如何进一步发展的维度，重续了胡适的话题，思考诗歌与语言的关系问题，历史连续性赋予其诗思以价值。1993 年，在谈到冯至与自己所属一代人的关系时，王家新说："一个忠实的知识分子并非逍遥于时代之外，他必须以灵魂来倾听这个世界。他一旦写起诗来，必须对自身的精神存在和一个民族的语言高度负责。"① 这里谈论的是作为知识分子的诗人之使命，即以灵魂倾听世界，以诗对精神存在和民族语言负责。同年，在另一处，他说："有时看到某些杂志和诗作时，我惊讶人们怎么把民族语言弄成了这个样子，而且是以'诗的名义'！""诗人不是语言学家，但他却应在更高的意义上对民族语言负责。"② 显然，他是一位对语言十分敏感、警觉的诗人，对那些以诗之名糟蹋民族语言的现象十分惊讶。通常意义上，大家强调的是锤炼语言以锻造诗意，语言被视为塑造诗意的工具，语言负责文意的表达责任，但王家新在这里却认为诗人不仅应写出好的作品，还应在更高的意义上对民族语言负责，语言不仅是手段，更是目的。这无疑是沿着胡适的"国语的文学、文学的国语"逻辑，对诗与民族语言关系的重新阐释与明确表达。

那么，诗歌与语言的关系究竟是怎样的呢？从诗歌与语言关系角度，如何定位诗人的身份呢？在回答普美子的提问时，他说："我心目中的'诗人'是那种具有杰出的诗性语言能力，而又以其精神的存在唤起和激励我们的灵魂的人。"在他这里，诗是与语言、精神联系在一起的，诗人应具有杰出的诗性语言表达能力，能以语言直指精神存在。那么，怎样的语言才能直达精神呢？他说："富有感性的语言

---

① 王家新：《冯至与我们这一代人》，《读书》1993 年第 6 期。
② 王家新、陈东东、黄灿然：《回答四十个问题（节选）》，张桃洲：《王家新诗歌研究评论文集》，东方出版中心 2017 年版，第 441 页。

就像某种'物质'一样,可以被人感觉到,甚至'触摸'到",而"恢复语言的'质感'或'质地',并在写作中呈现语言的潜能和力量,这从来就是诗人的工作"。就是说,诗的语言应像"物质"一样,具有"质感",让人阅读时仿佛能够"触摸"到。这样的语言才具有表达的"潜能",才能够直达精神存在。也正是在这一意义上,他认为"语言的质感"与"写作的难度"一样构成写作的尺度。他要求自己的诗歌语言是一种"富有质感的语言",能够与自己的生活经验和身体经验"发生一种深刻'摩擦'的语言"。沿着这一认知逻辑,他重新定义"诗人"——"'诗人'是为诗歌工作、为一个民族的语言和精神工作的人。"①

对于一个以汉语为母语的诗人而言,为民族语言工作就是为汉语工作,如何以诗创作发展汉语,自然成为他思考的重心。当代汉语的问题,不仅是某些中国诗人以诗的名义滥用所引起的,而且是在全球化时代民族文学话语表达中凸显出来的。他认为:"汉语作为一种诗性语言固然伟大、美丽",但那是古典意义上的,是封闭话语系统里的美丽,然而它"作为一种世界范围的交流语言,几乎不可能。正是由于这种语言的限制及文化上的隔膜,致使中国文学无形中被排除在某种'中心'及'视野'之外,从而成为一种偏远的外省语言"。这里所谓的"外省语言"作为一种言说修辞,其暗含的中心与边缘意识值得反思,中心在哪里?西方语言就是中心?难道有一个不包括汉语的世界语言?他这里透露出作为第三世界的诗人的心理弱势与焦虑感;但话说回来,也不是完全没有道理的,"外省语言"现象是世界现代化历史的结果,它导致中国文学被排除在某种视野之外,是客观存在的,致使"汉语诗歌在另一种语境中的'失语症'"也是事实。而从语言上讲,"某种在词语中早已开始的'流亡',现在进入到它的现实空间。"这是王家新自己的感受,也是他置身西方社会时的自我身份定

---

① 以上均出自王家新《回答普美子的二十五个诗学问题》,《诗探索》2003 年第 1—2 合辑。

位，所谓"流亡"不是政治意义上的，而是语言层面的，源于汉语的边缘性处境和表达的无力感。

那么，中国当代诗人应如何为汉语工作呢？或者说如何以诗歌承担起当代汉语发展的使命？王家新认为"只有从文学中才能产生文学，从诗歌中才能产生诗"。这是一种大胆的富有挑战性的诗歌观念。于是，向诗歌史上经典诗人学习、重新书写至关重要，他把这种学习、再书写称为致敬："一部文学史，无非就是文学自身的这种不断重写和变通。"揭示出文学史内在的传承特点与规律。那当代中国诗人该向谁"致敬"呢？这与他对中国文学和世界文学的认识相关。"古典诗歌由于语言的断裂成为一种束之高阁的东西，'五四'以后的新诗又不够成熟，它在今天也不会使我们满足，它有一种内在的贫乏。"① 这里所谓的语言断裂，指的是文言的消失，指的是文言与白话之间的排斥性致使古典文言诗歌无法给白话诗歌创作提供资源，这种断裂说同样是大胆而富有挑战性的；而"五四"以来的新诗又生来内质贫乏，诗性不足，无法为当代诗歌创作提供养分。② 那怎么办呢？他说："恢复汉语的尊严当然是中国诗人终生的使命，但怎样去恢复？靠那种假大空的宣言？靠贬斥其他民族的语言？或靠一声'老子从前比你阔多了'？"③ 他的回答是否定的，恢复汉语资源不能贬斥其他民族语言，不能像阿Q那样执迷于虚妄的过去，于是，在吸收中国传统文化资源的同时，他将目光转向域外。④ 王家新尤其关注大师级别的作家对语

---

① 以上均出自王家新、陈东东、黄灿然《回答四十个问题（节选）》，张桃洲《王家新诗歌研究评论文集》，东方出版中心2017年版，第432—448页。

② 事实也许不是他说的那样，或者说，他的观点太绝对了，但我们现在探讨的不是其是非对错，而是揭示其话语逻辑。

③ 王家新：《知识分子写作，或曰"献给无限的少数人"》，《诗探索》1999年第2期。

④ 这里实际上存在一种逻辑矛盾，他舍弃中国文言诗歌而取外文诗歌，其实中国文言诗歌与白话诗歌之间的距离，肯定没有西文诗歌与中国白话新诗距离大。在学习、借鉴意义上说，所谓文言与白话的断裂，并没有那么重要，也没有那么严重。其实，在语言借鉴、创新意义上，问题并不是语言之间的距离，甚至相反，文本之间距离越大越具有借鉴价值，所以他更愿意从大距离的外文文本中获得异质养分。

言的运用，例如他认为洛尔迦的诗歌"不仅重新引入了'谣曲'（ballad）这种叙事传奇歌谣体，而且创造性地改造和激活了它。"① 认为布罗茨基的作品"不仅体现了俄罗斯诗歌最精华的东西，而且充分吸收了英语现代诗的诗艺，体现了不同文明视野的高度融合和一种惊人的创造力"②。正是对诗歌语言的高度关注，王家新阐述自己对勒内·夏尔的翻译时指出："在根本上正源于语言本身的这种召唤。"③ 王家新希望发掘世界范围内具有无尽创造力的作品，为汉语诗歌带来新的资源，实现汉语诗歌的自我突围与变革。关于向历代经典诗人学习、"致敬"现象，他提出了"共时性空间"概念——"诗人在其写作活动中取消了时空限制，而使古今中外那些为他个人深刻认同的诗人，出现在同一的精神空间里。"④ 这是他对诗人创作过程中资源融通现象的概括，也是他的一种诗学概念，强调与中外古今诗人为伴，秘密对话，使中外古今那些诗人成为自己的激励者、审判者。这就是他所倡导的诗歌自我建构空间。

在语言建构上，他更看重的是跨国别、跨文化"共时性空间"的价值。"任何一个国家的诗歌都不可能只在自身单一、封闭的语言文化体系内发展，它需要在'求异'中拓展、激活、变革和刷新自身。在这样一种全球语境下，我们已进入一个'互译'（intertranslation）的时代。"⑤ 他这里特别强调的是全球化语境中的"求异"和"互译"。鲁迅在20世纪初就说过，"今且置古事不道，别求新声于异邦，而其因即动于怀古。"⑥ 王家新承续了鲁迅的"置古事不道"而"别求

---

① 王家新：《"绿啊我多么希望你绿"——洛尔迦的诗歌及其翻译》，[西]费德里科·加西亚·洛尔迦：《死于黎明：洛尔迦诗选》，王家新译，华东师范大学出版社2016年版，"序言"第10页。
② 王家新：《诗与诗人的相互寻找》，《取道斯德哥尔摩》，山东文艺出版社2007年版，第69—70页。
③ 王家新：《勒内·夏尔：语言激流对我们的冲刷》，《中国比较文学》2013年第2期。
④ 王家新：《中国现代诗歌自我建构诸问题》，《诗探索》1997年第4期。
⑤ 王家新：《翻译与中国新诗的语言问题》，《文艺研究》2011年第10期。
⑥ 鲁迅：《摩罗诗力说》，《鲁迅全集》第一卷，人民文学出版社2005年版，第68页。

新声于异邦"的思想，认为"求异"具有拓展、激活、变革与刷新文化与语言的功能。"互译"是他对不同语种之间诗歌翻译的理解。跨文化文学翻译不是单向的翻译与接受关系或影响与被影响关系，而是相互翻译，平等对话，这是全球化时代应持守的一种文化态度。他说："当整个世界在他们面前打开，他们对语言的有限性和互补性也就有了直观的认识。"这里的"他们"包括译和被译双方，共时性空间的互译使双方均意识到所使用的语言的有限性与互补性。他援引叶公超的观点："世界上各国的语言文字，没有任何一种能单独的代表整个人类的思想的……从英文、法文、德文、俄文译到中文都可以使我们感觉中文的贫乏，同时从中文译到任何西洋文字又何尝不使译者感觉到西洋文字之不如中国文字呢？"一个现代中国诗人能提出这样的观点，确实难能可贵。不同语种的诗歌，经由翻译，相互发现与敞开，就是"互译"。这样，他对诗歌翻译有了新的认识。

那么，翻译对语言建设的价值在哪里呢？在王家新看来："文学和诗歌的变革往往首先是语言形式的变革，而这种变革需要借助于翻译。"① 即语言变革需要借助于翻译；"语言问题集中了一个诗人所有的焦虑"，"诗歌写作中最大的难题是语言"②，而翻译可以解决语言难题，解决汉语难题，它是诗歌语言实现突围、完成自身建构的历史需要，这就赋予翻译无可替代的使命。如何理解这种"突围"，或者说这种突围具体表现在哪些方面呢？王家新从不同的方面进行了表述，概而言之，体现在"为中国新诗不断带来灼热的语言新质"；体现在"充分呈现了现代汉语的诗性表现力"③；体现在"窥见那个'纯语言'"，即诗的语言；体现为本雅明所谓的"密切注视原作语言的成熟过程并承受自身语言降生的阵痛"④；体现为"对语言的翻新，是使它

---

① 以上均出自王家新《翻译与中国新诗的语言问题》，《文艺研究》2011年第10期。
② 王家新、陈东东、黄灿然：《回答四十个问题（节选）》，张桃洲：《王家新诗歌研究评论文集》，东方出版中心2017年版，第437页。
③ 王家新：《翻译与中国新诗的语言问题》，《文艺研究》2011年第10期。
④ 王家新：《翻译与诗建设》，《黄昏或黎明的诗人》，花城出版社2015年版，第81页。

重新获得活力和生机"①；体现为法国哲学家吉尔·德勒兹所谓的"在语言中创造了一种新的语言"，一种类似外语的语言，使语言离开其通常的路径，"令新的语法或句法力量得以诞生"……这些就是他自90年代开始慢慢形成的以诗歌承担汉语发展的诗学观念。

他不断以中国新诗史和自己的翻译实践等为背景，思考、阐释这种诗学观念。在他看来，一部中国新诗史，自胡适翻译《关不住了》开始，就是不断借助外国诗歌翻译以承受自身语言降生阵痛的历史，胡适、戴望舒、梁宗岱、卞之琳、陈敬容、袁可嘉、王佐良，尤其是冯至和穆旦，他们的外国诗歌翻译，"给我们的汉语文化带来了'灼热的语言新质'"，"给中国新诗带来了真正能够提升其语言品质的东西"②。这是一种诗歌史经验。在思考诗创作与汉语关系过程中，他承续了现代新诗的翻译传统，以翻译和创作去实践自己的诗学观，使二者形成一种互证关系。90年代以降，他翻译了茨维塔耶娃、曼德尔施塔姆、阿赫玛托娃、帕斯捷尔纳克、沃尔科特、扎加耶夫斯基、叶芝、奥登、阿米亥、斯特兰德、夏尔、洛尔迦、策兰等一批诗人诗作。他的目的非常明确："如果不能通过翻译来刷新和深化人们对一个诗人的认知，这种翻译还有什么意义？"在这里，"刷新"是一个关键词，刷新既有的诗歌认知，刷新旧的语言系统。他说过，读外国诗作，翻译外国诗作，常有一种"来自语言的'击打'和'闪耀'"，也就是对生命的震撼；不仅如此，翻译还"使原著的生命在一瞬间得到了'新的更茂盛的绽放'"③，赋予原著新的生命，使其在新的语言中复活。这就是他在外国诗歌翻译中所获得的"互译"体验。

像中国现代许多前辈诗人一样，90年代以后的王家新也是一边翻

---

① 王家新：《为语言服务，为爱服务》，《黄昏或黎明的诗人》，花城出版社2015年版，第143页。

② 以上均出自王家新《翻译与诗建设》，《黄昏或黎明的诗人》，花城出版社2015年版，第83、81页。

③ 以上均出自王家新《翻译作为"回报"》，《黄昏或黎明的诗人》，花城出版社2015年版，第2—10页。

译、一边创作，自觉探讨诗歌语言的革新，为汉语注入异质因子，激活汉语内在的潜质。他曾有这样的愿景："我期望在我们这个时代能有一批'知识型'的作家出现。这不单是经验型的、感觉型的或思想型的，而是一种能够将自己置身于一个更大的文化语境中，不断地吸收、转化，将各种话语引向自身、转化为自身的写作。"① 他确实是努力将那些自己所钟爱的诗人引向自身，在灵魂对话中，转化为自身写作的一种力量。这种转化，是通过汉语完成的。切身的创作体验，使他对汉语有了新的认识，"比如汉语，实际上我们谈论的不是语言书上的那个汉语，而是多年来我们一直在生活中和写作中所使用的，或者说一直在使用着我们的那个汉语——正是在此意义上，我们说汉语就是我们的现实"。② 汉语一直在使用着我们，规范着我们的诗思，我们栖息于汉语，汉语就是我们所面对的现实。他所谓的汉语就是中国诗人的焦虑、就是中国诗人需要面对和解决的难题，也许就是在这一意义上所言的。这是一种大胆的现实观、汉语观，它使诗人的创作有了新的发掘方向，也为汉语诗歌发展带来了新的可能性空间。王家新在《孤堡札记》中留下如此诗句：

> 一瓶从中国带来的鸵鸟墨水
> 培养了我的迷信，一支英雄牌钢笔
> 一天要喝三次它的奶汁。
> "汉语"，你对自己说"我得
> 养活它。在这里它是我可怜的哑巴，
> 它说不出话来，但它要吃……"
> 而墨在历史中闪耀。墨比金子
> 珍贵。一瓶从故国带来的中国墨水

---

① 王家新：《卡夫卡的工作》，《北京教育学院学报》1995年第2期。
② 王家新：《"中国"到什么地方去了》，《没有英雄的诗》，中国社会科学出版社2002年版，第43页。

第二章 承担诗学

> 吸收了时间的黑，血液的黑，
> 它甚至迫使死者拿起笔来
> ——它顷刻就会分娩出你的怀乡病
> 和一个个与你相望的词……

写作这首诗时，王家新身处德国斯图加特的一处古堡，当诗人用着从中国带来的鸵鸟牌墨水和英雄牌钢笔时，他深深地怀着思乡病，如同他在其他诗里写下的"当我在欧罗巴一盏烛火下读着家信，而母语出现在让人泪涌的光辉中……"（《词语》），"无可阻止的怀乡病，在那里你经历一头动物的死亡"（《伦敦随笔》），"在那里母语即是祖国/你没有别的祖国"（《伦敦随笔》）……这些片段弥漫着哀伤，这种哀伤不仅源于诗人对远方祖国的思念，更源于诗人在旅居国外的日子里认清了一个现实——汉语在世界语言体系中始终处于边缘化的地位，甚至失语位置，所以诗人才会写下"在这里它是我可怜的哑巴，它说不出话来"这样的句子。多数在海外生活的中国诗人都面临同样的情感缺失，张枣曾经直言："我渴望生活在母语的细节中。"① 北岛和杨炼都在诗中留下过关于语言的惆怅——"我在语言中漂流/死亡的乐器充满了冰"（北岛《二月》），"在母语的防线上/奇异的乡愁/垂死的玫瑰"（北岛《无题》）；"你一边书写一边/欣赏自己被删去"（杨炼《漂泊的死者》）……汉语写作始终是他们面对的现实，是诗人的难题和焦虑，也是支撑其表达的源泉所在。王家新曾经提道："在伦敦时，当听到有人称中文仅为一种'地方语言'时，我备受刺激，但情形又的确如此。"当一位诗人意识到，自己的母语被界定为一种晦涩的边缘语言，并由于这种难以琢磨而使得中国文学一直被排除在世界文学的中心地带时，他内心的忧虑大于痛苦——"作为个人我只能和一种语言的整体结合在一起——既领受它的恩惠和庇护，但同时也必须为

---

① 张枣、黄灿然：《黄灿然访谈张枣》，《张枣随笔集》，东方出版中心2018年版，第225页。

它目前在世界上的处境付出代价。"① 不仅王家新，整个中国诗坛在 90 年代都处于如此处境之中。他曾写下诗句"为了杜甫你还必须成为卡夫卡"（《孤堡札记》），多年之后，王家新对这句诗进行解读："这已是现代中国诗人的命运，在很大的程度上，是我们的必经之路。"② 这是一种文化态度，一种历史选择。为了汉语诗歌的发展，为了激活汉语固有的潜能，为了守护好汉语，中国诗人必须通过重构自我与西方的关系，以重塑汉语自身形象。

当代诗歌与西方的新型关系是怎样的？他说："中国诗人已由盲目被动地接受西方影响，转向有意识地'误读'与'改写'西方文本，进而转向主动、自觉、创造性地与西方诗歌建立一种'互文'关系。"③ 互文关系才是他理想的一种诗歌文化关系和语言关系。在翻译同时，他创作了一系列向西方诗人"致敬"的诗作，例如《纳博科夫先生》《晚年的帕斯》《给洛尔》《给凯尔泰斯》《特朗斯特罗默》《塔可夫斯基的树》《卡夫卡》《瓦雷金诺叙事曲》《帕斯捷尔纳克》等，它们是王家新努力建立中外诗歌互文关系的作品。其中，最具代表性的当属《瓦雷金诺叙事曲》和《帕斯捷尔纳克》。王家新自己曾谈到过帕斯捷尔纳克对他的影响："我不能说帕斯捷尔纳克是否就是我或我们的一个自况，但在某种艰难时刻，我的确从他那里感到了一种共同的命运，更重要的是，一种灵魂上的无言的亲近。"④《瓦雷金诺叙事曲》是王家新对帕氏小说《日瓦戈医生》第十四章"重回瓦雷金诺"部分片段的重写，叙述部分聚焦于主人公尤里·安德烈耶维奇·日瓦戈在冬日里的写作，其中最显著的是蜡烛的意象。日瓦戈医生在

---

① 以上均出自王家新《声音》，《对隐秘的热情》，北岳文艺出版社 1997 年版，第 49 页。
② 王家新：《"语言的异乡"：穿越边界的诗歌》，2022 年 12 月 8 日王家新在美国 Wellesley College 的线上诗歌讲座。
③ 王家新：《"迟到的孩子"——中国现代诗歌的自我建构》，《没有英雄的诗》，中国社会科学出版社 2002 年版，第 77 页。
④ 王家新、陈东东、黄灿然：《回答四十个问题（节选）》，张桃洲：《王家新诗歌研究评论文集》，东方出版中心 2017 年版，第 444—445 页。

诗歌《冬夜》中的"桌上的蜡烛燃着，那蜡烛燃着"直接以"蜡烛在燃烧"出现在《瓦雷金诺叙事曲》中。这几句在日瓦戈医生的笔下出现了4次，"蜡烛在燃烧"同样4次出现于王家新的笔下，可以说，"蜡烛"已经成为写作者的精神依托。在这个片段中，一个精神独立的诗人形象跃然纸上，这个形象不仅是日瓦戈医生，还是帕斯捷尔纳克本人的缩影，更属于万千在冬夜里凭着蜡烛的微光进行写作的诗人。"从他们起身的那一刻开始，尤里·安德烈耶维奇就不断把目光投向窗前诱人的长桌子。他的手指因见到纸笔而发痒。"（《日瓦戈医生》，黄燕德译）在那个寒冷的冬夜，唯有写作能给日瓦戈医生带去慰藉，他热爱写诗，写作的热情驱使着他，他在奋笔疾书中暂时抛却了对自我的不满，从自觉无意义的意识中解脱出来。在《瓦雷金诺叙事曲》中，王家新写道：

> 也许，你是幸福的——
> 命运夺去了一切，却把一张
> 松木桌子留了下来，
> 这就够了。
> 作为这个时代的诗人已别无他求。

对于知识分子来说，一张桌子、一支笔便是他们的希望，茨维塔耶娃一辈子宁愿与她的书桌厮守在一起，因为语言足以用来对抗死亡。而小说中那几匹在雪地里嗥叫的狼，在王家新的诗歌里同样不可忽视，小说里它们是"敌对力量"的象征，它们的出现形成了一个主题，而在王家新的笔下，它们是语言的敌人，任何破坏语言的行为或事物都以狼的形象展现出来，诗人不得不与这些残忍的野兽进行殊死搏斗，来捍卫语言的纯洁。帕斯捷尔纳克肯定了语言的分量，它是一种精神属性，它的存在便是一种承担。主人公日瓦戈具有双重身份，不仅是一名医生，还是一名诗人，他热爱写作，写作为他颠沛的生活带来了平静，他的灵魂在诗歌里得到了升华，而他个人存在的终极意义也在写作里得到实现。作为一名医生，日瓦戈敬畏生命，但是在他的观念中，肉体的不朽远远比不上精神的不朽，由此可以认为，诗歌，或曰语言，能够展现一种精神的向度，是对现实的一种超越。《瓦雷金诺叙事曲》结尾处：

> 当语言无法分担事物的沉重，
> 当我们永远也说不清，
> 那一声凄厉的哀鸣
> 是来自屋外的雪野，还是
> 来自我们的内心……

《瓦雷金诺叙事曲》创作于1989年的冬天，在经历了太多历史事件后，命运的沉重超出了语言的负荷，一代人的心灵境况面临前所未有的冲击与挑战，对此王家新直言："我在那时写下的《瓦雷金诺叙事曲》一诗，即体现了一个写作者在纯洁艺术与真实命运间所陷入的两难境地。"[①] 王家新在这首诗中所塑造的，是一个精神独立的写作者，他恪守自己的原则，而整首诗早已经不是对一个片段的重组或改写，而是借助特定的场景来反映自身在急剧变化的时代中所遇到的生存困境，并对语言、承担进行历史性思考。这是一首致敬之作，在灵魂的守望中，实现了语言的互文，刷新了汉语的结构与语义。

王家新创作于同时期的《帕斯捷尔纳克》则达到另一个高度，完成了对《瓦雷金诺叙事曲》的超越，有学者用"王家新终于可以以这首诗完成与帕氏的一种对话关系或基本平等的生命的互文关系"[②] 来形容这首诗。王家新在作品中采用对话形式，穿越了时间、空间，让

[①] 王家新：《阐释之外：当代诗学的一种话语分析》，《文学评论》1997年第2期。
[②] 柏桦：《心灵与背景：共同主题下的影响——论帕斯捷尔纳克对王家新的唤醒》，《江汉大学学报》（人文科学版）2006年第3期。

自己的灵魂在诗中与帕斯捷尔纳克相遇。帕斯捷尔纳克借日瓦戈医生之手，写下了《哈姆雷特》，小说中日瓦戈医生大量的内心独白是帕斯捷尔纳克的内心写照，这首《哈姆雷特》便是二者精神互通的最关键之纽带。那些诗句"我喜欢你固执的构思/准备演好这个角色/而正上演的是另一出戏/这回就让我离去/然而整个剧情已定/道路的尽头在望/我在伪君子中很孤单/生活并非步入田野"，写出了一个知识分子的无奈和他所处的两难的境地。这不正是"终于能按照自己的内心写作了/却不能按一个人的内心生活"（《帕斯捷尔纳克》，王家新）吗？终于能够写出一首《哈姆雷特》，但是生活就像一出戏剧，你不得不按照剧本来扮演既定的角色，这是日瓦戈医生的悲哀，是帕斯捷尔纳克的悲哀，也是王家新的悲哀，于是有了"命运的秘密，你不能说出/只是承受、承受，让笔下的刻痕加深"（《帕斯捷尔纳克》，王家新），一个人无法超越他所处的时代，任何挣扎或反抗只会加深历史在他身上的烙印，而实际上他们都活在同样的时代———一个充斥着伪君子的时代，他们在其中孤单地活着。日瓦戈的身上映射着太多人的影子，叶赛宁、马雅可夫斯基、波洛克，甚至与帕斯捷尔纳克处在同时期的阿赫玛托娃以及曼德尔施塔姆，这便是"那些高贵的名字"，是"放逐、牺牲、见证"，是"在弥撒曲的震颤中相逢的灵魂"（《帕斯捷尔纳克》，王家新）……这些高贵的灵魂在黑暗中找到王家新，他们的承担，他们的绝望，深深刺痛着王家新。王家新从中看到自己的民族，看到"人民胃中的黑暗、饥饿"。有学者面对《帕斯捷尔纳克》中的句子"我怎能/撇开这一切谈论我自己？"发出这样的感叹："我所谓伟大诗人的气质，就被这句诗深刻印证了。"[①] 的确，王家新不是在谈论自己的处境，更不是在歌颂另一个国家，他回到了自己的时代，他所写的，不再是寒冷的俄罗斯冬夜，而是"北京的十二月的冬天"。王家新曾经在谈及自己的写作历程时指出："有一天大雪刚

[①] 程光炜：《王家新论》，《南方诗志》1993年秋季号。

停，或还没有完全停，我乘坐——准确地说是'挤上'公共汽车上班去，满载的公共汽车穿越长安街，溅起一路雪泥，一路轰鸣着向电报大楼驶去。"① 在被大雪充满的世界里，王家新一瞬间感受到了帕斯捷尔纳克的痛苦，他们的命运在此刻紧紧连在了一起，于是《帕斯捷尔纳克》就这样诞生了，"从雪到雪，我在北京的轰响泥泞的/公共汽车上读你的诗"的诗句就这样诞生了，这里可以推断王家新借鉴了帕氏在另一首诗歌中的句子："二月。墨水足够用来痛哭！/大放悲声抒写二月，一直到轰响的泥泞/燃起黑色的春天。"（《二月》，帕斯捷尔纳克，荀红军译）至此，那场来自日瓦戈医生窗外的大雪，降落在了王家新的身上。

俄罗斯作家德米特里·贝科夫曾经写下："帕斯捷尔纳克的名字，是刹那间幸福的刺痛"②，很难想象，帕斯捷尔纳克在书写苦难的同时，对幸福怀着无限的向往，而他的幸福，具有一种苦痛感，据说他临终前留下的最后一句话是"我快乐"。这是一个伟大的诗人以他自身所承受的全部重量说出来的。他笔下的日瓦戈一生都在以"人道主义"的世界观与人生观来理解历史与社会的发展进程，然而他所追求的一切不过是幻想中的乐园，最终导致了个人悲剧的发生，所以帕斯捷尔纳克的这句"我快乐"也说出了日瓦戈一生的愿景。在这句话之后，"他们"终于能按照心的朝向"活"下去了。所以，王家新的《帕斯捷尔纳克》在悲剧性上是克制的，他没有任悲伤泛滥，而是在中间穿插了"雪""春天""烛光"等意象，试图为整首诗带来一丝明亮。正如前文提到的，《帕斯捷尔纳克》达到了另一个高度，诗歌中呈现出不同主体的命运，有来自写作者的，有来自书写对象的，更有书写对象笔下的人物的，真实性与虚构性交错在一起，呈现出一种复杂的结构，命运就在这种虚实之间徘徊，诗歌也在这种虚实之间诞生，

---

① 王家新：《我的诗歌历程》，《当代作家评论》2010年第1期。
② 转引自刘东《悲剧的文化解析：从古希腊到现代中国》（上卷），上海人民出版社2017年版，第274页。

所有的一切最终都伴随着痛苦与幸福走向终点。

这两首致敬之作，为当时纷乱的诗坛注入一针强心剂，它们为新诗提供了新的可能性视野，拓宽了汉语的诗性表达空间。王家新曾写下这样的句子"那么我是谁，一个僭越母语边界的人？"（《纪念》）这里的"僭越"，是对汉语言边界的探测，当汉语被纳入全球化语言体系中，便会形成一个更为宽敞的语言环境，这种语言环境对汉语来说既是一项巨大的挑战，也是难得的机遇，那么当今写作者所需要思考的，正是寻求对不同语种间屏障的突破，进一步展开汉语未来发展的格局。

王家新曾编写过一本教材《中国现代诗歌导读》[①]，该书共八个篇章，每一个篇章都是中外现代诗人并置，例如"醒悟篇"选读了波兰诗人希姆博尔斯卡、瑞典诗人特兰斯特罗姆、俄国诗人帕斯捷尔纳克、中国诗人郭沫若、闻一多、多多。这种体例在客观上构成了一个王家新所谓的诗人的"共时性空间"，叶芝、里尔克、奥登、夏尔、米沃什、策兰、阿赫玛托娃、布罗茨基、瓦雷里、茨维塔耶娃、帕斯捷尔纳克、博尔赫斯、郭沫若、闻一多、冯至、卞之琳、何其芳、戴望舒、郑愁予、穆旦、海子、多多、西川、张枣等不同语种、不同时代的诗人形成一种对话关系，最重要的是现代汉语诗人与不同外语的诗人构成一种内在的互文性。王家新的解读，除了重视作品基调、内在精神外，还格外强调"声音"元素，不断揣摩语音、语调在诗歌中的作用，从语言艺术本身来领悟诗歌的美。读者可以通过王家新的导读，对比阅读汉语诗人与不同的外语诗人的作品，在对话互文中，刷新对现代汉语的认识。

王家新承担诗学的形成原因很复杂，但从其话语表达与诗歌活动看，则主要源于与俄苏诗人的心灵对话。王家新在其早年的一篇诗学随笔《对隐秘的热情》中曾经提道："如果说要对我（我想不仅是我）

[①] 王家新：《中国现代诗歌导读》，中国人民大学出版社2012年版。

现在的某种'诗学气质'进行追溯，它最早应出自在这位前苏联作家那里受到的洗礼"①，这里所说的前苏联作家是康·巴乌斯托夫斯基，这种"诗学气质"主要指向其身上的"承担气质"。除了康·巴乌斯托夫斯基，对王家新的诗歌观念与创作同样产生实质性影响的诗人很多来自苏联和俄罗斯。80年代中后期，普希金、爱伦堡、曼德尔施塔姆、帕斯捷尔纳克等人的作品被大量引入中国，而它们也把俄罗斯诗歌的缪斯引向了中国，他们的作品展示了诗歌的光荣与尊严，同时为该时期中国诗歌设立了精神标尺。在与俄苏诗歌接触的过程中，王家新重新确立了自己的诗思与创作方向，其精神元素也逐渐与俄苏诗歌接轨，用他自己的话来说"正是通过他们确定了我们自己精神的在场"②。关于承担问题，大体而言，王家新关注的主要是如何将个人对时代的反思与诗歌创作联系起来，把个人生存困境嵌入具体历史框架中进行探讨，所以他的作品很少流于表面，或者空泛地运用诗歌艺术或技巧，而是与时代紧密结合起来，将诗歌创作置于复杂的、多种思想融合的社会历史背景中，深入到个人生活的最底层进行挖掘。这有效地避免了同时代某些诗人所面临的写作的空洞与苍白，在他的诗歌里，能清晰地看到历史流过的痕迹，也能感受到个人生活在时代发展的冲击下所遇到的困境。

---

① 王家新：《对隐秘的热情》，《夜莺在它自己的时代》，东方出版中心1997年版，第127页。
② 王家新：《承担者的诗：俄苏诗歌的启示》，《外国文学》2007年第6期。

第三章 词语诗学

王家新对"词语"的关注,始于20世纪80年代后期,该时期中国思想界正热衷于译介西方现代语言学、语言哲学,对作为知识分子的诗人,无疑是有影响的;而诗坛历经朦胧诗、归来之诗后,各种诗歌旗号雨后春笋般涌现,又迅即消失,新诗进入历史发展的特别时期,它需要重新整装再出发。在这种情况下,一些诗人如西川、王家新、欧阳江河、张曙光、多多、翟永明等,不约而同地将诗创作引向"语言",从"语言"维度探寻新诗发展道路,诗坛开启了一场以"语言"为中心的实验性写作。王家新作为其中的一员,不仅从创作上审视、书写"词语",而且发表了多篇关于"词语"问题的文章,并在多个诗歌访谈中论及词语与诗歌的关系,形成了自己的"词语诗学"[①]。

所谓"词语诗学",简言之,就是关于词语与诗歌关系的理论,包括诗人与词语、词语与诗性、词语与存在等问题的观念。从他谈论"词语"的文章看,其词语诗学观大体可以概括为两个方面。第一是"词语本体论",王家新将语言本体论细化到诗歌词语层面,在探讨诗歌独立性时,因词语是诗歌的呈现方式,所以将诗之独立性问题落实

[①] 2008年,王家新在《走到词/望到家乡的时候》中说:"大概从80年代后期起,我就开始关注'词'的问题。正如有的论者已看到的,这和那时流行的一句话'诗到语言为止'有着区别。"即是说,他对诗歌词语有自己特别的理解。(王家新:《塔可夫斯基的树:王家新集1990—2013》,作家出版社2013年版,第227页。)

在词语层面，试图将词语从意境中解放出来，回归词语本身，即赋予词语以本体性。第二是"对存在的进入"，指的是词语在具体诗歌文本中，其语义得以凝聚，抵达或进入存在。王家新有关词语的诗歌，几乎都是从其词语观念出发的。在"词语本体论"作用下，诗歌将词语本身变成观照的对象，文本中频繁出现"词语"这个词，这里的"词语"并不指向任何他者，而是其自身，即作品中词语的"所指"功能逐渐被其自我指涉所取代。而在"词语是对存在的进入"理论作用下，文本中的词语本身就是对存在的进入，开始与存在发生确切关系。王家新通过实验性创作，从词语内部进行发掘，找到最为关键的切入点，并由此抵达存在之境。在词语诗学这两大观念基础上，王家新开始在诗创作中建立属于自己的"基本词汇"，这些词语有的从他创作生涯伊始便占据了重要位置，有的则是随着其诗歌风格的变化慢慢出现的。王家新通过对这些词语的不断挖掘，更加直观地表现出对词语的执着，展示其词语诗学。

第一节　词语本体论

王家新的"词语本体论"受到索绪尔"语言本体论"的影响，分为两个层次，第一个层次是"诗歌本体论"；第二个层次是"词语本体论"。"诗歌本体论"的核心是把诗歌作为一种独立的具有本体意义的存在，认为诗的生成过程并非由人操控，而是其自我寻找、探索的结果："必须把诗当成一种具有本体意义的存在。它虽然以我们对生存的体验为依据，但在语言的运动中，它所展开的却是另一个空间。"[①] 诗歌本身就是一种存在，当诗人进入诗歌，他会发现另一种潜在的生命存在，其不依附于任何事物，有它自己单独的生存空间，可以把这种空间看作现实世界的平行世界，二者属于平行关系，互相对

[①] 王家新：《对话：1986》，《人与世界的相遇》，文化艺术出版社1989年版，第37页。

对方产生一定的影响，但是却处于不同的维度。王家新始终认为不是人在写诗，而是诗歌在呈现其自身，"写诗的过程好像就是诗本身逐渐意识到自己的过程。人们早就提出'把诗当成诗'，但这句话到后来才被深刻化，那就是必须把诗当成一种自身具足的、具有本体意义的存在。诗有它自身的自律性。看起来是你在'写'诗，实际上却往往是你在听命于它"。① 这是一种不同于传统观念的诗人与诗的新关系，诗具有自足的独立性，是本体意义的存在。诗人写诗，就必然与语言发生关系，王家新认为，诗人是为语言服务的，他的职责是将语言自我生成的过程展现出来，而语言最终通过怎样的路径生成为一首完整的诗歌，便是语言自身的秘密所在。他说："多少人都曾自认为是在从事诗歌的冒险，但换个角度来看，实际上仍是诗歌本身在通过他而寻求它自身的变通。"② 这与杰姆逊的观点相同，杰姆逊认为："当我们在说话时自以为自己在控制着语言，实际上我们被语言控制，不是'我在说话'，而是'话在说我'。"③ 语言本身构成一个庞大的、自足的世界，它有自身运转的系统，对于诗人来说，这是一个原初般的存在，诗人究其一生所追求的诗歌便是这个系统的最高级构成，正如海德格尔所言："语言本身在根本意义上是诗。……诗在语言中产生，因为语言保存了诗意的原初本性。"④ 换句话说，诗歌并不是利用现有的语言来形成自身，相反，是诗歌使得语言成为一种可能性，由此诗歌的本体性不言而喻。

由上论述可知，"诗歌本体论"是在诗人、词语和诗歌三者关系中确立的，三者中，词语占有极为重要的位置，于是王家新在"诗歌

---

① 王家新：《人与世界的相遇》，《夜莺在它自己的时代》，东方出版中心1997年版，第1—2页。
② 王家新：《同一个梦》，《世界文学》1989年第1期。
③ [美]杰姆逊：《后现代主义与文化理论》，唐小冰译，北京大学出版社1997年版，第32页。
④ [德]海德格尔：《艺术作品的本源》，彭富春译，《诗，语言，思》，文化艺术出版社1991年版，第69页。

本体论"的基础上,将诗歌问题聚焦在词语上。词语不再只是一种语言符号或抽象的概念,词语为世界的呈现与运转提供了可能,万物都无法逃脱词语的"命名"。王家新在解读博尔赫斯的写作时提出:"一切都是语言活动的产品,无论镜子、迷宫这种喻象或是时间、永恒这类概念,甚至连我们自己也是。"① 此处,镜子、迷宫、时间等概念无一不是受到语言的掌控,当表象褪去,从中显现出来的内核其实是词语本身,是词语将抽象的概念与具体的事物相联结,为一切的存在提供可能性。这便是海德格尔在阐释荷尔德林诗歌时所说的"惟语言才提供出一种置身于存在者之敞开状态中间的可能性。惟有语言处,才有世界"。一切都是由词语所命名,在词语产生之前,世界处于一片混沌之中,万物没有运行的逻辑,更谈不上规范与秩序,也正因此,"物之本质得以达乎词语"②。从现代语言学的角度来看,人类的思维、意识被话语系统所控制,并且只可能在这个系统内活动,这是维特根斯坦所说的:"我的语言的界限意味着我的世界的界限"③,所以在诗人下笔之前,世界并不存在,因为没有先于词而存在的概念,任何事物都是由词所表达的,脱离了词语的命名,世界并不能称之为世界,世界在人类开始思考的那一刻才真正出现,而思考遵循的便是语言的逻辑,当语言展开它自身的同时,存在就进入语言。王家新曾经这样理解诗歌:"当它们不再被当作形象化的比喻、说明工具时,它们获得了自身具足的存在价值和意义。"④ "自身具足"是其特征,如同索绪尔所说的:"从心理方面看,思想离开了词的表达,只是一团没有定形的、模糊不清的浑然之物……在语言出现之前,一切都是模糊不清的。"强调的是词的表达,思想必须借助于词才能定型,离开词语一切都是模糊不清的。

---

① 王家新:《另一个人》,《对隐秘的热情》,北岳文艺出版社1997年版,第13页。
② [德]海德格尔:《荷尔德林和诗的本质》,孙周兴译,《荷尔德林诗的阐释》,商务印书馆2000年版,第40、45页。
③ [奥]维特根斯坦:《逻辑哲学论》,郭英译,商务印书馆1962年版,第79页。
④ 王家新:《读外国现代诗札记》,《外国文学》1989年第3期。

然而，命名并不意味着先在的关联，所以词语与具体的客观实物之间并不存在真实的对应关系，基于这种观点，王家新主张让词语从文本中解放出来，自由地显现出它本身的价值，而整个显现、呈露的过程是一种动态的生成，不是附着于某种具体事物之上。这种观点受到索绪尔的影响，在索绪尔看来，将言词与某种事物联系起来的做法"在某种程度上可能是正确的，而且提出了对现实性的一种看法，但是绝没有表达出语言事实的本质和广度"[①]。词与物之间过于刻板的一一对应关系让词语失去了创造力。王家新在解读保罗·策兰的《带上一把可变的钥匙》时写道："雪球从词的内部，从诗人的焦虑中渗出来，但仍无法说出。也许，我们不得不变换着什么：词？钥匙？言说的方式？这就是策兰所关注的问题。它显示了一种抛开表面化的表达，从更深刻的意义上重新通向言说的艺术勇气和努力。"[②]"词""钥匙"都是言说的方式，某种程度上来看，二者甚至可以进行互换，即任何词语都可以用另一个词或者另一种方式呈现出来，这种呈现来自词语的内部，表面上也许不是一种常规的形式，是一种带有实验性的表现手法。王家新接受了这种方式，并且在自己的创作中进行实践探索。

20世纪90年代，王家新在一些作品中，使用"石头"来替代"词语"。"在词语间抵达、安顿，可以活／可以吃石头……那些在一生中时隐时现的，错动石头／将形成为一首诗。"（《最后的营地》）王家新描绘了一个人到达生命尽头时的场景，人终究无法与时间对抗，他走完了孤独且富有尊严的一生，而他赖以生存的，是"石头"，这是一个属于石头的王国，那些他生命中曾经出现过的石头都成为了诗歌，而他的一生都在等待这最后时刻的来临。这首诗里的石头没有任何情感指向，诗中提到可以吃石头，可以在词语间存活，从王家新的角度来看，词语是诗人的归宿，选择吃石头便是选择与词语坚守在一起。

---

① 以上均出自［瑞士］费尔迪南·德·索绪尔《普通语言学教程》，高名凯译，商务印书馆1980年版，第157、164页。

② 王家新：《绝望下的希望》，《书城》2003年第2期。

"我触到的是一个词,却有更多的石头,从那里滚落下来……"(《词语》)此处"更多的石头"可以理解为更多的词语,当诗人写下一个词语,每个词语背后都有更多词语在等着他,当这些词语一个接一个串联起来便形成一首完整的诗歌,所以王家新在此用滚落的石头来代替词语的出现。"你回来/想写一首诗时/石头仍在呼叫/而词语在一阵阵盐质的风中变红……"(《斯卡堡》)这里发出呼叫的是石头,实际上当诗人开始写诗时,他往往是受到词语的感召,那些词语在不断地呼唤他,将其带入诗歌之境。诗人虽然没有明说,但是不难推断,这些作品中的"石头"指向的是这个词本身,或者说"石头"仅仅是一个词语的变体,任何人在阅读这些片段时,都能隐约窥到词语的本质,"石头"明显少了许多象征意义,而是出现在与词语相关的句子中,并且与之呈并置关系,而王家新之所以用"石头"来代替词语,在于石头本身是中性的,而这正是王家新想要达成的效果,他希望词语以一种有别于以往的孤立的方式呈现在作品中。

作为诗人的王家新擅长用创作的形式来展示自己的诗学观。他曾经说:"我们开始要求自己处在与词的深刻摩擦里,而不是处在这样或那样的虚妄里。"① 有时,词语之间搭建的一切或肯定或否定的关系,都与存在无关,在这种关系链中寻找存在并没有出路,将陷入一种无休止的循环中,而词语的表象也只是一种假象,如果无法剥离表面的幻觉和虚妄,则会长久地盘旋在词语的沟壑之间,永远无法抵达语言的真实存在。为了映证这一观点,他写下句子:"这就如同一个时代,动词们/相继走开,它卸下的名词/一堆堆生锈,而形容词/是在铁轨间疯长的野草"(《火车站》),王家新对盲目、抽象的写作进行反思,过去的诗歌里出现了太多嘈杂的声音,它们以各种各样的方式疯长、泛滥,对王家新而言,这应当引起每一位创作者的警觉,他们应当意识到,诗歌不是无病呻吟、虚情假意的产物,而是一种鲜明的存

---

① 王家新:《一个人和他的花园》,《对隐秘的热情》,北岳文艺出版社1997年版,第56页。

在，应当与世间万物发生切实摩擦，它需要动词的力度，也需要名词的质地。

也正因此，王家新总是在诗歌里努力辨认着关于物质、精神、混乱、规律的一切，试图将语言的困境与人类的困境相结合，不断思考存在的本质。王家新有一首诗片断《词语》，这首诗回归文本的意愿尤为强烈，如"每次我走过枝形吊灯我总有些担心：这惟一的华丽而又有着分量的词！"枝形吊灯是一种贵重的灯饰，诗人除了担心词语本身是否能承受这种分量，更重要的是对相关的浮华词汇的警惕；"一个结巴则有可能是更诚实的——当我看到他在试图表达自己时，一个多余的词在他那里所引起的痛苦"，则表达了诗人对于词语运用的谨慎与严格，他像一个结巴，对每一次的表达都很珍惜，所以力求使每一个词都做到精确；"在语言的边境与另一些更难克服的关头——我看到某一种诗歌，在迁徙着……"反映了词语的挣扎，语言本身没有界限，一些词语是由不同语言的融合所生成的，属于跨语言词汇，而这个过程本身是极为艰难的，需要克服国界、文化的差异；而"一个最终被我们理解的词，出现在另一首诗里，一下子又变得那样陌生。"阐释的是诗人与词语的紧张关系，从"被理解"到"变得陌生"，二者处于一种动态关系中，诗人需要时刻保持危机感，因为这个世界每时每刻都在急速地演变，没有什么是永恒的。

中国诗坛在90年代受到现象学、语言学、符号学等理论的冲击，诗歌的言说方式自然而然发生转变，词语作为最直接的呈现方式成为关注的主体，同时由于它自身巨大的包容性带来了与以往不同的创作观念。王家新的创作中，最明显的变化是"词语"两个字开始频繁地出现在诗歌文本中，据他自述，其"对'词'的关注早在1986年前后开始"[①]；1990年短诗《词语》的开头："词语，刀锋闪烁/进入事物/但它也会生锈/在一场疲惫的写作中变得迟钝"，全诗更是直接以"刀

[①] 王家新、陈东东、黄灿然：《回答四十个问题（节选）》，张桃洲：《王家新诗歌研究评论文集》，东方出版中心2017年版，第442页。

锋"来强调词语所能达到的犀利程度,从"在具体、确凿的时间地点/和事物中层层推断/然后,一些词语和短句出现/一道光出现",可以看出,诗人认为诗歌只有触及具体词语,并在这个过程中不断推进、深入,才能发挥出语言本身的作用与价值。关于词语,西渡曾经写道:"诗人对词语的谨小慎微,是因为他知道,词语的选择不单涉及词语之间的关系,而且涉及到词语与事物、事物与事物之间的关系。"[①] 这里强调的是词语选择的精确性及其与事物之间的联系,而从词语自身来看,当"词语"两个字出现时,它的意义已经超出与事物的关联性。王家新指出:"我深深体会到海德格尔所说的'语言乃是家园,我们依靠不断穿越此家园而到达所是'。甚至,我感到即使这样说还没有完全说出语言对我们的意义。"[②] 王家新通过语言的"自我包含"关系,传达出的是词语在其诗歌中出现方式的转变,当词语褪去功能属性,他需要思考的便不再是诗歌如何通过词语的联结来表情达意,而是诗歌如何进入语言内部的问题,当诗歌进入了语言,便进入了存在,而语言是在词语中实现的。以往那种脱离具体词语,在虚词之间不断变换的抽象表达实际上隶属于一种诗歌形式或结构的表达,一定程度上限制了诗歌在意义层面对深度的拓展,也离它的本质越来越远。

第二节 词语:对存在的进入

王家新谈到自己的诗歌创作过程时曾说:"通常来说,在写作之前我往往感到了某种情感的、精神的东西或是几个相关的词及句子出现。但诗歌是只有在进入词语后才真正产生的。"[③] 一个诗人进入最初

[①] 西渡:《写作的权利》,王家新、孙文波:《中国诗歌九十年代备忘录》,东方出版中心2017年版,第29页。
[②] 王家新:《走到词/望到家乡的时候》,《雪的款待》,北京大学出版社2010年版,第27页。
[③] 王家新、陈东东、黄灿然:《回答四十个问题(节选)》,张桃洲:《王家新诗歌研究评论文集》,东方出版中心2017年版,第437页。

第三章 词语诗学

的写作状态，任何启迪都有可能成为一首诗，而如何把握这种"从天而降"的启示，考验的是一个诗人最基本的素养，诗歌的产生固然离不开诗意的降临，但更为重要的是获得准确的落脚点，而王家新认为落脚点便是词语。在他看来，对词语的关注"不仅和一种语言意识的觉醒有关，还和对存在的进入，对黑暗和沉默的进入有关"①。王家新的创作始终致力于对存在的抵达，这是他求索的终极秘密，而词语便是触及这个秘密的方式与途径。他尝试通过语言的感知力与渗透力去接近存在的本质，透过一个词语捕捉到其背后丰富的情感、经验，寻找语言发生的迹象，最终达至生命存在的深处。关于诗歌的限度，他作出如此阐释："诗只能是对生命和语言的一种熔炼和升华。诗靠语言生成，但它在达成更高意境时必然是要超乎语言的，换言之，在真正伟大的作品中，语言之上还有着另一种语言。"② 语言之上的语言，就是存在的秘语；诗歌由语言生成，而语言对自身实现超越，最终完成对存在的进入。因此，可以说王家新词语诗学的核心是"对存在的进入"。围绕这一核心，他坚持将诗歌、词语、存在三者结合起来探讨，形成三位一体的结构，并试图在创作中对其进行印证和强化。

海德格尔认为："当人思索存在时，存在就进入语言。语言是存在的寓所。人栖居于语言这寓所中。"③ 要想在诗歌中完全呈现语言的可能性，离不开诗人的自身修养，这种修养是诗人对语言的把握，当他感受到某个画面或者意象出现时，他需要调动自身全部的情感与经验，与这些瞬间相遇。王家新相信："出现在我们头脑中或是笔下的某个意象、某个词，有时它不是别的，它正是存在的显露。也就是说在它的背后还有更多的东西。"与其说是诗人抓住了词语，不如说是词语抓住了诗人，当二者发生碰撞，必然产生反应，某种更高的、更

---

① 王家新：《走到词/望到家乡的时候》，《雪的款待》，北京大学出版社2010年版，第27页。
② 王家新：《从"探索"谈起或曰"我观今日诗坛"》，《人与世界的相遇》，文化艺术出版社1989年版，第34页。
③ ［德］海德格尔：《论人道主义的信》，中国科学院哲学研究所西方哲学史组：《存在主义哲学》，商务印书馆1963年版，第87页。

为神秘的体验现身,这种体验便是语言自身的显现。所以一个诗人必须保持灵敏的嗅觉,并且满怀期待,而他所期待的不只是一个词语,更是这个词语背后的东西,因此王家新认为:"你得从语言出发,你得留意于在某一刻突然抓住你的东西。"① 这是王家新对自己的要求,多年的创作并没有让他变得麻木,他坚持从语言出发,留意语言活动的迹象,以语言来探测生命的深度,并以此获得关于存在的更多启示。王家新的诗歌中很难找到繁复的、华丽的修辞,这决定了他的创作往往聚焦于一个中心——语言,他直言:"诗歌写作中最大的难题是语言,人们通常所设想的'技巧'是非常次要甚至是不存在的问题。语言问题集中了一个诗人所有的焦虑。"② 诗人被语言问题所困扰,一方面,他需要接近语言的本质,另一方面又要避免被语言所支配——"一个幼稚的诗人往往把'自我'凌驾于一切之上,而成熟的诗人却永远把诗看得比自己更重要。"③ 换句话说,诗人并不是要将个人意志凌驾于诗歌之上,而是要尽一切可能让诗歌展示它自身在运动中所形成的部分,将诗歌的创造性与想象力归还给语言。用王家新自己的话来说:"诗人正是那种让我们感受到另一个世界的人,他之所以为诗人,正在于他始终在沟通着人的现实存在与诗的存在,并提示出生命超越的可能。"④ 诗人连接着现实世界与另一个世界,当他进入超凡的、深邃的写作状态,语言便幻化出无限可能,直抵存在之境。诗人西渡曾指出:"诗歌是语言的最高形式,它真正的意思是每一个词语都渴望成为诗。"⑤ 语言

---

① 以上均出自王家新《与蝎子对视》,《夜莺在它自己的时代》,东方出版中心1997年版,第9—10页。

② 王家新、陈东东、黄灿然:《回答四十个问题(节选)》,张桃洲:《王家新诗歌研究评论文集》,东方出版中心2017年版,第437页。

③ 王家新:《诗:对语言的一种期待》,《人与世界的相遇》,文化艺术出版社1989年版,第68页。

④ 王家新:《诗人与"两个世界"》,《人与世界的相遇》,文化艺术出版社1989年版,第84页。

⑤ 西渡:《写作的权利》,王家新、孙文波:《中国诗歌九十年代备忘录》,人民文学出版社2000年版,第29页。

第三章 词语诗学

所能达到的最高层次是诗歌，它需要高度的凝练和精确的表达，但它又需要达到不同于其他文体的一种秘密境界。因此诗人与诗歌的关系，本质上是诗人与语言的关系，诗人需要为语言服务，使语言成为存在的寓所。王家新在描述"世界"这个概念时提出："它是诗人通过具体的物象所把握的存在本身，是在语言的运作和造化活动中，世界的存在由隐到显的呈露。"[1] 世界已被词语所吸收和容纳，世界的运转离不开词语构成的框架，存在是一种体验，也是一种阐释，与其说它沿着词语所铺开的道路运行，不如说它与词语同行。王家新对词语、对存在的领悟与海德格尔的"任何存在者的存在居住于词语之中"[2] 如出一辙，强调的都是词语与存在的关系。20世纪90年代初，王家新开始了一段旅欧生涯，当生活窘迫之时，他拒绝了那些廉价的文学活动，选择打工来维系生活，这样做并非为了体现崇高，而是保有自己作为诗人的尊严，他的底线决定了其不会为了生计出卖自己对艺术的信仰。生活的艰辛让他更加坚定地意识到，自己是为语言而生，语言在茫茫之中选择了他，他做的一切都是在为语言付出。他坚定地说道："作为诗人你只能和词语居住在一起，并且愈是在一个流离失所的时代就愈是要和他相依为命——因为你已被一种语言所挑选，就像饥饿选中了那些绝食艺人。"[3] 卡夫卡笔下的饥饿艺术家照亮了王家新，他重新思考文学在这个时代的命运，在他眼中，文学不是一门古老过时的艺术，它具有旺盛的生命力，文学可以流离失所，但永远不会消失。

王家新曾经坦言："即使写一首诗，也要求它能达成一种对存在的'敞开'，能包容着比过去更为丰富的东西。"[4] 诗歌是过往所有历史与经验的结合，它的内在具有无限的包容性，没有边界，可以不断地吸纳，诗歌正是在这种不断地自我完成中逐渐趋向"存在"的方

---

[1] 王家新：《人与世界的相遇》，《夜莺在它自己的时代》，东方出版中心1997年版，第3页。
[2] ［德］海德格尔：《语言的本质》，孙周兴译，《海德格尔选集》，上海三联书店1996年版，第1068页。
[3] 王家新：《饥饿艺术家》，《对隐秘的热情》，北岳文艺出版社1997年版，第10页。
[4] 王家新：《游动悬崖·自序》，《游动悬崖》，湖南文艺出版社1997年版，第5页。

向，而这对于诗人来说无疑是一项极大的挑战。但王家新是坚韧的，写作对他来说是对生命的一种探索。他曾经说："创作是必须从自我开始时，但'自我'却往往是一座牢房。只有拆除了自身的围墙，我们才能真正发现人与世界的存在，才能接近诗并深入它。"① 王家新是一位在词语间漂泊的诗人，除了诗歌，没有任何事物能够支配他作为诗人的意志，他宁愿用双手换取自己的应得之物，也正是在双手的辛劳下，他找到了进入存在的方式。

王家新的文学道路相当艰辛，他带着幼年被同伴排斥的孤独感前行，这是他一生的记忆。他的前行，是一种对命运的反抗与自我救赎，无形中也是在向存在的进发。他有一首诗歌《一个劈木柴过冬的人》，便是他所谓"对存在敞开"的诗歌，其中有诗句："一个劈木柴过冬的人/双手有力，准确/他进入事物，令我震动、惊悚。"王家新高中毕业后曾经以知青身份在农化厂劳动，而"他所干的无非是'劈柴，烧大蒸锅……'"②，也许是在农化厂工作的日子难以抹去，王家新的记忆中始终有一个劈木柴过冬之人，而王家新所欣赏的诗人莫非也有一首诗歌《劈劈柴的声音那么脆》，同样是远离时代中心的人，他们都选择用"劈柴"作为生活的一个侧面。王家新笔下劈木柴过冬的人可以是他自己，可以是莫非，也可以是那个年代许许多多艰难生存下来的人。寒冬将至，他们只能用劈木柴取暖的方式来抵御严寒。诗中所提到的"进入事物"不仅是对生活的抗击，更是对事物本质的挖掘。王家新把对存在的探求赋予一双强有力的手，这双手劈柴，"进入事物"，"令我震动"。这种语词赋予诗歌以力量。他用"劈"字来展示自己的信念，这是一种不可逆的动作，一旦劈开即无法挽回，因此也可以将之称为一次性的艺术，然而他坚信那双手总能准确地找到进入事物的方式，一旦动作完成，他的写作也将留下深深的印记。这是一种直接的、强悍的写作方式，以呈现语言的质感。这

---

① 王家新：《人与世界的相遇》，《夜莺在它自己的时代》，东方出版中心1997年版，第2页。
② 刘春：《一个人的诗歌史（第二部）》，广西师范大学出版社2010年版，第67页。

种写作的体验与王家新个人生活经验无法分开，所以"劈"这种决绝的方式，既是要斩断那些苦难，也是在纪念曾经历过的一切，因为它们都是来自上天的馈赠。作为一个诗人，遗忘从来不是对待事物的合理方式，只有在心底深处与过去进行和解，同时保有不屈服的姿态，使自己的内心处于一种坚定而又平和的状态，其创作才能离存在更近一步。

写作之于王家新，是一种精神活动，更是一种劳作。他在诗片断《游动悬崖·劳动》中写下：

> 劳动不是一种场面，而是一种叙述，一种动词的运作过程。在海滩上晒盐，或是从笨重的驳船上卸下细沙，都会产生叙事中的明亮成分。这使我渴望劳动，渴望在写作时就像那些开挖地基或沟渠的人们，当土堆渐渐高过我时，和不断深入的劳动化为一体……

王家新将"劳动"具体化，变成一种动态过程，如晒盐、卸沙，这两个词所呈现的是一种具体的动作，下笔时，笔尖与纸张的摩擦似乎也为作品增添一份质感。诗人渴望劳动，更渴望有质地的"词语"充满自己的诗歌，呈现自己真实的生存状况，让诗歌变得愈发饱满。王家新在另一首诗里也提到劳动——"劳动。一只肩膀的疼痛/右边，比左边的/更疼"（《持续的达到》），这里的"劳动"指代写作，右边肩膀的疼痛缘于长期使用右手写作，当疼痛在身体上刻下痕迹之时，这种疼痛可以看作对写作这项工作的"回报"，它是一个诗人对语言炽热追求的结果。因此，可以把词语看作诗人的"避难所"，诗人期待通过对词语的进入以逃避现实中遭遇到的一切；然而在严峻的现实面前，词语为诗人提供的是一个什么样的空间呢？无疑，诗人在词语中打开的是属于他自己的空间，也只有他自己能够感受到这个空间的大小与温度。

当代诗坛的独行者

王家新认为:"从'词'入手而不是从所谓抒情或思考进入诗歌,导致的是对生命与存在的真正发现。"① 他作品中的场面大多是艰涩的、痛苦的,这源于他尤为强调写作中的质感,而质感往往带有一种滞涩的意味。王家新以词语为桥梁,将艰辛的劳作过程与写作联系起来。换句话说,写作需要在一个固定的位置持续,在这种不断挖掘的过程中,写作者、书写对象以及"写作"这个动作最终融为一个整体,而这种不断的挖掘本身就是对存在的一种深入。这便是他自己所说的:"既然拿起了笔来,我们对自己也就有了一种要求,即要求通过写作来'抓住'现实。"② 对现实的把握需要词语作为桥梁,没有语言的支撑,诗歌只是虚空的存在。奥登曾经在《诗悼叶芝》中留下这样的句子——"诗歌不会让任何事情发生",在王家新的理念中,诗歌是介入现实的方式,然而当悲剧真实地出现在他眼前时,他却感到无力,任何词语都显得廉价,也因此他写下了"有某种东西已开始在词语间生锈"(《变暗的镜子》),这种生锈的东西,来自现实与词语间的距离。一旦诗人难以在现实与语言之间找到最为贴切的对应时,那么语言在这一刻便陷入了它自身的困境,当诗歌连它自己的问题都无法解决之时,它又何以解决这个世界的难题?

王家新对词语的理解,受布罗茨基的影响很大。布罗茨基作品中的那句"它在我们中间寻找骑手"(布罗茨基《黑马》王家新译)给了王家新信念,他相信诗人与诗之间存在一种相互寻找的关系,而这种信念贯穿于王家新此后的生涯。布罗茨基将自己的一生全部奉献给了语言,而他在现实中所遭遇的流亡,也像是一种语言中的流亡。他的诗中有着独属于俄罗斯诗人的非凡想象力、创造力,其中最为瞩目的便是词语所闪现的精神性。他作品中的"漆黑""黑暗""黑色"等具有一种神秘的力量,仿佛整个宇宙都凝聚其中。面对布罗茨基的死

---

① 王家新、陈东东、黄灿然:《回答四十个问题(节选)》,张桃洲:《王家新诗歌研究评论文集》,东方出版中心 2017 年版,第 442 页。

② 王家新:《对话:1986》,《人与世界的相遇》,文化艺术出版社 1989 年版,第 39 页。

亡，他写下《布罗茨基之死》

> 在一个人的死亡中，远山开始发蓝
> 带着持久不化的雪冠：
> 阳光强烈，孩子们登上上学的巴士……
> 但是，在你睁眼看清这一切之前
> 你还必须忍受住
> 一阵词的黑暗。

该诗描写了一幅在雪的照耀下所产生的明亮的画面，甚至出现"阳光强烈"这样积极的表达，暗示一个诗人死了，似乎一切都没有改变，孩子们的生活也像往常一样，而悲痛隐藏在看不见的地方。全诗最后毅然选择用"词的黑暗"给予布罗茨基最大的尊重。布罗茨基是一个从黑暗中诞生的人，他替人类背负了太多也承受了太多，人世间的喜悦与欢乐似乎与他无关，他离开了，他又回归到了属于自己的黑暗中，所以"词的黑暗"之于他，其实也是"词的光辉"。这种词语的光辉照耀着王家新，让他的作品中多了明亮的色彩，如《词语》中的"当我爱这冬日，从雾沉沉的日子里就透出了某种明亮，而这是我生命本身的明亮"；《另一种风景》中的"'但是你的书中却有着那么明亮的激情'——'仅仅由于孤寂'"；而在《光明》中，王家新描写了一次在滨海盘山公路驾驶的体验，诗人经历了"一个又一个海湾的光亮""又一个拐弯""又一道峡谷""一个左拐弯"……这种类似的重复性表达，几乎还原了旅途的全貌。词语的跌宕起伏，是对人生旅途的一种还原。作为一次从深谷开始的旅程，当途中一次次被光亮环绕时，惊讶与感动并存，而经过最后一个无限的斜坡后，出现了无尽的光亮，此时的诗人心中充满了爱，在这个时刻，结尾处突然将笔触指向词语，作者把"词语"与爱置于天平的两端，赋予它们相等的权重。王家新自己在谈到这首诗歌的创作经历时说："我感到自己正从阴郁的过去出来——言说光明的时刻到了!"① 这些词语究竟是什么并不重要,重要的是词语出现的时候也是爱显现的时刻,尽可以赋予其无限的内涵。所有这些光明、黑暗,都是去往存在的必经之路,诗人无法避开,也无法停止脚步。

  王家新认为,诗人与世界相遇的过程"唤起了他内在的精神性和感知力,使他产生了与某种'存在'的呼应,从而超越现实生活而进入诗中"②。存在的本质是对现实的超越,对于一个诗人来说,达至这种超越境界的必经之路是语言,存在并不等于语言,但是它对语言产生了一种依赖。与世界相遇,在本质上便是与词语相遇,而只有词语才能让存在成为"存在"。阿赫玛托娃曾经在其诗作《缪斯》中写道:"我问:'就是你把《地狱篇》的篇章/口授给但丁的?'她答:'是我'。"《地狱篇》作为《神曲》的一个篇章,深渊而黑暗,阿赫玛托娃却将它的完成看作缪斯的馈赠,因为对于一个真正的诗人来说,他们早已将生死置之度外,所以地狱并不可怕。而王家新便是这些人中的一员,他曾经写道:"无论人们对诗歌如何期待,也无论你的同行们在做什么,作为一个诗人,你只能像但丁所说的那样:'你的笔要仅仅追随口授者'(《炼狱篇》)。现在,这恐怕是我唯一要听从的指令了——哪怕它摇落下的,是'灾难般的果实'!"③ 那令世人感到恐惧的炼狱,对王家新来说是一种常态,他的诗歌自始至终笼罩在地狱的光辉中,他听从来自黑暗最深处的召唤,所以但丁是他的缪斯,是他创作的重要来源。但丁是欧洲文艺复兴运动的开拓者之一,恩格斯称他"是中世纪的最后一位诗人,同时又是新时代的最初一位诗人"④。他为了冲破中世纪封建黑暗统治所做的努力对人类社会的影响不可估

---

① 王家新:《取道斯德哥尔摩》,《坐矮板凳的天使》,中国工人出版社 2003 年版,第 105 页。
② 王家新:《人与世界的相遇》,《夜莺在它自己的时代》,东方出版中心 1997 年版,第 3 页。
③ 王家新:《你的笔要仅仅追随口授者》,《黄昏或黎明的诗人》,花城出版社 2015 年版,第 20 页。
④ [德] 马克思、恩格斯:《马克思恩格斯选集》(第 1 卷),中共中央马克思恩格斯列宁斯大林著作编译局编译,人民出版社 1995 年版,第 269 页。

量，甚至可以说现代艺术的发展都是在其开辟的道路上进行的。而写诗从来不是一件容易的事，它是一种修行，更是一种无声的反抗，从但丁到卡夫卡，到帕斯捷尔纳克，再到王家新，相似的命运似乎一直在重复上演。他们能做的，只是承受、承受，而这种承受是与绝望做斗争，也是对诗人自己的一种救赎。这种为文学献身的精神，是世代诗人共同的朝向，文学对他们来说就像自己的生命一般，哪怕历经折磨，他们的初衷不会改变，但丁作为鼻祖，他的精神一直像火焰般燃烧在每一代真正诗人的心里，而这个火苗不会熄灭，将一直传承下去，所以"但丁"是一位来自地狱的使者，但是他却带来了艺术的火种，而他的影子也将永久映射在火焰的光辉中。在某种意义上说，这颗火种一直传递到王家新手中，他留下这样的句子："投身于文学，就等于投身于生命的'炼狱'，投身于一种艰难而又神圣的上下求索。"①在炼狱中求索的行为本身，就是一种对存在的趋近，那是一种忘却了苦难和煎熬，向着生命最本真的地方前行，而这种探索遵循的道路便是语言的道路。

第三节　基本词汇

　　词语本体论，特别是以词语抵达存在之观念，使王家新逐渐建构出自己的基本词汇谱系，以有效地承载存在之思与言说。首先，"存在"本身是一种抽象的概念，无论你自认为多么接近它，但单纯的谈论还是难以捕捉到它的踪迹，而词语相对而言更为具体，王家新正是通过将一个个基本词汇联结起来，形成一张个性化的语词网，并通过这张网将存在"固定"起来。正如冯至在《十四行集·二十七》中所言："把住一些把不住的事体。"任何一个词语，都是抵达"存在"的路径之一，透过这些词语，能真切地感受到存在之"存在"。其次，

---

① 王家新：《读〈听笛人手记〉的手记》，《人与世界的相遇》，文化艺术出版社1989年版，第59页。

当代诗坛的独行者

王家新的基本词汇与他的成长环境或者成长经历相关，是他在多年的人生体验中所领悟的词语，有着强烈的个人生命轨迹。也就是说，它们扎根于诗人个体生命，是生命的土壤中孕育出来的，所以最接近存在的真实层面。一个诗人必须拥有他自己的基本词汇，它们能够直观地反映出一个诗人的艺术造诣和精神境界，甚至可以说，通过对词语的观察与分析能够了解一个诗人的全貌。

关于基本词汇，王家新曾表示："在任何一个我所喜欢的作家那里都有着他们各自的'基本词汇'。这是他们的风暴，他们的界石、尺度、游动悬崖与谜语：这是他们一生的宿命。"[①] 从"基本词汇"角度，审视、言说自己所喜欢的作家，这是王家新的一种诗学自觉。王家新喜欢的作家，包括冯至、穆旦、多多、卡夫卡、里尔克、奥登、叶芝、博尔赫斯、帕斯捷尔纳克、阿赫玛托娃、茨维塔耶娃、布罗茨基、米沃什、曼德尔施塔姆、保罗·策兰等，他们虽然生活在不同的国家和时代，来自不同的民族，但是却在精神上高度相近。王家新从他们的作品中，不仅看到词语的痕迹，更获得了写作的尺度与标准，因此可以说王家新关于基本词汇的观念借鉴了他所尊敬的那些作家，而他所致力的便是通过具体的词语来实现对存在的抵达。欧阳江河在提到诗歌的活力时指出："活力的两个主要来源是扩大了的词汇（扩大到非诗性质的词汇）及生活（我指的是世俗生活，诗意的反面）。"[②] 欧阳江河的观点一定程度上反映了该时期诗人的创作特征，诗歌中所出现的词汇趋于多元化，而不是仅限于过去传统的、诗意的、优美的词汇，诗歌写作所要破除的，正是对"特定词语"的迷信。王家新对词语的运用也没有遵循传统，他通过建立自己的词根，并在自己的词根基础上生发出一系列二级词汇，以抵达真实的存在，其词根和系列词汇，便是他的"基本词汇"。对"基本词汇"的关注、探索，使王

[①] 王家新：《谁在我们中间》，《游动悬崖》，湖南文艺出版社1997年版，第217页。
[②] 欧阳江河：《'89后国内诗歌写作：本土气质、中年特征与知识分子身份（节选）》，王家新、孙文波：《中国诗歌九十年代备忘录》，人民文学出版社2000年版，第183—184页。

第三章　词语诗学

家新认识到真正的诗人应寻找属于自己的特别的词根。他曾经写下"一个在深夜写作的人，/他必须在大雪充满世界之前/找到他的词根"（《尤金，雪》），该诗是研究王家新诗歌绕不开的作品。在"大雪"充满世界之前，寻找到"词根"，近乎是一种诗学宣言。他认为，词根"就如同'内核'一样"，一个诗人有了写作的内核，"才有可能获得自身写作的深度"[①]。"词根说"构成其词语诗学的重要内容与特色。他也因此获得了"寻找词根的诗人"[②]的称号。

王家新的"词根"是"雪"。"雪"在王家新诗歌中的出现，离不开生活环境的变化。在大学毕业经历了几年的山区教师工作后，王家新来到北京，开始新的生活。据他自述："当中国北方的气候、大自然景观和它的政治、文化、历史相互作用于我们，在我的写作中就开始了一种雪，或者说'北京'与'北方'作为一种主题就在我的诗中出现了。"北方干冷、凛冽的气候对王家新的写作产生了不小的影响，从自然环境来看，北方的生存条件不比他从小生活的鄂西北地区恶劣，"雪"在其家乡也并非稀有之物，但是直到定居北京之后，他才真正注意到"雪"，"雪"对他来说已经超越了其物理性质。北京作为中国的文化中心，是很多文人向往的地方，王家新从偏远的鄂西北地区迁居北京，不仅意味着命运的转折，更为他带来了精神提升的可能性。他坦言："我的诗中开始了一种与整个北方相呼应的明亮"[③]，"雪"是王家新摆脱命运枷锁后见到的一抹亮丽的色彩，成为其重生的标志，也是一种精神上的存在。从此以后，王家新毫不掩饰对"雪"的偏爱，他写下"这只能是从你的诗中开始的雪"（《谁在我们中间》）；"当雪从一首诗中开始时，比如说从帕斯捷尔纳克的诗中开始时"（《临海孤独的房子》）；"你写到雪，雪就要落下"（《孤堡札记》）……写诗对于

[①] 吴投文：《"当一种伟大的荒凉展现在我们面前"——诗人王家新访谈》，张桃洲：《王家新诗歌研究评论文集》，东方出版中心 2017 年版，第 487—488 页。

[②] 吴晓东：《"一个种族的尚未诞生的良心"》，《当代作家评论》2010 年第 1 期。

[③] 以上均出自王家新、陈东东、黄灿然《回答四十个问题（节选）》，张桃洲《王家新诗歌研究评论文集》，东方出版中心 2017 年版，第 431 页。

王家新来说就是下一场雪,"雪"似乎成为他诗歌中一切的源头,如同世间万物的介质般无处不在。甚至可以说,王家新的创作已离不开雪,而他也关注其他作家笔下的雪,在他所翻译的保罗·策兰的作品中,有"缄默的雪花飞舞"(《带上一把可变的钥匙》),"要去与雪——对话"(《空洞的生活庄园》),"用雪来款待我"(《你可以》),来自《同样今夜》中的"既然雪也降到这上面"……策兰在与命运的搏斗中度过了自己的一生,所以他作品中的雪同样凝结了厚重的精神成分,是一种生存意识的体现,他笔下的"雪"降落在王家新的诗歌里,二者在精神上达到了互通。

"雪"作为词根,在王家新诗歌中却并非都是希望和美好的化身。王家新不是一个善于写赞美诗的作者,他意识到"雪"除了纯洁含义,还有另一重意思,大雪过后,万物被遮掩,一无所有,食尽鸟投林,白茫茫大地真干净,雪白的后面是黑暗。所以,他的"雪"总是与"黑暗"联系在一起。诸如:"如果你想呼喊——为人类的孤独,雪/就会更大、更黑地降下来""哦渐渐地,夏天转向了另外的国度,而橡树在雪后显出黑色","这些是词,已充分吸收了降雪前的黑暗"……(《孤堡札记》)他这些诗句里,"雪"与"黑暗"已经无法分离。从某种角度来看,黑暗指向灵魂的阴暗面;从另一个角度来看,黑色是墨水的颜色,王家新不断将"雪"的落下和词语、黑暗联系在一起,旨在暗示词语的重要性,当词语在墨水中显现时,诗性语言被引向了另一种可能性,而这种可能性,便是"雪"的明亮所照亮的一切。叶芝晚期作品《雕像》中有一句诗"攀登入我们本来的黑暗",在王家新那里留下了深刻印象。他认为"攀登"一词"不仅显示了一种向上的精神之姿,也使'黑暗'闪闪发光起来"[1],在王家新的世界里,黑暗达至极致后便能显现出光亮。在翻译了叶芝的《黑塔》后,他认为这首作品"告诉了我什么是一个诗人'黑暗而伟大的晚年',什么才

---

[1] 王家新:《奥尔甫斯仍在歌唱》,《游动悬崖》,湖南文艺出版社1997年版,第244页。

是我们历尽生死才能达到的境界"。① 因此,"雪"与"黑暗"在本质上是一致的,它们共同构成了王家新基本词汇的精神底色,其他词汇都是从明与暗这两大色系生发出来的,具有很强的辩证性。如果说"明亮"是一些词汇的显性色彩,那么"黑暗"便是其隐性底色;反之,对另一些词汇来说,"黑暗"是其显在色彩,"明亮"即是其"隐性"颜色。

以词根"雪"及其另一面的"黑暗"为中心,王家新逐渐确立了自己诗学意义上的"基本词汇",主要有:"雪""黑暗""时代""承担""抵达""晚期""词语""存在""北方""蓝""花园""石头""死亡""帕斯捷尔纳克""策兰"等。它们或为名词,或为动词,或为动名词,或为形容词,他们构成了王家新诗歌世界的时空结构、色调与力量,是王家新生命存在的呈现,承载着王家新的诗歌理念与精神。其中"时代""晚期""承担""帕斯捷尔纳克""死亡"等词语的诗学含义,在其他章节相关内容中作了辨析,此处不再赘述,下面将重点论析"花园""石头""蓝"等在王家新那里的语义。"花园""蓝""石头"等游离在黑暗与明亮之间,承载着王家新的思诗与诗歌姿态,经由它们,王家新获得了对存在的试探与进入。

"花园"可以是现实主义语境中的实词,也可以是象征主义话语中的暗示性意象。王家新有一首诗题为《日记》。他对"日记"这类体裁不感兴趣,而这首诗也与传统意义上的日记不同,属于日记诗。

> 从一棵茂盛的橡树开始,
> 园丁推着他的锄草机,从一个圆
> 到另一个更大的来回;
> 整天我听着这声音,我嗅着
> 青草被刈去时的新鲜气味,

---

① 王家新:《"亲爱的阴影":叶芝与我们》,《扬子江文学评论》2021年第3期。

我呼吸着它，我进入
另一个想象中的花园，那里
青草正吞没着白色的大理石卧雕，
青草拂动，这死亡的爱抚，
胜于人类的手指。

醒来，锄草机和花园一起荒废，
万物服从于更冰冷的意志；
橡子炸裂之后，
园丁得到了休息；接着是雪
从我的写作中开始的雪；
大雪永远不能充满一个花园，
却涌上了我的喉咙，
季节轮回到这白茫茫的死。
我爱这雪，这茫然中的颤栗；我记起
青草呼出的最后一缕气息……

"花园"是这首诗的核心，而这"花园"与"雪"相伴相生，是"我"想象中"进入"的"花园"，是"雪"无法覆盖的"花园"，所以这"雪"是从"我"的写作中开始的。于是，"我""园丁""花园""雪"构成了一幅主客相互渗透的画面，"吞没""荒废""死亡的爱抚""白茫茫的死"则充满生的恐惧，使得"花园"因此成为一个内涵突变的词——所指与能指相割裂的词。这个"花园"与他在另一处提到的"花园"——"多年以来我一直关注着一个隐蔽在他自己的花园里的人，一个相对来说'只偶尔出来说话'的诗人"[1] 可以看作同一个。后者是王家新送给一位诗人朋友的，而"只偶尔出来说话"

---

[1] 王家新：《一个人和他的花园》，《对隐秘的热情》，北岳文艺出版社1997年版，第52页。

也可以看作是他自己的一个映射。对他们来说,"花园"是一个隐秘的场所,在这里诗人只对自己讲话。王家新习惯将写诗当作一种劳动,正如《日记》这首诗里园丁推着锄草机,不断地画圆,然后再一遍遍地尝试中进入更大的圆。"大雪永远不能充满一个花园","雪"与"花园"构成一种不对位关系,使诗歌蒙上一层阴郁的色调。是什么涌上"我"的喉咙,是"花园"里白茫茫的死亡吗?"我"为何战栗?是白雪覆盖的荒废吗?在这首诗里,王家新创造了两个花园,一个是想象中的,弥漫着死亡的气息;还有一个现实中的,与锄草机一道荒废。青草被刈,橡子炸裂,"花园"里存在着一种无形之力。"花园"是一个巨大的隐喻,园丁无法摆脱自己的宿命,他进入"花园"的那一刻,并不知道自己在修剪什么,他将终身与"花园"厮守,而这种厮守似乎暗示了诗人与词语的关系,二者相互守望、相互进入、相互撕扯与生成。

另一首诗《守望》中也有一个"花园",该诗与《日记》中的"花园"相呼应,可谓孪生篇。

> 雷雨就要来临,花园一阵阵变暗
> 一个对疼痛有深刻感受的人
> 对此无话可说
> 你早已从自己的关节那里感到
> 这阴沉的先兆,现在
> 它来了,它说来就来了
> 起风的时刻,黑暗而无助的
> 时刻!守望者
> 我们能否靠捶打岩石来承担命运?
> 如果我们躲避这一切,是否就能
> 在别的地方找到幸福?
> 守望者!你的睫毛苦涩
> 你的双手摊开,

而雷雨越过花园那边的城市，阴沉沉地
来了。没有别的
你只能让你的疼，更疼
你只能眼看着花园，在夏日巨大的反光中
变暗，更暗
一动不动，守望者！把你的生命
放在这里
让亲人们远走他乡
让雷电更痛彻地跃入这片土地
花园会亮起来的
而与黑暗抗衡，你只需要一个词
一个正在到来的
坚定而光明的
词

　　《日记》中与"花园"一同出现的是"青草""橡树""雪"，它们与荒废、死亡、战栗相伴；而《守望》中的"花园"，在雷雨来临时变暗，全诗也笼罩在一种阴郁的气氛中。《日记》的色调尚有些明亮，明亮背后隐藏着真实的黑暗；《守望》则是黑暗之中萌动着可能性明亮。在历史转型的时代，在雷雨来临"花园"变暗之时，诗人追问道："如果我们躲避这一切，是否就能／在别的地方找到幸福？"回答是否定的，他认为只有以生命来忍受痛苦，以生命守望，在守望中承担时代的重量，在守望中抗衡，才是应有的姿态。"而与黑暗抗衡，你只需要一个词"，"词"成为抵御黑暗最犀利的武器。据王家新自己介绍，这首诗是献给一位诗人的，"作为一种无言中的相互激励"[①]。因此这首诗既是他写给自己的，也是写给朋友的，还是写给同时代诗

[①] 王家新：《一个人和他的花园》，《对隐秘的热情》，北岳文艺出版社1997年版，第55页。

人的。他期待大家在变暗的"花园"里"守望"语言,因为"坚定而光明的词"正在到来,它足够抗衡黑暗。这个"词"是诗人心中的期待与希望,是具有词根力量的词,在诗歌结尾处透露出光亮与希望。

当诗意提升到如此境界时,最后一首与"花园"有关的作品便呼之欲出。在诗片断《另一种风景·黑暗的花园》中,王家新毫不掩饰地呈现出一幅暗黑色调的光景:

"黑暗的花园",你说,不是黑暗中的花园;其他的地方都很光明,但在这里是"黑暗的"。而你自己永不进入这个花园,除了偶尔从一个同样黑暗的梦中越过。你只是守望着,看它如何在黄昏到来之前先暗下来,或是干脆离开它,为了让它出现在一首更明亮的诗里——像是一个最晦暗的词。"这即是一生中你要做到的事",你说,然后你消失。

如果说在《日记》和《守望》中,王家新还在隐晦地营造一种整体偏暗的氛围,那么此处,他厌倦了暗示和联想,描绘出一座黑暗的花园。王家新用这首诗交出了一个"最终答案"。"花园"并不是黑暗中尚存的一抹亮光;相反,它自身便是黑暗的中心,是黑暗的来源。这里也出现了"守望",与之前不同的是,守望在此处是一种远远地观望,甚至"离开",目的是为了让黑暗降临在明亮的诗里。所以"花园"在诗歌中的出现,并没有提亮整体色彩,恰恰相反,是为了打破诗中的明亮。可以看出,从《日记》到《守望》再到《另一种风景·黑暗的花园》,色彩基调出现了明显的变化,这种变化反映出王家新对诗歌本质认识的变化,而这需要一个过程,所以"花园"对王家新而言逐渐从隔绝外界的屏障变成一座牢房,其中仍然有嘈杂的声音存在,而他放弃对花园的坚守是为了更好地进入诗歌内部,所以他最终选择遵从内心的声音,哪怕这样的选择会让他陷入无尽的深渊。王家新的"花园三部曲"经历了色彩由明到暗的变化,这种变化也是王家新个人对诗歌认知的变化,是从表到里的探索,从外部到本质的一种深入,而任何诗人都需要经过这样的阶段,才能越来越接近存在。

"石头"是王家新诗歌基本词汇谱系中另一个重要的词语。这个词成为频繁使用的基本词汇,与诗人的成长环境不无关系。王家新曾提道:"最初的记忆是在石头上磕磕绊绊的那种很黑暗、很模糊的感觉。"① 他在鄂西北一座大山里出生、长大,大山里遍布石头,幼时的他只知道山的那边还是山,一眼望不到尽头。这样的画面填充着王家新的记忆,变成他在1987年的作品《蝎子》的开篇诗句:

翻遍满山的石头
不见一只蝎子:这是小时候
哪一年、哪一天的事?

在这种成长环境中,一方面,石头成为了王家新非常熟悉的事物,他对其有一种莫名的亲近感;另一方面,王家新对山那边的世界无限向往,但是翻过大山,越过石头,一切都是未知。王家新在其诗人生涯早期曾写道:"无论如何,我们不能在石头面前败下阵来。"此时的他刚刚褪去青春的稚气,其自述"最大的愿望是写出纪念碑式的作品"②。然而前路漫漫,他不知道自己对诗歌道路的探索会否遭遇阻碍,就像他不知道当年自己是否能够翻越大山一样,所以此处的"石头"指代某种未知的暗礁。在石头堆里成长起来的王家新,性格也像顽石般沉默、刚毅。他后来迁往北方,虽然离开了儿时那座大山和漫山的石头,但是北方同样有坚硬的岩石,王家新曾经提到过自己在精神上朝向北方,所以北方寒冷中那些赤裸的岩石同样吸引着他。这种个人经历使得王家新对石头怀有复杂的感情,而"石头"在他早期作品中也占据着相当的分量。最具代表性的"石头"之作,当属1983

---

① 何言宏、王家新:《"回忆和话语之乡"》,《当代作家评论》2010年第1期。
② 王家新:《纪念·后记》,《纪念》,长江文艺出版社1985年版,第146页。

年的《从石头开始》,"石头"在其中有多种含义。首先,它与土地紧密相连,是万物开始的标志,这也是诗题"从石头开始"的依据。诗中有这样的句子:

而当人把眼睛抬起
一个光的秘密
却注入石头和土地
……
也许,有一天
每一个城堡
都将变成石头的迷宫

历史就是:从火到火/
从石头到石头

在历史的长河里,石头有着自己的使命,它垒砌成一座座城堡,随着时间的流逝,这些城堡最终也只是石头的另一种化身;它象征着完整周期的演变,时间来自石头的撞击声,万物从石头中孕育,最后又化为石头,进入大地,周而复始。这种周而复始引出石头的第二层含义——石头代表着生命的顽强与反抗。

醒来,体内已垒满石头
……
生命因孤寂而沉默,在大地之上
化为石头
太阳暴跳着无法进入……
……
而石头,以其屹立

把又一个疑问
逼入遗忘里……
……
猛地转弯，是隔山的
那块石头
为我指示出向海之路……

石头是一种坚硬的物质，当一个人的体内"垒满石头"时，他变得如同石头一般坚毅、沉默，他孤独地屹立在天地之间，无声地为迷途之人指路。在这首诗作里，王家新赋予"石头"丰富的内涵，整首诗以"石头"意象串联起来，也因此奠定了"石头"在王家新作品中的分量。但是"石头"一词出现得过于密集，从某种程度来说，反而削弱了词语的表现力，就像有学者对王家新该时期作品所给出的评语那样："他的那些受到激情支配的意念与具象客体的结合，有时表现了游离和生硬的'附着'。"[1] 这首诗还是属于青春期的抒情诗，大都感情充沛，善于在人与自然之间建立联系，将诗歌精神贯注于山水之间、石头之上，这导致附加在"石头"词语上的意义过分明显，给人生硬之感。

在《收获节札记》中，王家新写道："收获月过去了／一个启示：石头多于土地"，而"收获"也有"收割"之意，结合之后的"收获后的土地／是我的土地""我来到这里，为了／把我的心再一次播种下去"，此处的"石头"指向诗人内心那些不可撼动的信念，那些信念支撑着他不向生活弯腰，而梦中的麦子和太阳是诗人心之朝向。《风景》中的"一到夜里／满地的石头都将活动起来／比那树下的人／更具生命"和《空谷》中的"没有人。这条独自伸展的峡谷／只有风／只有满地生长的石头""除了风，除了石头"，则直接将"石头"与生命对

---

[1] 谢冕：《纪念：一个艰难的行踪——王家新诗集〈纪念〉序》，王家新：《纪念》，长江文艺出版社1985年版，第3页。

等起来。《刀子》中"早上起来儿子向我喊一声：早上好！/光明朗照的峰顶，一块石头/滚落到夜的山谷"，描写想象与现实对比的一句"早上好"，将诗人从想象中拉回现实，原本是一句温暖而友好的问候，却如同跌进山谷的石头。诗人是否在强调，他原本就应该活在黑暗中，活在"地狱"里，那里才有他的光明，才是他的峰顶，而任何人世间的温暖对他来说反而不真实。然而，这些作品中的"石头"都与自然景观，如峡谷、土地等一道出现，象征着生命、顽强，因此几乎可以说"石头"一词筑成了王家新早期的精神支柱。在他该时期的作品中，很难找到另一个与"石头"具有同等分量的词语。在洪子诚看来，王家新早期作品中的石头"并不具'个体'的形态，它寄寓的是有关激情、沉重、凝固、坚韧等混杂交错的情感和精神意向"[1]。在进入转型期后，"石头"并没有从王家新作品中消失，区别在于其不再像早期那样具有鲜明的意义和强烈的情感，它变得肃穆和凝重，带有一种沉默的力量。

"山顶上的墓石。雪的耀眼的光芒……车在向上绕行，而死亡总保持着它的高度。"（《反向》）"雪"作为词根闪耀着耀眼的光芒，在它的照耀下，石头作为媒介，以墓碑的存在形式将生与死联结，而死亡并不总是坠落，甚至需要努力攀爬才能够触及。此处的死亡指的是肉体消亡后不可磨灭的精神存在，而这种精神上的高度以另一种方式继续存在着，它照耀着人世间，所以对死亡需要保持敬畏之心。同样的表达还有"在一块石头与峰顶之间，黑暗/永远停下来了"（《持续的到达》），诗中另有"我们总得准备一句话/刻在墓碑上/但是把一生的悲欢浮沉凝为一个短句/又过于……"这里的"石头"便是墓碑，当一个人死去，一切都不存在了，他将永远停留在峰顶之下的那颗石头上。无论他曾经历过怎样的沉浮，最终的归宿都是一颗石头，石头上所刻下的句子是他留给这个世界唯一的印象，他的一生就被寥寥数

---

[1] 洪子诚：《〈读塔可夫斯基的树〉》，《中华读书报》2015 年 7 月 15 日。

语所定义。这首诗的后半段集中探讨死亡,而墓碑是最接近死亡的物质,它的存在将两个世界连接起来,极具冲击力。以"石头"抵达存在的本质还体现在这样的诗句里:"在这里,石头获得它的份量/语言获得它的沉默/甚至连最无辜的死亡也获得它的尊严了"(《野长城》),野长城由一块块石头垒起来,诗中的"石头"揭示的是事物的本质,与其说它在保卫疆土,不如说它是在捍卫长城脚下那些死去的亡灵,这些巨型石头多年来一直保持沉默,但这种沉默更像是对迎来的人群发出嘲讽,面对这些具有分量的石头,人类显得渺小、无知,这是一个诗人替人类所保有的最后羞耻心和气节。而"是石头建筑了伦敦的傲慢与偏见,不过从那儿,也透出了某种人类的尊严"(《词语》)中,王家新用"傲慢与偏见"来指代所有在伦敦城所创造的艺术,不论历史如何演变,惟有艺术与石头是不朽的,而他再一次提到"尊严",不仅是一座城市的尊严,更是艺术的尊严,所以王家新写下"需要一些更为确切、坚实的东西:就像歌剧院的石柱撑开音乐的空间"(《谁在我们中间》),他想要告诉世人,能够孕育艺术的是歌剧院,而歌剧院依靠的是另一些如石头般坚硬的东西来支撑。

如果说"石头"来自王家新切实的生活经验,那么另一个基本词汇"蓝",则主要来自王家新的想象。"蓝"是大海的颜色,对一个出生内陆的人来说,大海是陌生的,这种陌生让他对海充满向往,在他眼里,海是那样的神秘,遥不可及,所以其对大海有着无边无际的幻想,换句话说,大海一直存在于他的想象中。王家新写有不少与海有关的诗篇,它们可以看作是"蓝"的另一种表达,正如他自己所言:"就在那一刹那,海,点燃了我们身上的蓝!"① 其早年写有组诗《一个人和他的海》,这首诗中的"一个人"是司马迁,是惠特曼,是贝多芬,是诗人本人,是所有沉默的思想者。他的世界如大海般广阔,但也注定要承受海水的苦涩。毫无疑问,古往今来,大海是美好的象

---

① 王家新:《海边札记》,《人与世界的相遇》,文化艺术出版社1989年版,第87页。

征，它在潮起潮落之时给予万物希望，带来一个个梦想。王家新深知这一点，所以他写下"一条备受折磨的河流，终于带着我的全部惊喜发现了海——当我牵拽着大海母亲优美散开的衣裙边饰时，我早已忘了什么叫做孤独！"一个生长在内陆的人，他沿着一条条河流的走向，终于追踪到了大海，海以一种纳百川的姿态迎接着他，使他忘却了自身的孤独。诗人面对这种壮阔无疑是兴奋的，诗中有"在我们梦中闪动的海，有着它自己的梦""我家乡的麦浪只能掠过云的倒影时，海却倒映出整个蓝澄澄的天空——在这时，夜即将把海变成一个喃喃的梦"，全诗没有就此停留在对大海梦幻般的景象中，这首诗的创作时间显示的是1982年的7月和8月，此时正值王家新大学毕业，被分配到郧阳师专教书的时间节点，他经受着被"打回原形"的痛苦，所以"海"再次变得遥不可及，他开始意识到海除了能为人带去希望之外，还有一种苦涩的味道。这种苦涩让他产生了更为丰富的体验，"任太阳和盐一起沁入自己的创痛……""我心中渐渐结满了盐……""哦。人。痛苦的结晶。盐。""我需要——往生活里揉进更多的盐！"诗人与心目中的大海渐渐远去，那曾经带来希望的，现在让他无比痛苦，他想宣泄，但是生活不会听见，命运也不会因为他的呐喊而垂怜，所以他选择沉默，用沉默来进行无声的抵抗，那是"使海的对手几乎要发疯的那种沉默！"，而诗歌结尾处是"海呵，我深深领悟了——你沉默是为了最终打破这沉默，是为了在一个钻石般闪烁的早晨，和太阳一起辉煌地醒来！"在王家新人生最艰难的时刻，他选择了大海，他享受着海给他带来的抚慰，他也承受着盐的苦涩，海由此成为他生命中一个十分重要的存在，而"蓝"也成为伴随他一生的颜色。

多年之后，王家新在海边的房子里完成《临海孤独的房子》，诗中写到海：

这就是冬天的风景画册——
我们面向大海生活着。我们的房屋匍匐，被风；我们的盐，在一片眩目的旷茫中闪耀；我们遗弃的船，同时遗弃下我们，为了独自向大海感恩……

这就是在词语中开始的一切：它会继续下去。会有新的路从孩子们的画笔下通向海：同样，会有另一个人来到这里，替我思考我已不去思考的一切。

而我离去。而海永远在人类的流放中闪耀。

诗人终于能够面对大海生活，此时的大海更为广阔，而人类与它早已成为命运的共同体，那被遗弃的船上载着的是一个人的过去。海曾经是王家新想象中的存在，这一刻，王家新只有感恩，他感谢的是过去那个与命运进行抗争的自己，正是那个自己把他带到了今天，带到大海的面前。他说："我们愈来愈无法和诗分离，因为那是最后的光、盐和灵魂复苏之地。"[1] 所以有些关于"海"的片段虽然没有出现"蓝"这个字眼，但"蓝"却无处不在——"就在这朝向那一片蓝光的车上，我知道了什么是能把我们从生活中拯救出来的东西。"[2] 远处的大海泛起蓝光，这刺眼的蓝色让王家新感到海开始进入他的身体，融入血液，让他对自我的存在有了一种全新的认识，从而将他从混乱的生活中拯救出来。诗中还有——从一个裂缝开始，天空发蓝。这几乎是一种不可想象的蓝，在一声鸟鸣中展开，是一种向上的抵达。

在王家新的诗里，"抵达"的真实含义是"永不抵达"，正如"黄昏的时候出去送信，而它永不到达！"（《词语》）"我不得不把这首永不完成的诗写下去，为了有一个结束，以把我带回到开始""你在北京的护城河里放下了/一只小小的火柴盒，作为一个永不到达的葬礼"（《欧罗巴的秋天》）……王家新的生命中似乎没有"完成"这个概念，他对到达"顶峰"并不感兴趣，在他看来生命的意义在于不断地思考、探索，"去抵达"那无法抵达的终点。人的一生是一条起点与终

---

[1] 王家新：《同一个梦》，《世界文学》1989年第1期。
[2] 王家新：《海边札记》，《人与世界的相遇》，文化艺术出版社1989年版，第87页。

点之间的斜坡，这也是保罗·策兰所谓的"自身生命的倾斜度"。诗中的天空是一种无穷大的存在，而无穷大的本质只是无限"趋近"，所以"向上的抵达"实则是无法抵达，是一种"不可想象的蓝"。"欧罗巴的秋天，天总是阴沉沉的。是你在写作，还是天空在你的头脑里加深着它的颜色，当乌云就在你的笔下开始呼吸？"（《临海孤独的房子》）诗人脑海里的颜色是那不可想象的颜色，是神秘的生命之色，也是一个人的底色。它来自天空之上，不是蓝，而是乌云的颜色，就像"走在北京的记忆中的街道上，天空发蓝。"（《词语》）在诗人的记忆中，北京的天空是蓝色的，而现实中的天空是灰色的，这种灰度更加真实，它是雾霾的灰，也是人们心底的灰。

不难推断，"天空蓝"实际是一种假象。王家新洞穿了这个秘密，他想要挖掘背后的灰，揭示出美满背后隐藏的破碎。"这就是生活，在雾中隐现/在我心中再次诞生/船舶驶进港湾，吊桥放下/红、白和比雨雾更蓝的车流/闪闪驶过——而我向它致敬/并把自己献给更远处的天空"（《醒来》），诗歌笼罩在雨雾蒙蒙之中，整体带有灰质色彩，配合题目"醒来"营造了一种不真实的氛围。结尾处，王家新再次将视线对准天空，这一次他对天空的渴望更加强烈，在一片朦胧之中，他愿意将自己献给天空，当此处的天空早已经同"比雨雾更蓝的车流"融为一体之时，雨雾中的一切早已丧失它本来的颜色，呈现出来的只有灰，因此诗人朝向天空并不是脱离生活，而是在认清生活的真相后，仍义无反顾地向生活迈进。王家新在谈到自己对"词语"的关注时曾说："这种'对词的关注'，不仅和一种语言意识的觉醒有关，还和对存在的进入，对黑暗和沉默的进入有关。"[①] 那些基本词汇是他抵达存在的途径，承载着他的语言诗学观，是其诗歌姿态的表达。

所以"词根"是王家新诗歌创作的根基，是诗性之根，诗意之根，承载着诗歌精神，具有生长性，其生发出的基本词汇是枝蔓、叶

---

① 王家新：《走到词/望到家乡的时候》，《雪的款待》，北京大学出版社2010年版，第27页。

片，构成诗歌的生命之树。具体而言，"雪"作为最重要的词根，其内外特征与延展性，支撑了王家新长期的诗歌创作，生成出"黑暗""时代""承担""抵达""晚期""存在""北方""空气""泥泞""蓝""花园""石头""姿势""死亡""帕斯捷尔纳克""策兰"等重要的词汇。它们虽与传统意义上的意象有相似之处，均是诗歌文本的重要单位，构成其诗歌的基本底色与画面，但又具有与传统意象不同的特点：每一个基本词汇都是王家新反复凝视、摩擦、对话的对象，他们都有自己的质地，有自己的生命。词根与基本词汇构成一种相互渗透的关系，那些基本的动词诸如"承担""抵达""进入"则是联系基本词汇的纽带，动词的使用者是王家新自己，他通过这些动词表达自己的语言姿态、诗歌姿态，尤其是自己的价值取向；语言姿态、价值立场使他找到了那些基本词汇，使不同世界的词汇在他这里相聚，具有了近似的内质，或者说他只是发现与放大了那些词汇中与自己个性、理念相似的内容，将它们组织到自己的诗歌世界里，承载着自己的时代观、历史观，构成自己诗歌的精神尺度。

第四章 "晚期风格"诗学

1998年,王家新在《文学中的晚年》里说:"我感到自80年代中期以来,我们其实一直处在如郑敏所说的'青春崇拜'的诗歌氛围中……诗人的最隐蔽的对话者,只存在于'文学的晚年'之中。而80年代的青春崇拜诗歌,看似让人兴奋('集体兴奋症'?)实则遮蔽了文学的这一真正尺度。"①此处提到"青春崇拜"与"文学的晚年"两个重要概念,它们标示出王家新诗思和创作的转换。90年代以前,王家新创作了一批激情洋溢的青春颂歌,包括《青春的历程》《关于春天》《星空:献给一个人》等,怀着对未来的渴望,眺望远方;进入90年代,随着青春期的消退,伴随着新的文化时代的来临,他开始对前一个时期的创作进行反思,审视和思考文学的"晚期"问题,不断从"晚期"视角出发谈论诗歌问题,发表了《白鹭与晚年与语言的"波浪线"——沃尔科特的〈白鹭〉及其翻译》《从"晚期风格"往回看——策兰对莎士比亚十四行诗的翻译》《策兰:创伤经验,晚期风格,语言的异乡》《阿多诺与策兰晚期诗歌》《在你的晚脸前》等系列论文,逐渐形成以晚期风格为主的诗学观念。其创作也随之进入新的走向,写下《晚年的帕斯》《晚景》《晚年》《晚来的献诗》等晚年主题的诗作,作品中频繁出现"晚嘴""晚词""晚脸"等新的表达。"晚期风

---

① 王家新:《文学中的晚年》,《人民文学》1998年第9期。

格"是王家新 90 年代后逐步形成的重要诗学观念,是他创作的新走向、新特征。本章以王家新的相关诗学文章和创作为考察对象,研究"晚期风格"诗学观的形成原因、内容与特征,阐释其理论价值,反思其问题。

第一节 "晚期风格"诗学观的形成

"晚期风格"并不是王家新独创的语词,而是一个外来概念,其作为一种理论为大众所接受,很大程度上源于萨义德的《论晚期风格——反本质的音乐与文学》一书。该书对贝多芬、让·热内、卢恰诺·维斯康蒂以及托马斯·曼等艺术家的晚期作品进行了考察,认为晚期风格"包含了一种不和谐的、不安宁的张力,最重要的是,它包含了一种蓄意的、非创造性的、反对性的创造性";其中对贝多芬的阐释,援引了不少阿多诺关于贝多芬晚期风格的解读,诸如"贝多芬晚期风格的力量是否定性的",以及"不可协调性、否定性和固定性"[①] 等。王家新在自己的诗歌评论文章中多次援引了阿多诺关于"晚期"的阐述,如《在这"未来北方的河流里"——策兰后期诗歌》中,他提到了阿多诺对"晚期风格"的描述——"苦涩的""灾难般"的成熟,以及阿多诺对贝多芬的评价——"贝多芬从来不过时,原因可能无他,是现实至今尚未赶上他的音乐"[②]。王家新写过一篇名为《阿多诺与策兰晚期诗歌》[③] 的诗评文章,分析了策兰晚期诗歌与阿多诺晚期理论之间的内在联系。不难推断,萨义德和阿多诺的晚期风格理论对王家新"晚期风格"诗学观念的形成,产生了一定的影响;但是,王家新没有照搬阿多诺和萨义德的理论,他立足中国语境,结合自身经验来理

[①] 以上均出自[美]萨义德《论晚期风格——反本质的音乐与文学》,阎嘉译,生活·读书·新知三联书店 2009 年版,第 5、10、11 页。

[②] 王家新:《在这"未来北方的河流里"——策兰后期诗歌》,《在一颗名叫哈姆莱特的星下》,中国人民大学出版社 2012 年版,第 192 页。

[③] 王家新:《阿多诺与策兰晚期诗歌》,《上海文化》2011 年第 4 期。

解晚期创作现象。

"晚期风格"从字面上看，指一种创作特征、个性、风貌，但在王家新那里，则转换为一个诗学范畴，一种诗学理论。"诗学"和"风格"是两个不同的概念，"诗学"是关于诗歌的理论；而"风格"则是指一个作家或作品的总体风貌，是内容层面的特征和形式层面的个性融合出的一种总体特征。一个诗人的诗学主张对其风格的形成会产生影响，但它只是一种影响因素，风格的形成还包括创作题材、诗人个性、审美趣味等原因。在王家新那里，"晚期风格"并不是一般意义上的随着年龄的增长而形成的晚年创作风格，而是指诗人随着阅历、眼界、心境、审美趣味的变化而形成的一种诗学理念，是"文学中某种深度存在或境界"[①]，属于诗学理论范畴。

王家新对晚期创作现象的关注，始于20世纪90年代。此时中国掀起了新一轮的诗歌革新浪潮，王家新作为第三代诗人的代表，随着这股浪潮进入中国当代诗歌的新时期。在1991年3月北京大学举办的"中国现代诗的命运和前景"座谈会上，他的发言"我们这个时代的写作"，便透露出对文学中的晚年的兴趣，此时的他不过三十多岁，处于创作生涯的上升期和转型期，在这样一个甚至连"中年"都称不上的年纪，却有着对晚年和晚期写作的思考、向往，这种诗学兴趣的发生与他的人生经历和创作历程不无关系。王家新1977年考入武汉大学，随即开始诗歌创作，1982年被分配回家乡——湖北省丹江口市任教。丹江口是一个闭塞、落后的深山小县城，年轻的诗人本来向往山外的世界，渴望领略世界的广大与新奇，以诗歌实现自己人生的价值与理想，然而现实却让他重新回到文化低地。在改革开放充满青春朝气的时代，命运的捉弄让他产生了深深的失落与无奈，这种反差使得他与同龄人相比，过早地走出青春时代，生出一种苦涩的中年心境。但是他没有在这种"迟暮"的心境中压抑太久，1985年他的命运发生

[①] 王家新：《文学中的晚年》，《人民文学》1998年第9期。

转折，他被借调到北京《诗刊》编辑部；而1985—1986年中国掀起新一轮的诗歌革新浪潮，新生代诗潮出现了，王家新作为第三代诗人的代表，作品被选入《中国现代主义诗群大观（1986—1988）》①，并随着这股浪潮进入中国当代诗歌又一个新时期。在接下来的"个人化写作"热潮中，王家新则开始思考晚期创作问题，激发诗歌创作新的生命力，而这样的转变正是经历了个人命运的起伏，体味了人生的艰辛，见证了中国诗坛风云变幻之后发生的，是艰难探寻的体现与结果。1989年，王家新发表了诗歌随笔《同一个梦》，其中写道："而当我由此联想到歌德的《流浪者之夜歌》时，那'一切的峰顶'又在我的面前升起来了：它不开口，却在昭示着一切；它不开口，却使我心灵里的黄昏越来越宽广……"②《流浪者之歌》在王家新心中升起了黄昏的景象，那伫立在诗人眼前的峰顶，也预示着黄昏时分即将开始的攀登。命运的曲折让王家新在青春期跌入谷底，被动地由青春期加速进入成熟期，提前体味到"中年"的艰涩；而《诗刊》这个国家级诗歌平台，拓宽了他的交往视野，使他直观地了解到一批"归来诗人"的苦难和"朦胧诗人"的遭遇，这些与他自己的命运糅合在一起，便生出一种历史的沧桑感和"黄昏"心境，使得他在同辈人讨论"中年写作"现象时便开始遥望"晚期"，关注"晚期"创作现象。

值得注意的是，该时期是王家新与外国诗歌产生密切联系的一年，1989—1990年，在阅读了《日瓦戈医生》等作品后，他相继完成《瓦雷金诺叙事曲》和《帕斯捷尔纳克》，并于1991年开始了对保罗·策兰——一位影响了他此后整个创作生涯的诗人——诗作的翻译。关于策兰，王家新对其《死亡赋格》之后的作品尤为关注。《死亡赋格》固然是策兰诗歌生涯的里程碑，谈论策兰似乎无法绕过它，但对于策兰的领悟不应当停留在一个时间点，应该以一种发展的、动态的视角来进行解读。王家新在诗歌随笔和访谈中不止一次提到保罗·策兰的

---

① 徐敬亚、孟浪等：《中国现代主义诗群大观（1986—1988）》，同济大学出版社1988年版。
② 王家新：《同一个梦》，《世界文学》1989年第1期。

晚期诗学与晚期作品。在《在这"未来北方的河流里"——策兰后期诗歌》中,他提出:"这种自《死亡赋格》之后的深刻演变,使策兰成为一个'晚词'的诗人"①;在《我的脚步坡,脑筋山——策兰与"诗歌的终结"》中,他提道:"策兰之于我们这个时代的诗歌意义,我想,就在于他彻底瓦解了那个'古典风格'意义上的'大师',而把他变成了一个'晚期风格'的诗人。"② 在《"盗窃来的空气"——关于策兰、诗歌翻译及其他》中,他写道:"如果把他的中晚期诗一路读下来就知道,犹如一场来自地心深处的造山运动,他完全改变了诗歌语言的构成和地貌。"③ ……策兰在《死亡赋格》之后,并没有如人们所预想的那样,成为"后奥斯维辛"的代言人,而是逐渐显露出一种艰涩、断裂甚至紧张的节奏感,这是一种对既有风格的转逆,对连贯性的挑战和背离。这种创作思路深深影响着王家新对"晚期风格"诗学的思考。在翻译策兰的过程中,王家新不断朝向其精神世界,将策兰作品中的不流畅、不规则的跳动,与策兰以"换气"命名的诗集联系起来,并对"换气"一词进行专门的分析。在他看来,策兰后期作品中的那种间断和破碎,昭示着奥斯维辛之后生存的困难和呼吸的艰难,那段令人感到窒息的历史迫使人不得不用换气来延续自己的生命。从时间上看,王家新"晚期风格"诗学观念的萌芽、形成,与他对国外诗歌的关注处于同一时期,不论是萨义德、阿多诺,还是保罗·策兰,都对他的"晚期风格"理论的形成产生了一定的影响。

除了以上所述西方理论家、诗人之外,杜甫、冯至等诗人对王家新"晚期风格"诗学的形成也有一定的影响。1993 年,王家新撰文称

---

① 王家新:《在这"未来北方的河流里"——策兰后期诗歌》,《在一颗名叫哈姆莱特的星下》,中国人民大学出版社 2012 年版,第 182 页。
② 王家新:《我的脚步坡,脑筋山——策兰与"诗歌的终结"》,《在一颗名叫哈姆莱特的星下》,中国人民大学出版社 2012 年版,第 155 页。
③ 王家新、王东东:《"盗窃来的空气"——关于策兰、诗歌翻译及其他》,《上海文化》2012 年第 2 期。

冯至是一位"纯正而严肃的知识分子诗人",并在文中论及冯至的"中年写作"。冯至步入中年之后,写出了中国现代诗歌史上独一无二的《十四行集》,此处的"中年写作"与"晚期写作"具有相似的精神属性,都是在领受之后所获得的启示。冯至将写作视为对真理的探索,这也在无形之中影响了王家新对现实和自身的思考与追问,影响了他对"晚期风格"现象的思考。冯至为王家新带来的,不仅仅是诗歌的形式、技巧,还是一种"存在之思",是生与死的探讨,人与自然的关系,个人与历史的呼应……背后更有对民族语言的高度责任与担当。对于冯至,王家新用"他同样持有一种对新世界的向往和杜甫式的忧患"[1]来评价,在此不能不提到另一位对王家新"晚期风格"诗学观的形成产生过影响的诗人——杜甫。对杜甫的推崇也是同期诗人存在的普遍现象,有学者曾指出:"1990年代的诗坛上有一个很有意思的现象,那就是古典诗人杜甫倍受推崇"[2],杜甫诗中有一种"老"境美学,包括风格的"老健苍劲",技巧的"稳妥成熟",修辞的"自然平淡",以及创作态度的"自由超脱与自适性"等[3],这是中国古典美学土壤中生发出来的。王家新丝毫没有掩饰对杜甫的偏爱,尤其是对晚年杜甫的推崇,他想借助这种推崇"与早先80年代的那种'青春抒情''先锋实验'彻底告别,以把时间和历史的维度引入到我们当下的诗学探讨中,为诗歌确立一种更为'可靠'和'永久'的尺度"[4]。所以他在《孤堡札记》中写道:"你把汉语带入了一个永久的暮年。你所到之处,把所有诗人变成你的孩子。"在提到波德莱尔和叶芝的"英雄的一面"时,他说:"我甚至还想到了晚年杜甫"[5];在谈到整合式写作时,认为:"杜甫和叶芝中晚期的写作往往就是一种整

---

[1] 以上均出自王家新《冯至与我们这一代人》,《读书》1993年第6期。
[2] 罗振亚:《1990年代新潮诗研究》,河北大学出版社2014年版,第50页。
[3] 蒋寅:《杜甫与中国诗歌美学的"老"境》,《文学评论》2018年第1期。
[4] 王家新:《作为"同时代人"的杜甫》,《诗刊》2021年第1期。
[5] 王家新:《奥尔甫斯仍在歌唱——"现代性"与"英雄的一面"》,《为凤凰找寻栖所:现代诗歌论集》,北京大学出版社2008年版,第7页。

合式的"①；在阅读穆旦的欧式句法诗歌后提道："它也让我想到了杜甫晚期诗中的某些特殊句法——却增大了艺术的难度和思想容量"②……可以看出，王家新的诗学评论中，晚年杜甫几乎无处不在，家国意识、忧患情思、艺术境地、语言的诗性力量等，都注入王家新的诗思中。直到 2022 年，王家新还写下诗作《在杜甫"北征"途中》：

> 在杜甫"北征"途中，是否真有一只猛虎
> 跳立在他的面前，
> 嘶吼一声，令苍崖碎裂？
>
> 多年前我怀疑这一点，现在我信了。
> 现实，给了一个诗人
> 虚构的权力。

在对杜甫的持续不断的回望、聚焦中，王家新将其当作一位老父亲，一边聆听着教诲，一边沿着他走过的路继续前行，正是在这种类似于"朝圣"的步履中，王家新从萨义德、阿多诺、保罗·策兰、冯至、杜甫等具有晚期意识、在晚年开辟出崭新诗学道路的诗人那里，汲取并升华，形成了属于自己的"晚期风格"诗学理论。

第二节 "晚期风格"诗学的内涵

"晚期风格"诗学，在中国诗学话语体系中，是一个全新的范畴。王家新的"晚期风格"诗学，来源于具有晚期意识、在晚年开辟出新的诗学道路的思想者和诗人，他借鉴了萨义德、阿多诺、保罗·策兰等关于"晚期"的理论，在杜甫、冯至的诗学基础之上，结合自己的

---

① 王家新：《回答普美子的二十五个诗学问题》，《诗探索》2003 年第 1—2 合辑。
② 王家新：《穆旦与"去中国化"》，《诗探索》2006 年第 3 期。

人生体验，一定程度上整合了中国经验而形成的诗歌观念。

对阿多诺、策兰等精神同类，在同情中体验与阐述，在阐述中认同并不断内化，是王家新"晚期风格"诗学的一个特点。即是说，他的"晚期风格"诗学在发生学意义上是外来的，是在体验、阐述中逐渐认同、内化而形成的。在他看来，阿多诺的"晚期风格"指的是一种"特殊的成熟性"，具有"悖论、反讽、非同一性、脱逸、分裂、突兀停顿、压缩"等特征，是一种自我颠覆与解体，离开了固有的正常生活轨道。而萨义德的"晚期风格"则受阿多诺影响，指的是在人生晚年，思想上产生一种"新的语法"，这种新的语法就是所谓的"晚期风格"，它远离古典主义的和谐、宁静、明澈的范畴，具有不妥协、紧张和尚未解决的特点。策兰的"晚期风格"则是"一种苦涩的、'扎嘴的'成熟"，具有"自我颠覆的勇气、一意孤行的决绝、'死里求生'的爆发力"，行走在"远艺术""去人类化"的路上，与死亡和无意义博弈；策兰对莎士比亚的翻译是"晚期风格"对"古典风格"的重写，改变了莎士比亚原有的优美、自信、流畅、雄辩，取而代之的是困难、吃力、切断和口吃；策兰发出的是"艰难压力下所释放的'喉头爆破音'"，这是一个穿过了"全部文学历史和自身痛苦命运的诗人在其晚期的最后发音"。王家新将策兰的后期诗歌概括为一种"清算之诗，还原之诗"，不仅是清算暴行，"还是对文化和艺术自身的重新审视和批评"，"清算被滥用的语言"，"抛开一切装饰"，"拒绝变得'有味'"；他之所以翻译策兰，是因为策兰"对自己被枪杀的母亲的忠实"，因为策兰的"拒绝的美学"，因为策兰的"'远艺术'的勇气"，因为策兰"穿过那些'文学行话'而朝向一个'语言的异乡'的卓绝努力"[①]。阿多诺、萨义德和策兰的"晚期风格"观念各有特点，但在王家新这里则是相似的；换言之，王家新用自己的心境、眼光和意识阐释他们，发现他们的理论交集，加以放大，同时立

---

① 以上均出自王家新《策兰：创伤经验，晚期风格，语言的异乡》，《教我灵魂歌唱的大师》，人民文学出版社2017年版，第258—268页。

足于自己的创作经验,融入自己的看法和色调,整合出新的诗学理论。

大体而言,王家新的"晚期风格"诗学理论包含着文化、艺术和自我的反叛性、清算性;包含着对完美、连续和美的清算;努力摒弃语言的舒适度,崇尚语言的颠覆性。他的所有与"晚期"有关的诗学文章和诗歌创作都是在试图解释何为"晚期风格",或者说构建属于自己的"晚期风格"诗学理论。

在《保罗·策兰:黑暗中递过来的灯》中,他提到策兰的后期作品《带上一把可变的钥匙》,写道:"策兰已进入到一种巨大的荒谬感中写作"①,此处所谓的荒谬感,即破碎、收缩的表达,这种乖戾的写作手法使文本整体笼罩在黑暗的氛围中;在《在这"未来北方的河流里"——策兰后期诗歌》中,他写道:"策兰以及一切伟大艺术家的晚期风格都是不能仅仅从风格学的层面上来理解或阐释。我们需要进入其黑暗的内核,需要和诗人一起去'经历一种命运'。"② 就是说,"晚期风格"诗学所关涉的不是简单的风格问题,而是超越了风格范畴,直指生命存在的本质;策兰诗中的"黑暗的内核"灌注到了王家新的"晚期风格"诗学的内部,以至于王家新开始思考如何进入诗人的命运,与其一同经历那些黑暗的时刻,并抵达属于自己的内核,自己所要做的便是对生命、命运更深刻的挖掘。在诗学随笔《文学中的晚年》中,他写道:"一个人在其'黑暗的晚年'对自己一生所做的痛苦追问和判决,从内心溅起的激情以及'更高认可'的冲动,这一切都在深深地'搅动'着我:它唤醒了我,也照耀着我。"③ 在王家新那里,黑暗是耀眼的,其巨大的力量推动他带着属于自己的黑暗步入诗歌的晚年。在黑暗的照耀下,王家新尤为关注策兰晚期作品中频繁运用的"去人类化"的语言,并认为那些"偏词"和"无机物"的语

---

① 王家新:《保罗·策兰:黑暗中递过来的灯》,《当代外国文学》1999 年第 4 期。
② 王家新:《在这"未来北方的河流里"——策兰后期诗歌》,《在一颗名叫哈姆莱特的星下》,中国人民大学出版社 2012 年版,第 189 页。
③ 王家新:《文学中的晚年》,《人民文学》1998 年第 9 期。

言是对美学和传统的偏离,此时的诗歌只为语言本身服务,而语言也不再是指向存在的外在工具,语言即是存在本身。

王家新用"策兰式的合成物"来形容属于策兰的怪异的构词法:"要以对语言内核的抵达,以对个人内在声音的深入挖掘,开始一种更决绝的艺术历程。"[①] 策兰对人类语言的偏离得到了王家新的认同,而那种制造出阅读难度的文本,同样属于有难度的写作,诗人只有破除自己早期的诗歌思维,才能显现出极大的转变,而这种有难度的写作观念也潜移默化地注入、丰富了王家新的"晚期风格"诗学观。他认为:"恰恰是在一个诗人越过其习艺和早期阶段,逐渐接近其一生的艺术目标的情形下,写作的困境和难度才得以显现出来。"[②] 王家新对中年写作的困境极其警觉,他不断思索着如何跨越早期写作的惯性,寻求自我突破,他认为诗人写作困境的出现不仅是一种障碍,更是一种机遇,只有以决绝的姿态告别过去,才能真正把握机遇。以一种崭新的、颠覆性的意识和方法,进入自己写作的晚期,将原本不可能相互结合的词语杂糅重组,形成新的质地,以探测诗歌的边界,抵达生命的内部,才可能实现风格的真正突破,进入真正的成熟期。

在这种诗学观念作用下,王家新的创作风格发生相应的转变。他的诗歌集《王家新的诗》中,卷一与卷二的分界线为1989年(主要是1989年年末),前后风格差异十分明显。早期作品以中国山水意境为主,辅以禅意,以及对"悟"境的向往,从诗名来看,《收获节札记》《从石头开始》《中国画》《河西走廊》《醒悟》《山上与山下》……无一不是透着浓厚的中国风。进入转型期后,《一个劈木柴过冬的人》《光明》《火车站》《持续的到达》《日记》等作品中的古典韵味几乎完全消失,甚至出现《欧罗巴的秋天》《卡夫卡》《叶芝》《斯卡堡》等具有异国风情的诗作。他的视线从古老的中国转向了西方世界,过

---

① 王家新:《我的脚步坡,脑筋山——策兰与"诗歌的终结"》,《在一颗名叫哈姆莱特的星下》,中国人民大学出版社2012年版,第182页。
② 王家新:《在雪的教育下》,《诗探索》2004年第1期。

去作品中对"悟"和"道"的追求转变为对西方哲学的探索。不管是从专业的诗歌批评还是从大众接受的角度来看,王家新的转型都是成功的,人们似乎更加认同转型之后的王家新。纵观其转型后的创作,他不断地以诗呈现"晚期"生命现象,以诗诠释、展示何为"晚期风格",以诗丰富、构建自己的"晚期风格"诗学理论。

第一,在社会和自我双重转型中,以一种求新生的孤行决绝的特殊成熟性(即他自己特殊的"晚期"心境),以诗创作回望"早年"人生。帕斯捷尔纳克曾说:"少年时代是我们一生的一部分,然而它却胜过了整体。"[1] 在晚期风格诗学观念作用下,王家新的创作风格也发生了相应的转变。他在社会和自我双重转型中,以一种求新生的孤行决绝的特殊成熟性,即他自己特殊的"晚期"心境,审视世界,体味生命,以诗创作回望、表现"早年"人生,"我想我仍保持着我作为一个少年最初写诗时的初衷;当我们长大,来到一个开阔的斜坡上时,才从那里看到了我的'童年',而它已不仅仅属于我"[2]。王家新进入人生的中年,也进入了其"晚期风格"诗学形成期,不断回顾、思考过去,作品中多了对早年的回望与表达,他认为:"要真正写出童年和少年,还需要一个人在进入中年以后,也就是说,只有有了更多的人生阅历,我们才有可能在一种更开阔深远的视野中看清自己的早年。"少时经历和中年挫折在他心里留下阴影,在人生转型期,他的笔触越来越滞重,即使书写早年明媚的事物,也呈现出紧张、停顿、分裂和不完整,这是他所谓"我们每一个人都不能从自己的童年中恢复过来"[3],这种在回望中试图告别历史,谋求自我新生的特殊成熟性,已经接近阿多诺、策兰意义上的"晚期"心境,也因此他的作品呈现出某种特殊的"晚期风格"。

---

[1] [苏联]帕斯捷尔纳克:《人与事》,乌兰汗、桴鸣译,生活·读书·新知三联书店1991年版,第23页。

[2] 王家新、陈东东、黄灿然:《回答四十个问题(节选)》,张桃洲:《王家新诗歌研究评论文集》,东方出版中心2017年版,第442页。

[3] 以上均出自王家新《我的诗歌历程》,《当代作家评论》2010年第1期。

王家新在人生的转型期，试图告别过往历史，寻求自我新生，这种特殊的成熟性近似于阿多诺和策兰所谓的"晚期"心境。他的笔触越来越滞重，即使书写明媚的事物，也呈现出停顿、分裂、不完整的特征。创作于2001年的诗作《一九七六》，以1976年为时间窗口透视自己的青年时代。1976年是一个承上启下的时刻，它开启了新的历史纪元，给予王家新这样的小镇青年以机会，让他们怀揣希望走出大山。彼时19岁的诗人，正值告别童年面向美好未来的青春期，回望这样的早年，本该有庆幸与欣慰，但是诗中的情绪却恰恰相反。诗中的"我"在尖叫、茫然、静默过后，不知道将来会发生什么，但生活仍在继续——"我仍将继续劈我的柴"，"我仍将挥舞斧头，或铁锹，继续我那荒凉的青春……"在挥着斧头的时候，诗人没有意识到自己的少年时代正在潦草中远去。第二年，"我"参加了高考，大学录取通知书的到来，意味着多数人的命运将彻底改变，也宣告着一段人生历程的结束。关于这段混乱的历史，王家新以意象拼贴的形式呈现，"粮票"象征着生命最基本的需求；"小提琴""普希金"作为灰暗中的一点情趣，折射出诗人对精神生活的追求；善良勇敢的冬梅和整人的指导员则代表着那些纠缠不清又割舍不掉的存在。对于这些人和事，诗人以"别了"开头，举行了一场告别仪式。诗中两次写到眼泪，第一次是哀乐响起时——"我想哭，却发现并没有眼泪"，悲剧降临时，诗人哭不出声，因为他难以理解背后隐藏的暗流；第二次是诗歌结尾处——"在那一瞬，一年前没有流出的泪从一双已不属于我的眼中滚滚而出"。时代的巨变最终落到"我"的身上，泪水终于夺眶而出，但到底是悲伤、感恩，抑或是解脱，不得而知。王家新用这两次眼泪述说的，是历史的洪流与个人命运叠加引起的双重阵痛，没有人能够脱离时代独立活着，历史赋予的重量需要每一个人来承担。这首《一九七六》是诗人处于"晚期"心境中的一种回望，既有时代的重启，也有历史与个人的"停顿""中断"，充满了紧张与不安的氛围，这种个人际遇与历史的结合具有血与肉的质感。

第四章 "晚期风格"诗学

2003 年，王家新创作出《少年——献给我的父亲、母亲》，回望更早的时代。诗歌始于 1966 年那个"盛大的夏天"，"光辉的夏天"。诗人以"我"的观察和亲身经历串联起那段历史。他写班主任冯老师从一个受人尊敬的师长变为一个赤身裸体被人群围观的疯子，冯老师的遭遇是无数知识分子的遭遇，在巨大的浪潮面前，人作为个体的意义变得模糊，人的尊严更是不值一提。而诗人自己的尊严也随着"地主"法人身份被埋葬，庆幸的是，诗人在尊严被践踏的一瞬，生长出新的自尊。他不会再因为不被红小兵接纳，遭到同龄人排挤而计较，从少年人的角度看，这是一种倔强；当诗人以成年人的视角回溯，发现这是一种成长。诗中讨论最多的细节，是那场抬尸游行：

然后我看到巨大的冰

我去县城里看舅舅
正好碰上了抬尸游行
死者是从河里捞起来的
我不敢看
因为死者肿胀的大腿
比水桶还粗
尸体已发出腐臭
混合着刺鼻的福尔马林味
尸体的四周
堆放着我从未见过的
巨大的方冰

死者肿胀的大腿和刺鼻的福尔马林味混合在一起，构筑起一幅骇人的画面。此后常常浮现在"少年"眼前的，是巨大的足以刺瞎双眼的冰。冰，本身具有清洁和净化作用，尸体旁出现了冰，似乎要洗刷掉尸体背后的污秽、龌龊，也暗示着对灵魂的洗涤。这块巨大的冰，在"少年"的眼中，如同一座冰山，自深海中慢慢升起。"少年"不知道在这座冰山之下隐藏了多少秘密，这些秘密就像突然出现的尸体，本身无法开口讲话，只是被人牵引着到处展示，钻入一个又一个"少年"的心里。

  那一年夏天
  我拒绝吃肉
  （母亲说我经常发愣）
  我的鼻子前，是挥之不去的
  福尔马林味
  我的眼前，是仍在膨胀的冰
  那年夏天我从一个梦里使劲喊叫起来
  因为我梦见从一只死狗的喉咙里
  爬出来无穷无尽的
  蛆

  这是一个时代的隐喻，也是关于黑暗的体验与记忆。诗人写这首诗时，已年过四十，少年的懵懂和成年人的释怀在诗中融为一体，朝向未来的视线和回望过去的眼光汇合，如同诗中多次写到的推铁环，无论如何使力，总是会跌落，这不就是诗人对自己人生的概括吗？当一次次以为自己来到了更高的位置，却又不得不回到过去，在过去的日子里找寻线索和意义，这就是人生荒诞的连续和断裂。

  王家新2004年创作了一首《简单的自传》，全篇简短的内容几乎都与推铁环这项活动有关，暗示诗人的一生不过是一个循环往复的过程。当生活的重压如同跌落的铁环般一次次砸过来，诗人唯有用手接住，为了下一次更为奋力地一掷。在无休止的重复中，"他的后背上已长出了翅膀"，少年由此腾飞，飞离大山，向着北方广阔、开朗的天空飞去。"而我在写作中停了下来",经历了不惑之年的诗人用停顿让飞快的日子慢下来,更让自己的写作慢下来,因为他要回到那个山坡上,等待那一只发着光的铁环。少年时代童趣的推铁环活动成为生命的隐喻。王家新2012年创作了《那一年》,其中提到了保罗·策兰的自杀事件:

那一年
策兰从米拉波桥上跳下去
而又没有死
现在,他每过几天
就披着一身沥青
从我面前跑过

策兰死亡的那一年是1970年,王家新由死亡时间穿越回到当年的自己,将策兰的影子拉回到十三岁的自己跟前,所以他看见策兰一次次跑过,如同《少年》里的那座冰山,一次又一次地为他升起。诗中那句"而我的喉咙开始发痒",让人想到王家新关于策兰的一篇诗歌批评文章《喉头爆破音:对策兰的翻译》①。那一年,策兰从米拉波桥上跃下,同样是那一年,少年成为了一个诗人,在王家新看来策兰并没有死,他只是幻化到了其他无数个策兰的身体里。保罗·策兰之于王家新,是需要用一生去阅读的一本书,在他接连翻译了上百首策兰的作品后,策兰终于带着他回到了自己的少年时期。此时的王家新年过五十,距离真正迈入"晚年"也只是时间问题。当生理年龄越来越接近晚年时,诗人的心境再一次发生了变化,作品中出现的不再是那些无法抹掉的带来阵痛的记忆,而是多了些"流星雨""雪"这般明朗的事物。在这首诗里,诗人找到了过去日子里明亮的色彩,于绝望

---

① 王家新:《喉头爆破音:对策兰的翻译》,《上海文化》2013年第3期。

中看到希望,这里的绝处逢生已经不仅仅指少年时代的自己,更是对自己过去几十年人生的一种回顾和感慨,结尾处"那一年/一个少年成为一个诗人",便是对曾经遭受过的一切最好的回应。

如果把《一九七六》《少年》《简单的自传》以及《那一年》看作王家新的"青春四部曲",基本上还原了他二十岁之前在大山里的日子,这些对青春的回想,无一不是在其进入2000年之后所完成的。那时候的诗人,比之当年提出"文学中的晚年"的自己,已经正式处于人生的中年阶段,曾经在幼小的心灵中留下伤痕的人和事,再回首,已经能够坦然面对。虽然王家新在作品中还是带着少年特有的固执,并混合了成年人独有的沉郁气质,但是当成年人的眼光与少年的眼光相遇时,还是多了些释怀。王家新要做的,是在回首中找寻人生的真谛,每一次的回头都是一次更新,是让自己在忙碌的生活中沉淀下来,慢下来。而那些带有痛感的句子以及对于"少年"这样的主题来说显得过于犀利的意象,是一种记忆方式,虽然诗人选择与过去和解,但不代表他选择了遗忘,经历过的一切塑造了现在的他,因此他要用锋利的、碎裂的诗歌语言作为对逝去时代最好的缅怀。

中年以后的王家新,多思忧郁,以一种孤行的姿态远行,在文化异乡漂泊。他中年后写的诗歌,在告别中回望早年的自己,在回望中审视当下处境,盘点与清算自己,诗中充满警惕性、紧张感与断裂的声音,又在断裂中接通曾经的自己,接通当下现实,这就是他的"晚期风格"。

第二,对诗歌语言的清算。面对阿多诺的"奥斯维辛之后还可能写诗吗"这一问题,王家新给出自己的答案:"'奥斯维辛'之后写诗的前提应是彻底的清算和批判——不仅是对凶手,还是对文化和艺术自身的重新审视和批判!"[①] 他将"后奥斯维辛"问题纳入"晚期风格"诗学的讨论范围,奥斯维辛之后对文化和艺术的清算与批判,在

---

① 王家新:《在这"未来北方的河流里"——策兰后期诗歌》,《在一颗名叫哈姆莱特的星下》,中国人民大学出版社2012年版,第181页。

他的诗歌创作中主要表现为对诗歌语言的清算，即对语言本身的深刻反思，拒绝语言曾经带来的浪漫、舒适，拒绝对语言的美化和崇拜，通过语言对生命的存在进行挖掘。

在王家新看来，策兰后期所要面对的，"是语言的自我哀悼和彻底清算"①，这种对语言的清算便是其"晚期风格"的重要特征，源于自我反思和由此生出的痛感，需要诗人拥有极大的勇气来克服已有范式，打破陈规和束缚，将语言运用到极致。王家新多次引用策兰《你躺在》里的句子："那男人现在成了筛子，那女人／母猪，不得不在水中挣扎"，他惊叹于策兰的创造力，让"母猪"这样的字眼出现在诗里，也只有策兰能做到。联系到诗背后的历史信息，可以看出"母猪"一词除了是对陈旧语言的清算，更是隐藏了对人类文明的清算。这句带有讥讽意味的"那女人，母猪，不得不在水中挣扎"，展现的是一幅濒死的绝境，这种挣扎，是人性的挣扎，挣扎过后到底是死亡还是重生，也成了一个悬而未决的新命题。对策兰来说，其晚期作品是对德语的清算，也是对奥斯维辛屠杀的清算。而王家新作为一位本身具有历史忧患意识的中国当代诗人，在走进策兰的过程中，将作品中的沉痛感移植到了自己身上，他带着严肃的反思精神，对汉语重新进行审视与"清算"。

王家新在《从城里回上苑村的路上》中写道：

> 但是那些鸟呢
> 那些在夏日叽叽喳喳的精灵呢
> 驱车在落叶纷飞的乡村路上
> 除了偶尔叭的一声
> 不知从哪里落在挡风玻璃上的排泄物
> 我感不到它们的存在

---

① 王家新：《我的脚步坡，脑筋山——策兰与"诗歌的终结"》，《在一颗名叫哈姆莱特的星下》，中国人民大学出版社2012年版，第151页。

从诗性美的角度，"排泄物"这样的字眼出现，颠覆了诗歌语言的美感，没有遵循旧有的诗歌惯例，直接将一种带有污秽之感的事物呈现出来。王家新之后给出自己关于这首诗的解读："在用词问题上，过去有'雅俗之分'，其实在我看来，诗的语言只有恰当与不恰当之分。"① 孙文波曾经提道："有创造力的诗人如果做不到在他的写作中使用过去被判定为没有'诗意'的词汇，那么，他的写作多多少少应该看作是不成功的。"② 王家新中晚期写作阶段的诗歌语言观，主张破除对美文的追求，坚信恰当、诚实才是语言该有的品格，他要摒弃唯雅唯美的观念，对诗歌语言进行重新考量。他的另一首作品《挽歌》哀悼了旧日的生活、不幸的婚姻，以及破碎的灵魂。诗中的几个场景都带有讽刺与清算的意味，一是网球场——"每天她都到网球场去/她弹跳、扣杀、她发出母兽的喊叫，/而把一道道白色的闪光/留在一个男人阴暗的梦里"，王家新将一个在网球场上跳跃的、鲜活的女人，与"母兽"联系起来，似乎暗示着生命体不论看起来多么美好，始终都具有兽性的本质。策兰曾经用"母猪"来讽刺人性的泯灭，王家新的"母兽"暗示的是另一种人性的隐秘。王家新不再纠结什么样的词汇适合进入诗歌，而是着眼于最精确的表达。二是婚姻——"我"见证了一段感情的开始，"我是他们的证婚人"，也目睹了它的结束，"悲剧诗人应及时地从悲剧中退去，而让一支马戏团欢快地进去"。有评论家认为这首《挽歌》承继了某种"反省和怀疑质地"，以及"对人类存在意义和悲剧内涵的持续思考"③。此处的"悲剧诗人"也许正是诗人自己，他为这段感情哀悼和缅怀，但主角已转身离去，诗人突然发现倒不如用一曲赞歌来代替原本的挽歌。三是医院——"医院长长的走廊。/手脚忙乱的护士们不是在一个人断气之前/而是在一首挽歌

---

① 王家新：《诗的还乡之途》，《取道斯德哥尔摩》，山东文艺出版社2007年版，第106页。
② 孙文波：《生活：解释的背景》，转引自雷达、孔范今、吴义勤《中国新时期文学研究资料汇编：诗歌篇》，山东文艺出版社2006年版，第232页。
③ 罗振亚：《20世纪90年代先锋诗歌综论》，《与诗相约》，四川文艺出版社2017年版，第146页。

里停止了走动。"随着生命的终结，这曲挽歌终于戛然而止。所有的一切仿佛都得到了合理的解释，灵魂被救赎，感情的悲剧变为喜剧，旧日成为过去式……这曲挽歌的尾声结束在医院，波澜不惊，为刻骨铭心画上了句号。这首作品在语言上也有颠覆之处，多次写到"夜"——"夜半的车站""夜间的建筑工地""泥泞的夜"这是对黑暗、压抑的另一种表达；并出现了传统意义上非诗的语言——"怎样不说'他妈的'而说'我赞美'"，这不仅体现了诗人打破雅致语言范式的决心，更是对人类情感的嘲讽。王家新通过内容、形式书写的这首"挽歌"，完成了对语言、对生命的清算。

第三，诗片断写作。王家新认为："晚年"并不属于时间范畴，而是"文学中的某种深度存在或境界"①，这里的深度存在，已经超越了一般意义上的存在，是跃入黑暗、经历洗礼之后的重生，而重生过后不断地反思，不断地回到生命的本源进行追问。由此产生的作品，可以说已经具备了诗歌的某种"晚期"品质，而这也是王家新为自己的"晚期风格"所设定的一种尺度。关于诗片断的形式，他曾经提道："我必须在文体和叙述方式上找到一种新的可能性，于是写出诗片断系列《反向》，而它似乎为我打开了一个更开阔的空间。"②王家新从文体变更入手寻求更开阔的格局，在他的"晚期风格"诗学实践中，诗片断文体成为一种重要的选择，开始了对新境界的探索。王家新自1991年11月开始诗片断写作，这种全新的书写形式，是其在朝着晚期诗风的路上探索出的一种更具包罗性的创作形式。没有字数、结构的束缚，也毋须讲求完整性，将片刻汇集到笔下，形成一个个片断。虽然毫无规章、范式可言，但正是这种随意、随想、随记体现出了一种豁达，一种不为形式所困的新的创作境界。

王家新在《反向》的几个片段中，传达出对"晚期"的敬畏：

---

① 王家新：《文学中的晚年》，《人民文学》1998年第9期。
② 王家新：《夜莺在它自己的时代——关于当代诗学》，《诗探索》1996年第1期。

长久沉默之后

"长久沉默之后",叶芝这样写到,而我必须倾听。我知道,这不是叶芝,是他所经历的一切将对我们说话。

马

马啃着盐碱皮。马向我抬起头来。马眼里的黑暗,几千年来一直让人不敢正视。马比我们更依恋土地。

为什么当一个诗人要告别人世时,他的马会踟蹰不前,会一再地回头嘶嘶哀鸣?马,我们内心之中的泥土;马,牲畜中的牲畜。

晚年

大师的晚年是寂寞的。他这一生说得过多。现在,他所恐惧的不是死,而是时间将开口说话。

"长久沉默之后"是对大师叶芝这一生经历的倾听;"马"则写诗人的马匹在主人即将告别人世时不断地回头哀鸣;"晚年"写大师对时间开口说话的恐惧……这些片段看似独立,整合起来便勾画出一幅"晚年"轮廓的图景。诗片断名为"反向",本身带有一种往回走的意味,而这种回溯过往的现象一般只出现在中年或者晚年,是对自我人生的反观。诗人在该时期做到了身体上的转身和回首,处于一种"回看"的阶段,带有犹疑和不确定,还没有进入"回思"的境界。诗人隐约感到一种召唤,仿佛身体内有某种情感呼之欲出,因此他选择去倾听,去寻找,扭过头去观看历史。现在学界普遍认为,王家新90年代的诗歌转型在《帕斯捷尔纳克》之后宣告完成,但这多半属于文学史意义上的"盖棺定论",这种看法一定可靠吗?回到历史现场看,诗人的转型是一个动态过程,需要不断地摸索和试探,很难说某一首或者某几首诗歌的创作便是一种完成的标志。王家新诗片断形式的推出,也是诗歌转型期的产物,这种产物并不是顺应时代潮流,而是遵从他的个人意志。几乎所有人都开始向前迈步之时,他选择往回走的

"晚期"写作，让写作慢下来，给予自己充分的沉思空间。诗片断《另一种风景》对"晚"的描述尤为明显。"终曲""世纪将尽""缓慢的秋天""向晚"等是诗中重要的语词，诗人在命名时，不由自主地选取了与"晚"有关或者能引起相关联想的意象。

英格兰

　　空无一人的英格兰，无论你走向哪里，惟有天空相伴随；无论从列车的窗口望出去，或是从倾斜的街角抬起头来，惟有天空是你的骄傲和安慰。一个多世纪前，这浓郁的、大幅度风起云涌的天空造就了风景画家泰勒，而在今天，当它变得更晦暝时，它正好应和了一个流亡者灵魂里的哑语……

　　该诗片断写于英国伦敦，作品本身多了些英格兰冬日独有的阴郁和沉重。也许是源于远离故土的孤独感，加上英格兰冬日的阴郁天气，使得该片段的内容有些沉重。彼时，诗人孤身海外，在世界背景下，为作品注入了不一样的回思。列车、街角、天空等意象，构筑出典型的英式场景，在这种浓郁的英式画面中，画家泰勒从纸上浮现出来，与一个流亡者相呼应，这是只有在特定环境里才能产生的构思。此时的诗人与故土之间存在地理上的距离，因此拥有了更为切实的思乡之情，并屡次在文字中回到过去。在这一表现异域情思的片段中，突然出现了关于"杜甫"的片段，它是对故土的回归，也是一种寻根。

杜甫

　　白发纷飞时，朝北；他总是这样；北，更北……

　　不同于那些能给王家新带来启示的外国诗人，杜甫之于王家新，一直有着特殊的意味。诗人身处异国，内心有一种漂泊感，这种漂泊感终究需要落地，而王家新选择的落地点，便是杜甫。白发苍苍的杜甫是诗人的慰藉,在寒冷的英格兰秋天,为他带来了温暖的故乡。而这些沉郁的片段,可以说是对"杜甫"中情丝的一种延续。诗人本身具有的忧郁气质,融进晦暗的天气,因此黄昏就能引发诗人"世纪将尽"的哀思,产生沉默、悲凉的氛围。

斜坡

我们追忆着时光,而这是徒劳的。当我长大,偶尔来到一个更开阔的斜坡上时,从那里,我才看到了我自己的童年:一个独自在麦浪中隐现的孩子。

我却惊呆在那里:当一只蝴蝶飞起,而他被阳光和田野再一次捕捉。

在"斜坡"中,诗人来到更开阔的斜坡,"从那里,我才看到我自己的童年",这种站在开阔地带朝着童年方位的"看",是一种正式的凝视,既是一种时间上的回溯,也是空间上的返回。

纪念 T. S. 艾略特

我们并不走向终点:起点会永远绕在我们前面。

在"纪念 T. S. 艾略特"中,短短两句话是一种对人生的揭秘,揭示了我们在奋力前行时,那个终点却永远无法抵达,所以不如回头,也许我们要寻找的就藏在自己的童年,如同"移居"中写道的,"或是在回头的一刻再次产生'我是否就在那里'的无端追问?"

《词语》则在诗片断基础上开辟出新的文体。这首作品既不同于传统的长诗,也不同于诗片断,更像一首以词语作为立足点的"长诗片断"。"大师是一种音调,有时是一种'屈尊微笑'的姿态,出现在我们的文学里。但在有人那里,大师隐藏的更深。"王家新在提及他对大师的态度时写道:"我永远要求自己的是去读,是用自己的一生来读"①，王家新对大师更多的是仰望，是穷极一生不断地阅读，大师之于王家新，如同明灯一样，点点星光照亮远处的昏暗和每一句诗行，甚至每一个词语。而在《词语》中，人类史上的大师带着全部的负重，褪去光环，以一种令人窒息的速度到来，围绕着他们的，是生命本身的苦痛和艰涩。王家新选取了他们每个人的特定词语，或曰他们的专属词根，整首作品便在这些词根的串联中显现出来：莫扎特的安魂曲；维特根斯坦的地狱；萨特的烟斗；卡夫卡的饥饿；但丁的火和炼狱；马格瑞特的骑手；庞德的疯狂；而那座无法跨越的桥，也许就是策兰纵身跃下的米拉波大桥……王家新所做的，是借大师之手，以词语为载体，探讨时代、晚年、哲学、孤独等相关议题。"一个最终被我们理解的词，出现在另一首诗里，一下子又变得那样陌生。"词语在诗作之间跳跃，承载的却不仅仅是其本身的意思，它是联结外在与内在的桥梁，每一个词语的发生，便是一次抵达生命本质的过程。王家新用词语在大师的命运间游走，于至暗时刻找寻明亮。

诗片断是一种碎片化写作，对固有写作范式实现了突破，其作为一种精神隐喻，是策兰意义上的"晚期"写作，也是王家新"晚期风格"诗学的重要内容与特点。

第三节 "晚期风格"诗学得失论

王家新步入中年后，伴随着时代文化思潮的变化，个人思想和诗歌创作进入转型时期，他的视线更多时候转向域外，寻求突破，在与西方哲人、诗人进行穿越时空的对话中，回望中国诗歌史和自我人生，着力思考、阐述"晚期"创作现象，诗歌创作更多地关注"晚期"主题，理论思考与诗歌创作相互支持，逐步建构出具有鲜明个人特色的"晚期风格"诗学。王家新既是诗人，又是翻译家，还是诗歌学者，

---

① 王家新：《隐藏或保密了什么——与北岛商榷》，《为凤凰找寻栖所：现代诗歌论集》，北京大学出版社2008年版，第46页。

多重身份决定了他的诗学具有较为复杂的特征，那我们应该如何评判其特别的"晚期风格"诗学呢？

王家新的"晚期风格"诗学，作为一种新的美学范畴，其"得"在何处？

首先，王家新的"晚期风格"诗学体现出一定的"对抗性"和"拒绝性"，他对抗的是大众对诗歌"可阐释性"的诉求，他拒绝的是将诗歌变成一种平庸的时代消费品。王家新在一首作品中写道："'其实，掰不开的牡蛎/才好吃'在回来的车上/有人说道。没有人笑，也不会有人去想这其中的含义。"（《牡蛎》）关于该诗他做了如下解读："《牡蛎》这样的诗，却暗含了一种拒绝，即拒绝提供'意义'，尤其是明确的意义。它看似随手写来，也就那么几句，但却让你难以琢磨。"王家新用这首诗写出了他作为诗人的信念，他拒绝迎合时代对诗歌"意义"的追求，拒绝成为既有修辞逻辑的阐释对象。这首诗是献给诗歌本身的，而不是作为一种消费品供大众品玩。这种"逆时代"的诗学观念，是对诗歌品质和诗人个人身份的坚守。虽然王家新时常对"诗人"身份是否真实存在持怀疑态度，但其中暗含的是对诗歌本真的向往。他是在质疑中哀叹诗人为社会所裹挟、诗歌沦为消费时代附属品的不幸。在文中他还提道："任何时代的优秀诗人，对于公众对诗歌的接受和消费，如同他们对于自身的创作，都带有一种警惕。"[①] 基于这种警惕和反思精神，他在建立"晚期风格"诗学的途中，不断修正早期的作品，其重要表现便是破除来自中国诗歌所独具的闲适，破除宁静致远、高山流水式的意境，因此他中后期作品中很难见到类似其早期组诗《中国画》中那种山水、晚亭、空谷等具有东方神韵的意象。王家新知道当今社会现代诗与古典意象的融合很容易引起共鸣，因为人们在快速更迭的时代需要这样的作品来慰藉，但作为一个严肃的以"诗"为追求的诗人，他宁愿选择"不合群"的姿态

---

① 以上均出自王家新《诗歌与消费社会》，《在你的晚脸前》，商务印书馆2013年版，第35—36页。

来拒绝诗歌的廉价化，拒绝社会上对各种"诗歌体"的炒作，拒绝被平庸化解读，坚持富有张力的个人化写作。

王家新直陈："'本土性'的追求在今天中国的电影界、美术界以及文学界中往往已成为一种文化投机主义的叙事策略及商业手段。"① 他排斥的不是对传统和本土的真正回归，而是艺术的商业化，反对以本土化为借口的商业运作。他反感对文学、诗歌的过度运作，反对将作家、诗人及其作品作为消费对象，主张让艺术回到艺术的世界，而不是以艺术为媒介散播新的文化消费理念。他认为："我相信在很多诗人那里都有这么一个绝对意义上的读者，这使他们并不在乎他们的诗在现实中的接受情况，而是完全按照他们的内心来写作。"② 作为一位严肃的诗人，王家新意识到，诗歌不能成为可以清晰阐释的大众文化，诗人不能迁就、讨好消费时代的大众读者，理想的读者应该是精神上的共鸣者，甚至是与自己的生命相呼应的读者。王家新在多个场合避谈他的成名作《帕斯捷尔纳克》以及被选入中学课本的《在山的那边》，他并不想用"代表作"的标签来推销自己，满足市场的需要，他承担着大多数人对诗人施加的阅读压力。有意味的是，王家新所向往的，却正是他不愿多谈的《帕斯捷尔纳克》中所写的"按照自己的内心写作"，这句诗如同"名人名言"被很多读者、论者反复引用，以至于引起王家新的不安和反思。他不愿意自己被标签化，定格在某个位置，成为一种阅读消费对象。这种自觉抵制行为，意味着对大众文学消费的拒绝，意味着自我的"清算"，且正是这种充满张力的抵制，使其"晚期风格"诗学具有内在的生命力。

其次，王家新"晚期风格"诗学倡导一种开阔的视野和坦然的气质，使其具有内在的超越性。这是王家新中年以后追求的一种境界。这种气质的发生虽然与年龄的增长不无关系，但与杜甫等诗人的影响也分不开。内敛、沉郁的气质使王家新走向杜甫，两个诗人骨子里的

---

① 王家新：《阐释之外——当代诗学的一种话语分析》，《文学评论》1997年第2期。
② 王家新：《我的诗歌历程》，《当代作家评论》2010年第1期。

当代诗坛的独行者

悲悯一脉相承，在阅读杜甫的过程中，王家新一再被其"国破山河在"的哀叹所激发，在这种悲怆中，王家新所领悟的却不是郁郁寡欢之后的消沉，而是在悲凉感中蕴藏的壮阔。王家新对杜甫的《江汉》做出如下解读："在颠沛流离、极度孤独和自我解嘲中，诗人并没有堕入消极性的虚无，而是将我们再次提升到一个'落日心犹壮'的阔大境界。"① 这种豁达的心境，开阔的境界，何尝不是王家新本人的诉求呢？王家新的"晚期风格"诗学与诗坛既有的"中年写作"不同，"中年写作"的概念最早由肖开愚提出，他认为："欣赏诗歌作品，青年和晚年的都是具有极端的、单独的、自在的、本文的阅读价值，中年作品几乎只具有诗人成长史的研究价值。"② 由此可见，肖开愚将中年写作置于青年写作与晚年写作的夹缝中，认为其处于尴尬的境地，因而"中年写作"在诞生之初其价值便受到怀疑。王家新对于中年写作的理解与诗坛既有认知存在一定的差异，关于欧阳江河所提到的"中年写作"，他说："虽然欧阳江河声明这不是一个年龄概念，但在其论述中仍不免以抽象的年龄状态代替了具体的历史时间以及它对存在的连续性和稳定性（这当然包括了我们每一个人的写作）所造成的颠覆和中断。"③ 在王家新看来，80年代末发生的"中年写作"是一种抽象的表达，其脱离了当下历史境遇，建立在一种普遍的怀旧、感伤的基础之上，更多的是为了抒发诗人进入迟暮之年以后的无奈与感伤。王家新本人站在与之相对的立场，在他的观念中，不论中年还是晚年都不是一个时间性概念，它们的出现并不意味着人生进入落幕时刻，反而是一种新的开始。他的"晚期风格"诗学观，便诞生在下沉的黑暗中，只有彻底地进入黑暗，才能获得重生。因此，可以认为杜甫触发了王家新诗中的沉郁气质，而在自我写作的历练中，王家新于沉郁中生发出沉静、坚韧的品质。在谈到阿赫玛托娃时，王家新提出：

---

① 王家新：《奥尔甫斯仍在歌唱》，《游动悬崖》，湖南文艺出版社1997年版，第248页。
② 肖开愚：《抑制、减速、放弃的中年时期》，《大河》1990年第1期。
③ 王家新：《阐释之外——当代诗学的一种话语分析》，《文学评论》1997年第2期。

"我更关注在后来的漫长岁月中她是如何承受和发展,如何达到一个伟大诗人才具有的高度、深度和广度的。"联想到阿赫玛托娃一生悲惨的遭遇,王家新对其后期诗歌的关注,能够看出他所期待的是在漫长的岁月中属于伟大诗人的奋力一跃。在这之后是对苦难的超越,是在广度与深度上所达到的另一个高远阔达的境界——"正是我们自己在'上升与下降'之间'急转'的陡峭命运把我推向了这样一位诗人。"①王家新的"晚期风格"诗学有一种对死亡和黑暗的超越性,是另一种成长,意味着对成熟的抵达,这是其内在的生命力与光亮所在。

王家新不断地抵抗与挑战自身命运,这使他走进了许多大师的"晚期"。对曼德尔施塔姆晚期在沃罗涅日流放期间的诗作,王家新做出如下解读:"这就是为什么在他最后的诗中会深深透出那种'知天命'的坦然与超然"②,这种知天命的坦然和超然又何尝不是王家新自己对命运曾经的摆弄所做出的回应?何尝不是他注入"晚期风格"诗学的一种品质。在进入创作生涯后期,早年的经历愈发显现出来,此时的诗人早已不再激愤,而是以如水一般的心境将这些遭遇转化为语言的力量。王家新曾提到在得知余虹去世的消息后,他一个人在雪地里走着——"我走向更远处的它们。而它们,带着冰雪雕出的美,甚至仿佛带着一阵永恒的圣咏所闪耀的回音,在迎接我,注视我。"③此处的飞雪为余虹所落,是悲痛的结晶。而王家新在悲痛中看到了神圣的咏叹,在天地飞雪之间发现了美。王家新此时咏叹的,是关乎生与死的颂歌,是肉体所不能承受的生命本真的价值。归根到底,他是在苦苦追问"存在"到底是什么的过程中,一次次与痛苦相遇,他被那些突如其来的悲痛反复打击着,在反复拷问中,心灵逐渐变得澄澈、透亮。因此可以说,王家新对诗歌"晚期风格"的阐释,冲击了中国

---

① 以上均出自王家新《你将以斜体书写我们》,《上海文化》2017年第7期。
② 王家新:《我的世纪,我的野兽——曼德尔施塔姆的诗歌及其翻译》,《上海文化》2016年第3期。
③ 王家新:《有一种爱和死我们都还陌生》,《读书》2008年第5期。

传统意义上的"晚期"范畴，他将"晚期"与"迟暮""苍凉"等的固有联系割裂开来，把它从衰败的、凋落的意象中解放出来，赋予其全新的内涵与外延——内涵的核心是存在的黑暗，而外延则是开阔、坦然的澄明之境。这样的解构无疑为"晚期"增添了明亮的色彩，从中也可以看出王家新一直以来所尊崇的"反二元对立"的思想，即"晚期"不一定与创造力处于对立面，二者也可以共存。王家新曾经这样评价海子的"晚期"作品——"海子晚期诗中的诗性最终达到了一种如海德格尔所说的'澄明'。"① 虽然海子在不久之后即离世，王家新还是从其生命最后的诗作中找出了明亮的一面，这一面既有孩童般的赤诚，也有属于他自己的神秘。正是秉持"晚期风格"并不代表着生命力的衰退，不等同于中年写作、晚年写作的理念，王家新善于从诗人晚期作品中发掘出生命的爆发力和存在的超越性。

再次，"晚期风格"诗学丰富了中国诗歌美学体系，有助于激活中国诗学的阐释力。虽然在中国诗歌发展史上，杜甫、冯至、艾青、穆旦等人的晚期写作特色突出，且不乏经典作品，但少有人对这种写作现象进行专题性研究，更多是将它们作为诗人的晚年作品进行探讨，少有人在生命超越性意义上透视它们；王家新则是将"晚期风格"视为一种生命诗学，剔除外在的时间性，纳入生命存在空间进行阐释，为中国诗学体系提供了全新的内容。这无疑是一种诗的思维术的更新，为中国当代诗学注入了新的活力。王家新曾提到"共时性"问题，他指出："所谓'共时性空间'，是指诗人在其写作活动中取消了时空限制，而使古今中外那些为他个人深刻认同的诗人，出现在同一的精神空间里。"② 王家新在考察、阐释"晚期风格"诗学时，不自觉地引入了"共时性空间"理念，不仅拆解了年代间的篱笆，而且打破了中国与西方、传统与现代间的界限，使杜甫、冯至与叶芝、里尔克等诗人

---

① 王家新：《"大地的转变者"——德国的"诗性"传统与中国现当代诗人》，《为凤凰找寻栖所：现代诗歌论集》，北京大学出版社 2008 年版，第 126 页。
② 王家新：《中国现代诗歌自我建构诸问题》，《诗探索》1997 年第 4 期。

在同一空间场域进行"对话"。

不仅如此,"晚期风格"诗学为诗歌评论、研究提供了新的视角,对诗人的评价不再局限于其成名作、代表作,而是将晚期作品纳入考察对象,更为客观地评估诗人的成就与贡献。长期以来的诗人批评、研究,往往聚焦于几首代表作,而无视其晚期创作,文学史著作中那些对"浪漫主义诗人""爱国主义诗人""象征主义诗人"的定位,多是以成名时期的代表作为依据作出的判断,常常犯了以偏概全的逻辑错误,而这些判断又在传播接受过程中标签化,这种研究往往是不可靠的,那些以成名作为评说主要依据的文学史著作,也不太可靠。在解读戴望舒时,王家新关注到其 30 年代以后的作品,认为:"就在《雨巷》写出后不久,他已对'音乐的成分'勇敢地反叛了";面对戴望舒在 40 年代前后创作的《萧红墓畔口占》《我用残损的手掌》等,王家新指出:"民族苦难的加剧又使他日趋内敛,忧患深广。"① 王家新通过对戴望舒后期作品的关注,挖掘出一个更加丰满、全面的戴望舒形象,改变了长期以来关于戴望舒的刻板印象,这是其"晚期风格"诗学在批评中的实践。王家新的"晚期风格"诗学重视诗人晚期的作品,一定程度上有助于改变只重视成名作、代表作的固有思路,为构建新的诗人研究范式提供理论依据和实践路径,为中国诗学体系注入了新质,有助于激活其阐释潜力。

在承认王家新"晚期风格"诗学内在生命力的同时,我们也应该看到其问题。

首先,"奥斯维辛"情结在赋予"晚期风格"诗学直抵生命存在的精神深刻性的同时,存在着将"晚期"等同于"黑暗""死亡"的倾向性,不仅缩小了诗学的内在空间,而且使他的"晚期风格"作品存在着沉迷于"黑暗"的倾向。王家新在思考、构建"晚期风格"诗学过程中,对奥斯维辛等人类浩劫有着深切的体验与反思。随着对策

---

① 以上均出自王家新《为凤凰找寻栖所——象征主义诗歌及"纯诗"理论与中国新诗》,《为凤凰找寻栖所:现代诗歌论集》,北京大学出版社 2008 年版,第 94—95 页。

兰的关注，他逐渐意识到那些"去人类化"的语言，本身就是对奥斯维辛劫难的一种表达。奥斯维辛之于策兰，是一个痛苦的烙印，而王家新在进入策兰的途中，也经历着这些苦难，感受着奥斯维辛带来的绝望。他曾发出疑问："为什么折磨着一个犹太裔作家的谜也在折磨着我们？"① 这是对生命和人性的追问，在他看来，也许二者在本质上并无差别，奥斯维辛的苦难属于全人类的苦难，是关乎生与死的永恒话题。因此，在王家新的"晚期风格"诗学理论中，包含着对"奥斯维辛""奥斯维辛之后"的生命体验与理性反思意识。在策兰那里，杀戮过后，每一次呼吸都变得沉重，生命的轨迹也不再连贯，只有不断地"换气"，才能抵抗巨大的压迫。王家新在一篇访谈中提道："我希望有时候能够出国，借用保罗·策兰的说法，是为了'换气'。"② 值得注意的是，在王家新的诗歌评论或诗论随笔中，经常用到"换气"这个词，如他在评论曼德尔施塔姆后期作品时提道："沃罗涅日带给了诗人艺术上的新生，他在这里所写的诗，不仅更直接，也更新奇，更富有独创性，充满了词的跳跃性和'句法上的突变'。用策兰的一个说法，诗人通过'换气'重又获得了呼吸。"③ 沃罗涅日作为曼德尔施塔姆生命末期的流放地，如同奥斯维辛之于策兰，是一个不可磨灭的印记，王家新通过对"换气"的阐释和运用，将集中营与集权主义政治联结起来，让保罗·策兰和曼德尔施塔姆拥有了相同的呼吸。人类历史上真实存在的苦难在王家新那里引起了共鸣，他承袭了这些诗人关乎苦难的记忆，将这些苦痛移植进体内，与自己的境遇和生存经验发生激烈的摩擦，融入自己的诗歌理念，使自己的"晚期风格"诗学具有一种洞悉人生苦难的深刻性与阐释力。

---

① 王家新：《是什么在我们身上痛苦》，《为凤凰找寻栖所：现代诗歌论集》，北京大学出版社2008年版，第64页。

② 王家新：《越界的诗歌与灵魂的在场——答美国汉学家江克平》，《在一颗名叫哈姆莱特的星下》，中国人民大出版社2012年版，第17页。

③ 王家新：《我的世纪，我的野兽——曼德尔施塔姆的诗歌及其翻译》，《上海文化》2016年第3期。

第四章 "晚期风格"诗学

但与此同时,奥斯维辛情结是"晚期风格"诗学中至关重要的元素,它使该诗学范畴充满"黑暗"的底色。"晚期风格"作品中不断强调奥斯维辛式的痛,诚然,用再多的精力和笔墨去反思那场杀戮都不为过,但是如果将整个"晚期"写作都置于奥斯维辛的阴霾之下,会形成一种"拒绝"的诗学,拒绝任何美的体验,而使诗歌显得过于沉重。王家新这样描述诗人的职责:"诗人的天职就是承受,就是转化和赞颂,就是深入苦难的命运而达到爱的回归,达到一种更高的肯定。"[①] 在他的诗学话语中,常常出现"承担""承受"等词语,强调以承担者姿态承受世间的苦难,但正如有的评论家所言:"米沃什、叶芝、帕斯捷尔纳克和布罗茨基流亡或准流亡的诗歌命运是王家新写作的主要源泉之一"[②],他承受着外国诗人流亡期间所经历的伤痛,执着于以文字抵达苦痛,这使得他的作品总有一种无法摆脱的颓败,乃至绝望情绪。他后期有一首《诗艺》,其中有诗句:"当我驱车缓缓进入黑暗的庭院/被车灯照亮的路边的花朵/就是地狱的花朵",路边的花朵在诗人笔下幻化为地狱的花朵,过于沉重、黑暗,王家新排斥"空洞的美学",而此处书写就有"空洞的美学"之嫌,值得反思。

奥斯维辛情结使他的"晚期风格"诗学在实践中常常窄化为一种苦难诗学,将"晚期"等同于"苦难""黑暗""死亡",缩小了"晚期风格"诗学应有的美学空间;他的"晚期"作品中的苦难、黑暗书写的现实支撑力常常不足。诗作《乌鸦》以乌鸦为核心意象,充分利用语言与想象之间的距离制造张力:

> 而我知道我迟早
> 会梦见这样一只乌鸦,

[①] 王家新:《序〈里尔克诗 传记〉》,《取道斯德哥尔摩》,山东文艺出版社2007年版,第49页。

[②] 程光炜:《不知所终的旅程——序〈岁月的遗照〉》,《山花》1997年第11期。

>在梦中我就是这只乌鸦？被一个陷入沉沉睡眠的人
>梦见。

诗人以梦境为载体，在虚实之间进行主客体变幻，将整首诗的重量赋予到那一只梦中的乌鸦身上。当诗人将自己幻化为乌鸦的时候，便可以在梦中跟随着意识的流动，抵达任何场景。诗中提到"被毁灭的天使""自虐的女人""一再受挫的爱情""未被我们完全杀死的夜莺"等一连串不完美的、残损的意象，预示着人生的残缺、生命的不完整，而那只乌鸦则是死亡的暗喻，它从死亡中来，又归于死亡。由此可见，这首诗既是"存在之诗"，又是"死亡之诗"，二者等同起来了。将存在的秘密完全寄寓于一只乌鸦，将一切关乎存在的秘密都隐藏在如同乌鸦般的"黑暗物质"之中，是对存在的片面理解。

黑暗物质在王家新的晚期作品中出现频率很高，他偏爱"黑暗""黑夜""暗夜"一类词语，用它们营造出一种晚期氛围。在《布罗茨基之死》中，有"一阵词的黑暗"；在《坐火车穿过美国》中，有"大地呵如此黑暗"；在《孤堡札记》中，有"但童年的喧闹从记忆的黑暗中升起"；在《小区风景》中有"走向我自己的黑夜"；在《纽约州上部》有"一刹那间，隐身于黑暗"……王家新对"黑暗"不只是偏爱，而是偏执。他所书写的黑暗，大都具有同样的内核，全部出自他对存在的领悟；但我们知道黑暗只是存在的一面，而不是全部，这是王家新沉迷黑暗时所没有意识到的问题，是其"晚期风格"诗学及其创作实践值得反思的一大问题。

其次，王家新的"晚期风格"诗学，因对"苦难涵义"的置重而表现出一种"远艺术""去人类化"的诉求，倾向于"拒绝美学"，即拒绝美文，拒绝完整性、联系性，清算语言的修饰性，期待以此表达苦难的涵义，直达存在的本质；但诗是创造的艺术，缺乏必要的创造，必然会弱化"诗"性的生成力。他曾表示："宁肯更笨拙一些，也要抵制人类的那些所谓的聪明"，"看到某些精心修辞的诗，不过是一个华丽的外壳"①。秉持这种观点，他那些"晚期风格"的作品少用修饰语，以简约、直接、甚至不连贯的语句呈现世界，这也是策兰晚期诗歌的重要特点；但是，在创作实践中，"度"的把握很难，稍不注意就会折损作品的诗美。常常出现这样的情形，诗人自以为那些简约的诗句，能够直抵存在，是真实生命的存在形式，以为它们大有深意，但在不了解其诗学主张的读者眼中，却是干巴巴的句子，平铺直叙，缺乏诗性。在谈到郑愁予的《错误》一诗时，王家新认为："它虽然笼罩着一种乡愁，但也止于此。往更深的地方讲，它还没有突入到现代人精神内部那些艰难的命题之中。"这样的解读，过于强调"精神内部"，过于强调"艰难的命题"，看低了"乡愁"的固有诗性，将精神等同于诗性，一切以精神表达为目的，以至于没有意识到诗美是多重因素共同作用而生成的问题，忽视了精神之外的其他元素的诗学价值。而关于余光中的《乡愁》，王家新认为："不深入到生命的内里，不着眼于深深困扰着人们灵魂的那些精神问题，我们就会流于贫乏和肤浅。"② 诚然，每个读者对作品的理解都与自身对生命的领悟有关，但是"精神问题"不是衡量诗意有无的尺度，不着眼于"精神问题"并不等于贫乏和肤浅，在守护精神的同时，还需要考虑语言、节奏等别的诗歌元素。

过于重视诗歌精神内涵的传达，不能不说是王家新"晚期风格"诗学及其创作存在的一个需要谨慎对待的问题，关于难度写作或深度写作，他认为："与那些在当今时代其实多少已显得有些廉价的所谓'纯诗'写作或时尚性写作相比，这才是一种更富有艺术难度，也更真实可靠、更富有创造性的语言劳作。"③ 在他看来，富有暗示性和丰富精神内涵的诗歌更值得推崇。秉持这样的诗学观，王家新的晚期作

---

① 王家新：《回答普美子的二十五个诗学问题》，《诗探索》2003 年第 1—2 合辑。
② 以上均出自王家新《诗的还乡之途》，《取道斯德哥尔摩》，山东文艺出版社 2007 年版，第 108 页。
③ 王家新：《"从这里，到这里"》，《黄昏或黎明的诗人》，花城出版社 2015 年版，第 69 页。

品中常常出现一些"意味深长"的有深度的"内容",他不期盼普通读者读懂那些"内容",这种过于个人化的写作观念与创作一定程度上瓦解了作品传播与接受之间的桥梁,造成读者理解的错位。王家新在一首作品中写下:"我写诗,不制造谜语/比如说我写到'去年一个冬天我都在吃着桔子'/我吃的只是桔子,不是隐喻/我剥出的桔子皮如今还堆在窗台上"(《答荷兰诗人 Pfeijffer"令人费解的诗总比易读的诗强"》),这几句所要表达的,是他在诗作《橘子》中所描写的吃橘子的画面,并不是什么隐喻,只是简单的吃橘子而已。显然,王家新并不认同对他诗作的过度解读。他说自己也愿意为读者创作出简单、易读的作品,但他没有意识到自己的诗作之所以被过分阐释,是因为他有太多的作品含有大量的隐喻,属于有难度的写作,挑战着读者的理解力,致使那些习惯了其暗示性诗作的读者,即便面对他那些简单的、毫无修饰的直陈事物的诗句,也总是去寻找文字背后的"内涵"与所谓的玄机。

受策兰"换气"、拒绝粉饰等观念影响,他有时以不顺畅、停顿、破碎的所谓的无机物语言与不完整的结构,以隐喻生命的创伤与"无味",使诗歌失去了古典艺术的完整性、连贯性,一定意义上破坏了诗的形式美,使诗歌失去了韵味,读者也很难从中获得审美快感。他在《给洛厄尔》中写道:

> 你门前的玉兰花也终于开了,
> (只开了残忍的五天)
> 而一位深海中的怪物游来,
> 再次问候着你的——也许还有
> 我的——精神病。
> 我的诗人,你是否仍在期待那神秘的
> 药丸?你已不需要。

想要读懂这首诗并不是一件容易的事，且不论玉兰花、深海怪物、精神病等意象是否具有特殊的含义，字句间的联结方式也显得匪夷所思。王家新本人用策兰的"换气"来解释这种断裂感，认为它反映了人生的艰涩与不易，但是这种破碎的诗作其诗意何在呢？读者能从其中解密其精神内涵吗？《给洛厄尔》并不是王家新晚期的代表作，但可以看作是其晚期写作的缩影，其中的拼贴、剪辑让作品失去了连贯性，整首诗迷失在意象的闪动中，而读者在猜谜似的挖掘这些意象背后的"内容"过程中，似乎也失去了过往阅读诗歌时那种古老的乐趣。诗歌不是为"意义"而生，不是那些无法承受的痛苦的直接载体，它首先必须具有"诗意"，引导读者发掘、品味其"诗趣""诗意"，而不是不断重述某种痛苦。

再次，王家新的"晚期风格"诗学，从发生学上看，主要源于对阿多诺、萨义德、策兰等的阐释、认同，未能完全整合中国经验、理清内在关系以形成相对完整的中国化理论体系。90年代初，他对晚年写作产生兴趣，这种兴趣源于其心理需求，不久他由这种兴趣走向了策兰、阿多诺、萨义德等，撰文阐释、引进西方晚期风格理论，发表了《白鹭与晚年与语言的"波浪线"——沃尔科特的〈白鹭〉及其翻译》《从"晚期风格"往回看——策兰对莎士比亚十四行诗的翻译》《策兰：创伤经验，晚期风格，语言的异乡》《阿多诺与策兰晚期诗歌》《在你的晚脸前》等系列论文，"晚期风格""晚词""晚脸"等成为他使用频率很高的语词。他对西方"晚期风格"理论的阐释，持守的不是中立态度，而是共鸣与认同，他谈论"晚期风格"就如同谈论自己的思想，以至于"晚期风格"成为他重要的诗学标签，成为他批评诗歌的重要尺度。他的创作也表现出对"晚期风格"的浓厚兴趣，创作出《晚年的帕斯》《晚景》《晚年》《晚来的献诗》等大量晚年主题的诗作，呼应其"晚期风格"诗学实践。正是在这种意义上，王家新经由共鸣性阐述将"晚期风格"诗学内化成了他自己的诗歌美学。

奥斯维辛情结、黑暗、死亡、人类苦难意识，以及对语言的清算、对自我诗歌的清算等，是其"晚期风格"诗学的重要内容和特征；但是，这些观念大都是移植来的，而不是他自己所创构的。他将杜甫、冯至纳入其"晚期风格"诗学话语中，但他并没有阐释杜甫、冯至与策兰、阿多诺、萨义德之间的逻辑关系。杜甫诗中有一种"老"境美学，包括风格的"老健苍劲"，技巧的"稳妥成熟"，修辞的"自然平淡"，以及创作态度的"自由超脱与自适性"等[①]，这些是从中国古典美学土壤中生发出来的，与阿多诺、策兰等的"晚期风格"的精神构造不同；冯至40年代的《十四行集》，虽然受存在主义影响，但是他将"向死而生"的存在主义美学转化为一种积极的历史担当意志，与策兰等的"晚期风格"的色调也不同。所以，杜甫、冯至的特征与西方的"晚期风格"在内涵上不同，王家新谈论他们的时候，应该阐述清楚他们之间的关系；但事实上，他没有处理这个问题，换言之，他的"晚期风格"诗学内涵的逻辑关系并没有理清楚。不仅如此，在批评实践上，他的"晚期风格"诗学作为一种理论其言说对象基本上是欧美诗人、诗作，它的基本概念、观念与理论逻辑未能完全融入中国美学经验，它们在中国文学语境里是否具有生命力，能否有效地解释中国文学尤其是中国当代文学问题，还是一个未知数。换言之，王家新的"晚期风格"诗学是他将西方的美学观念不断内化而构建出的个人诗学，是一个需要置于中国文学语境、在广泛的批评实践中不断激活的诗学理论，是一个需要置于中国文学实践中不断中国化、条理化以提高其阐释中国文学效力的理论。

---

① 蒋寅：《杜甫与中国诗歌美学的"老"境》，《文学评论》2018年第1期。

第五章 翻译诗学

所谓翻译诗学，指的是关于诗歌翻译的观念和理论，涉及诗歌翻译的目的、翻译的修辞、翻译语言问题、译诗的诗性问题、译诗与原语诗歌的关系、诗歌翻译与诗歌创作关系等内容。换言之，诗歌有多复杂，诗歌翻译就有多复杂，翻译诗学就有多复杂。20世纪80年代末，中国当代新诗面临新的发展危机。一方面，在经济、文化变革的影响以及小说、散文等的外部冲击下，新诗生存空间被挤压，日益边缘化；另一方面，以朦胧诗歌为主体所形成的新潮诗歌艺术开始固化，进入发展瓶颈期，如何突围成为诗坛关注的重点。诗人何为、新诗如何发展成为必须回答的时代课题。当时，以张枣、王家新、西川、黄灿然、张曙光等为代表的一批诗人，面对新诗发展危机，承续"五四"以来诗人译诗这一现代传统，通过对曼德尔施塔姆、华莱士·史蒂文斯、保罗·策兰、盖瑞·施耐德、特朗斯特罗姆、谢默斯·希尼、米沃什等外国诗人诗作的翻译，为当代新诗发展寻找新的域外资源，他们因此成为中国百年新诗史上新一代诗人译诗者。

王家新自90年代初开始从事外国诗歌中译工作，出版了译诗集《保罗·策兰诗文选》《带着来自塔露萨的书：王家新译诗选》《新年问候：茨维塔耶娃诗选》《我的世纪，我的野兽：曼德尔施塔姆诗选》《死于黎明：洛尔迦诗选》《没有英雄的叙事诗：阿赫玛托娃诗选》《灰烬的光辉：保罗·策兰诗选》等。在诗歌翻译过程中，对诗歌翻译有很多切身的体会，陆续发表了不少关于诗歌翻译的文章，阐述自己对诗歌翻译诸多问题的看法。有些是翻译领域一直存在的问题，有些则是当代文学境遇中出现的新问题；有些问题极具个人性，有些则具有普遍性，关于这些问题的探讨无论是对王家新个人还是对整个当代诗学的建构都具有重要价值。本章研究王家新的翻译诗学，并非认为他已经建构起完整的翻译诗学体系，而是以他所撰写的有关翻译的文章为研究对象，结合其诗歌翻译实践，系统地梳理、研究其翻译诗学。

第一节 诗歌翻译是一种辨认

翻译是人类文化交往的重要形式，将一种语言文本转换成另一种语言文本的过程就是翻译。科学研究类文本的翻译，以信息的准确传达为尺度；主观性的文学作品的翻译相比而言困难得多，不仅要求信息的准确性，还要译出文学性。而诗歌翻译与小说、散文、戏剧等其他文类的翻译相比，除了对内容的传达，还需要对其形式进行一定的把握，它所承载的是内容与形式的双重信息；除此之外，关于"诗"的部分往往只可意会不可言传，因此如何翻译不可言传的"诗"就成为诗歌翻译中永恒的难题。王家新对诗歌翻译有自己的体会，在谈到曼德尔施塔姆的诗歌及其翻译时，他说："出自我自己的经历，在我看来创作和翻译都是一种'辨认'。诗人的一生就是一种辨认。"[1] 关于"辨认"的观点，他说："我完全认同俄国伟大诗人曼德尔施塔姆所说的：写作是一种'辨认'（'recognition'）。这是一种艰难的辨认，也是一种神秘的辨认。"[2] 那么，究竟需要辨认什么呢？我们知道，诗歌翻译就是将一种语言的诗作翻译成为另一种语言的诗作，在翻译过程中，译者应该透过文字去辨识里面具有本质意味的东西，将之翻译出

---

[1] 王家新：《辨认的诗学——曼德尔施塔姆诗歌及其翻译》，《翻译的辨认》，东方出版中心2017年版，第250页。

[2] 王家新：《诗歌的辨认》，《黄昏或黎明的诗人》，花城出版社2015年版，第62页。

来，才能译出原诗的神韵。在他那里，大体言之，辨认主要体现在两个方面，一是辨认原语诗歌中的生命，二是辨认原语诗歌中的"诗"。

20世纪世界诗歌史上，诗人译诗是一个全球性文学传播现象，构成现代不同民族国家诗歌发展过程中的重要力量。从宏观上看，诗人译诗是全球文化交往使然；从个体诗人的微观层面来看，其与对生命的自我认知和诗创作需求相关。王家新作为诗人译诗传统在当代中国的重要传承者，他曾说："我的翻译首先出自爱，出自一种生命的辨认。"[1] 他在别的地方也多次表达过类似的观点。所谓"生命的辨认"，就是辨认诗中所蕴含的生命或者说灵魂。在他看来，翻译"绝不是一般的语言转换"，不是外在的修辞问题，"它在根本上出于对'生命'的'不能忘怀'"[2]。生命的辨认，在他那里成为一个关键词，是他对诗歌翻译的重要理解，他曾说："作为一个诗人，在我身上可能本来就携带着一个译者。"[3] 换句话说，翻译已经成为王家新生命的一部分。对他来说，"译了策兰，就不能不去译曼德尔施塔姆、茨维塔耶娃，甚至不能不去译勒内·夏尔"，这种"不能不去译"包含着王家新对域外诗人生命的深刻辨认，由一个诗人进入另一个诗人，其实质是从一个生命进入另一个生命，这是诗人自我认知、探寻的表现，由此翻译史成为个人精神实践史的重要组成部分——"我感谢这种经历，因为它使我在这个世界上能不断进入到某种'自我沉浸'之中"[4]。"自我沉浸"就是一种自我生命的辨认，一种以自我辨认作为前提的体验，所以他说："只有通过翻译才能使我真正抵达一个诗人的'在场'"[5]，

---

[1] 王家新：《一只燕子神性的抛洒》，《黄昏或黎明的诗人》，花城出版社2015年版，第185页。
[2] 王家新：《翻译与诗建设》，《黄昏或黎明的诗人》，花城出版社2015年版，第80页。
[3] 王家新：《"语言的异乡"：穿越边界的诗歌》，2022年12月8日王家新在美国Wellesley College的线上诗歌讲座。
[4] 王家新：《为语言服务，为爱服务》，《黄昏或黎明的诗人》，花城出版社2015年版，第138页。
[5] 王家新：《辨认的诗学——曼德尔施塔姆诗歌及其翻译》，《翻译的辨认》，东方出版中心2017年版，第248页。

抵达"在场"就是抵达诗中的生命所在，通过翻译联结生命与创作，诗歌翻译也成为其个人精神实践的重要组成部分。

辨认生命的意识使王家新选择了曼德尔施塔姆、策兰、茨维塔耶娃、阿赫玛托娃、叶芝、奥登等作为翻译对象。他们属于同一精神系列的诗人，王家新在翻译中由内到外地辨认他们的个性、灵魂，辨认他们的诗歌品格，与之进行穿越时空的对话，发现他们生命的脉络，由一个诗人走向另一个诗人，联结起属于自己的"精神谱系"，建立了自己的精神家园。在这个精神谱系中，保罗·策兰无疑占据着最重要的位置，二者超越了原作与译者的关系，某种程度上，策兰已经成为王家新生命中的尺度。王家新进入翻译领域便是从对保罗·策兰的翻译开始，他于1991年译出策兰20余首诗作，2002年与芮虎合译了《保罗·策兰》诗文选，2010年翻译了《保罗·策兰后期诗选》，2014年出版的译诗集《带着来自塔露萨的书》收录了策兰的一些后期诗作，2021年又有译作《灰烬的光辉：策兰后期诗选》。三十年来，王家新不断更新着对策兰的认知和领悟，翻译之余写下十余篇相关研究文章。这种坚持也许就是王家新所说的："我需要他！"[1] 在王家新看来："有些诗人读其'选集'就够了，但策兰却是一个需要读其'全集'尤其是需要读其'晚期'的诗人。"[2] 所以他不断地翻译、修正和扩充策兰的诗作，以此不断地审视、辨认策兰的生命。2022年，王家新在一次线上讲座中提道："即使我不言说策兰，他仍是一种'缺席的在场'。长年的倾心翻译，已使他进入了我们的生命世界。"[3] 这是来自一位诗人对另一位诗人的"深情表白"。

《保罗·策兰：从黑暗中递过来的灯》是王家新第一篇公开谈论策兰的诗论，文章聚焦于策兰作品中破碎、收缩的元素，策兰的乖戾

---

[1] 王家新：《保罗·策兰：从黑暗中递过来的灯》，《当代外国文学》1999年第4期。

[2] 王家新：《"喉头爆破音"——英美诗人对策兰的翻译》，《翻译的辨认》，东方出版中心2017年版，第361页。

[3] 王家新：《"语言的异乡"：穿越边界的诗歌》，2022年12月8日王家新在美国Wellesley College的线上诗歌讲座。

没有成为横在他与王家新之间的鸿沟,相反,拉近了二人之间的距离,成为那盏"黑暗中递过来的灯"。王家新在翻译时"全身心进入并蒙受诗人所创造的黑暗"①,所以他译出的策兰笼罩在荒谬、黑暗的气氛中,语气断裂成为策兰生命艰难的象征,而那些"不可译"的部分则暗示着生命本身的不可言说。在王家新翻译的《线的太阳群》中,出现了"太阳群""荒野""树""光"等意象,这些意象的混合给人一种天与地的混沌感,而附着在它们之上的精神却早已超越了人类,因此这首作品也被冠以"后奥斯维辛"的价值尺度。王家新辨认出策兰后期诗作语言的"去人类化"特点,于是努力从诗歌内部去把握和翻译。他曾说:"对于自身命运的沉痛体验,是一些中国诗人走向策兰的重要起因。"② 其诗片断《反向》中出现了"奥斯维辛"主题——"从那里出来的人,一千年后还在发问:我们是有罪的还是无罪的?"他是在替策兰,替那些来自奥斯维辛的人,甚至替整个人类发问。策兰母亲死于喉咙的枪伤,因此他的诗里常常出现"喉咙"这一词语:"什么也没有/什么也没有/只有孤单的孩子/在喉咙里带着/虚弱、荒凉的母亲气息"(保罗·策兰《什么也没有》,王家新译)。喉咙是呼吸的地方,是生命之源,永远无法绕过。王家新选择这样的作品来翻译,抓住了策兰生命中最残忍的秘密,他的翻译是为了从爆裂的喉咙里发出最真实的声音,这声音是"虚弱、荒凉的母亲气息",是"在死亡中自己绽开的词语之花"③。这首诗的阵痛已经超越了奥斯维辛,超越了母亲与儿子,是一种萦绕在生命上空的未解之谜所带来的痛苦。因此,在翻译策兰另一首作品《安息日》时,王家新发出这样的感叹:"这首诗好像一直在等待着我似的。"该诗也是一首言说死亡的作品,王家新是为悼念一位亡友特意翻译了这首诗,他抓住了作品中

---

① 王家新:《保罗·策兰:从黑暗中递过来的灯》,《当代外国文学》1999 年第 4 期。
② 王家新:《在这"未来北方的河流里"——策兰后期诗歌》,《在一颗名叫哈姆莱特的星下》,中国人民大学出版社 2012 年版,第 178 页。
③ 王家新:《"喉头爆破音"——英美诗人对策兰的翻译》,《翻译的辨认》,东方出版中心 2017 年版,第 372—375 页。

"死亡"的气息,连续用"纺着""绕着"等字眼制造一种窒息感,最后以"在屈身之中"作结。关于这个结尾,王家新用"大胆"来形容,他说"我们只有'在屈身之中',才能进入到策兰所说的'我们自身存在的倾斜度'中"。[①] 他已经不是以语言进行翻译,而是用生命体会策兰诗中的悲情。在《你,这从嘴唇采来的……》中,有诗句:"你,这从咽喉撕出的/词结,以一种/光,被针和头发穿过,/在行进,行进。"王家新没有用"撕"字,而是选择了"撕出",带有一种"撕扯"的感觉,凸显出整个过程的艰难。他在该诗中辨认出策兰生命的本质,并经由翻译完成对自我生命的体验。

沿着策兰,王家新辨识出诗歌史上另一个生命——曼德尔施塔姆。策兰在《下午,和马戏团及城堡在一起》中直呼:"曼德尔斯塔姆,我看见你",这是一种生命深处的声音。作为曼德尔施塔姆诗歌的德语译者,策兰与曼氏有着相似的经历——同样来自犹太家庭,同样遭遇迫害(策兰双亲死于纳粹集中营,而他本人被德军征为苦力;曼德尔施塔姆多次被流放,最终死于符拉迪沃斯托克),曼德尔施塔姆关于"对话"的理论深深影响着策兰,而策兰也将曼德尔施塔姆看作精神同类,与之进行超越时空的交流。王家新捕捉到了两人之间的这种联系,由策兰而发现了曼德尔施塔姆。曼德尔施塔姆在《曾经,眼睛……》中写道:"现在,在充满的光流量中,它勉力辨认着一道黑暗、孤单的星系",这是王家新的译文,这里"勉力辨认"与其说是曼德尔施塔姆的话语,不如说是王家新的自言自语,是他对曼氏"辨认的诗学"的致敬与跨文化认同。曼德尔施塔姆习惯用星辰、海洋等自然景观来表达时间与空间上的存在,他捕捉到二者之间的张力,在漫无边际的时空里描绘爱情、自由、生命等;在他被捕之后,作品中更多地折射出恐怖气氛,可以看作对暴力的无声抵抗。在《我多么爱这重压之下的人民》中,他写道:"我多么爱这重压之下的人民,/他们睡

---

① 以上均出自王家新《越界的诗歌与灵魂的在场——答美国汉学家江克平》,《在一颗名叫哈姆莱特的星下》,中国人民大学出版社2012年版,第22页。

眠，叫喊，生儿育女，/被牢牢钉进这片土地，/并把每一年当作一个世纪。""睡眠""叫喊""生儿育女"三个词的并置，描绘了俄罗斯底层人民的生活状态，尤其是"生儿育女"一词的运用，显现出面对巨大压力的人们仍在抗争，顽强地活下去，维持着日常生计；接下来"钉进"一词，既有一种被外力摧残的感觉，又预示着人民与这片土地的关系——虽然时时刻刻被恐怖所笼罩，但是人们早已根植在土地上，世代在这里繁衍，与大地无法分割，不能不继续在这片土地上生活下去，如同被"钉"进去一样，而这一切足以让诗人深深爱上他们。王家新在翻译时将自己完全放进这片土地，似乎也成为这里的一分子。关于生命的体验，王家新在翻译曼德尔施塔姆的《列宁格勒》的开头处，有如此表达："我又回到我的城市。/它曾是我的泪，/我的脉搏，/我童年时肿胀的腮腺炎。"对照原文，会发现原文并没有与"肿胀"相关的描写，这是王家新基于自身的体验所加进去的，之所以强调"肿胀"，正是因为腮腺炎不仅是原诗作者的经历，同样也是王家新儿时的经历，那种留在身体里的疼痛唤起了他的记忆，于是其敏感地辨认出隐藏在诗行间的细节，最后有了"肿胀"这个带有生命体验的词。

受到曼氏的启发，王家新有一本翻译理论书籍取名《翻译的辨认》，对王家新来说，要辨认的是生命本身，他总是能听到良知者发出的声音，那些声音一再回响，而他也选择通过诗歌和翻译发出自己的声音。在王家新的翻译对象中，奥登也属于一位通过诗歌"介入"现实，崇尚诗歌在道德上的指引和教诲作用。有学者指出，奥登早年认为"诗歌能够引导人们的行为选择，让历史站在善而不是恶的一边"，后期提出诗歌"承担的是教诲的伦理功能"。[①] 这与文学伦理学批评理论不谋而合。在文学伦理学批评看来，"文学的教诲作用是文学的基本功能"，"文学的教诲功能也是文学的伦理价值前提"。[②] 奥登

---

① 蔡海燕：《"道德的见证者"：后期奥登的诗歌伦理观》，《国外文学》2020年第1期。
② 聂珍钊：《文学伦理学批评：论文学的基本功能与核心价值》，《外国文学研究》2014年第4期。

自觉承担起公共责任，通过作品提醒公众关注时代议题，遵守历史发展规律。乔治·奥威尔曾指出，奥登进入诗坛后的20世纪30年代，文学变为了"严肃的目的。"①，奥登在西班牙内战期间奔赴西班牙支持共和政府军，亲历过中国的抗日战争，具有鲜明的左翼态度，他的战时诗歌《西班牙，一九七三》和《在战争时期》都引起过很大的反响。对于奥登的战时诗歌，王家新认为其"坚持从一个诗人的角度看世界，坚持把'战时'的一切纳入到人类的更本质境遇和关系中来透视"②。王家新本人对于诗人在时代中的责任感和定位有清晰的认识，他阅读奥登、翻译奥登，还专门研究卞之琳、穆旦、王佐良等人对奥登的翻译，体现出他对奥登价值观以及伦理观的认同，对生命、良知、人性以及道德的关注。就像策兰呼唤曼德尔施塔姆一般，曼德尔施塔姆也不止一次地以诗歌呼唤阿赫玛托娃，1911年他在《致安娜·阿赫玛托娃》里写道："你像个小矮人一样想要受气，/但是你的春天突然到来。/没有人会走出加农炮的射程之外/除非他手中拿着一首诗"。这里的"除非他手中拿着一首诗"，似乎在向世人宣告，诗歌是他们最强大的武器。王家新翻译这首诗，某种意义上是借曼德尔施塔姆的声音向阿赫玛托娃致敬。他"被诗人对苦难历史的承担、在地狱中的冒胆穿行及其反讽品质所深深吸引"，在翻译阿赫玛托娃的《没有英雄的叙事诗》时指出："现有的一些译文均为'没有主人公的叙事诗'。不过，我仍倾向于把诗人的这首长诗，乃至她一生的创作都置于'没有英雄的诗'这样的命名之下读解。"③ 对于究竟是"没有主人公"还是"没有英雄"的翻译问题，王家新选择了后者，为诗作平添了一份悲壮的色彩。洪子诚曾如此评价王家新："血管里流动的可能有更多19世纪'遗产'，一种混合古典精神和启蒙意识的浪漫、理想激情。"④

---

① [英]乔治·奥威尔:《政治与文学》，李存捧译，译林出版社2011年版，第118—119页。
② 王家新:《奥登的翻译与中国现代诗歌》，《中国现代文学研究丛刊》2011年第1期。
③ 以上均出自王家新《你将以斜体书写我们》，《上海文化》2017年第7期。
④ 洪子诚:《读〈塔可夫斯基的树〉》，《中华读书报》2015年7月15日。

第五章 翻译诗学

这样的评价似乎从侧面解释了王家新为何在"没有英雄"与"没有主人公"之间选择了前者——个体人之悲壮,且具有浓厚的古典韵味,这与阿赫玛托娃诗作的气质不谋而合。她曾写下"所有未安葬的——我来埋葬,/我为所有的你们哀悼,但是谁来哀悼我?"(阿赫玛托娃《所有未安葬的……》,王家新译),这首作品带着承担的勇气,混合了悲壮和不屈,突出了自我觉醒意识,而这也是阿赫玛托娃一贯的作风,王家新作为诗人的使命感更让他不自觉地向往一种个人英雄主义,这也符合人们谈论他时经常提及的一个词语"承担";同样地,阿赫玛托娃的诗作中也带着承担的勇气,并且兼具高傲和不屈的气节,所以她成为王家新精神版图中不可或缺的一部分,属于"不得不去译"的诗人。

阿赫玛托娃在晚年写了《科马罗沃速写》,诗的开头如此呼唤着茨维塔耶娃——"啊,哀哭的缪斯。/——玛丽娜·茨维塔耶娃"。"哀哭的缪斯"将这两位俄罗斯女诗人从情感和精神上联系在一起,结尾处的"有一枝新鲜、黑暗的接骨木探出/那是——来自玛丽娜的信!"再一次强调、加深了这种联系,这首诗是阿赫玛托娃在生命的最后年月里向她的精神同类发出的呼喊。王家新拜访阿赫玛托娃旧居时,不断地吟道"哀泣的缪斯"[①],在那个时刻,他们三人之间产生了隐秘的磁场,一股强大的来自诗歌和语言内部的力量不仅把王家新推向阿赫玛托娃,也推向茨维塔耶娃。在王家新看来,阿赫玛托娃的缪斯是"哀婉的、有耐心的女性的缪斯",而茨维塔耶娃的缪斯则是"更勇猛、更有力量的男性化的缪斯"[②]。王家新多次提到当年与茨维塔耶娃的"相遇"——泰晤士河桥头路灯下,一首《约会》让他"经受着读诗多年还未经受过的颤栗……"[③],茨维塔耶娃的诗有这样让人颤栗的能量,是因为她把自己的一生都献给了诗歌。茨维塔耶娃的

[①] 以上均出自王家新《你将以斜体书写我们》,《上海文化》2017年第7期。
[②] 王家新:《那黄金般无与伦比的天赋:茨维塔耶娃的诗》,《上海文化》2014年第7期。
[③] 王家新:《"披上你的光辉":翻译茨维塔耶娃》,《创作与评论》2014年第16期。

《这种怀乡的伤痛……》中,有"那些读了成吨的报纸然后/从每一条消息中榨取的人……他们是二十世纪对的人,而我——不属于任何时代!"卡明斯基在提到茨维塔耶娃时称:"她的生命就是她的时代的表现。"① 茨维塔耶娃的生命充满血与肉的撕裂,早年她的母亲死于路上,人生的中后期她的一个女儿死于饥饿,而她本人常年与祖国分离。在血与肉的洗礼下,茨维塔耶娃的生命归于纯洁,她和时代之间具有一种不可调和的关系。王家新对此深有感触,他的早年生活不算顺利,伴随着国家形势变化,他有过意气风发,也有过心灰意冷,而市场经济的发展引起生活节奏的加快,诗歌逐渐游离于时代之外,"写诗"与"读诗"显得格格不入。因此,在王家新看来:"写作不仅是一种艰辛的辨认,还应是对这种辨认的确立和坚持:让它成为一种良知、一种语言的尺度。"② 王家新在对自身的拷问中一直保持着内省精神,以自身命运为切入口,在岁月的磨砺下用语言关切现实,观照生命。

　　王家新经常强调"声音的一致性",在翻译茨维塔耶娃时,他提出:"困难就在于把握其声音并使一本诗选从头到尾下来都能确保其'声音的真实性'和清晰度。我应提供的,是一个能使中国读者'如见其人''如闻其声'的茨维塔耶娃,这成为我的目标。"③ 在这样严苛的目标下,王家新在翻译中赋予了茨维塔耶娃诗歌极强的辨识度,使其具有独一无二的声音。王家新翻译过茨维塔耶娃的《书桌》,这首诗几乎凝聚了茨维塔耶娃生命的全部意义,她把自己的一生奉献给了赖以写作的书桌;而王家新的译文,通篇简洁有力,并且透着冷峻,这是茨维塔耶娃一生从不妥协的缩影,甚至在她眼里"我的祖国是任何一个摆着一张书桌的地方,那里有着窗户,窗户边还有

---

① [美]伊利亚·卡明斯基:《茨维塔耶娃神话,以及翻译》,王家新译,《带着来自塔露萨的书》,作家出版社2014年版,第37页。
② 王家新:《诗歌的辨认》,《黄昏或黎明的诗人》,花城出版社2015年版,第62页。
③ 王家新:《茨维塔耶娃及其翻译》,《黄昏或黎明的诗人》,花城出版社2015年版,第151—152页。

一棵树"①。书桌养育着茨维塔耶娃,她写下了"三十年在一起——比爱情更清澈",王家新"清澈"一词的翻译,体现了一种纯粹的没有任何杂质的关系,这与后文的"钱,账单,情书,账单"以及"绝不接受账单和残羹剩饭"形成鲜明对比,凸显出茨维塔耶娃将自己一生奉献给诗歌的决绝。这种"献身"不仅是茨维塔耶娃的献身,也是王家新本人对诗歌的献身,构造属于自己的诗歌精神谱系。这首诗中其他的诗句如"你吃下纸页,你教我:没有什么明天。你教我:只有今天,今天。""一直在说:每一个你要的词都是/今天,今天。""哼,那就让他们把我抬出去,我这傻瓜/完全奉献于你的桌面"等,都被打上了强烈的茨维塔耶娃的个人印记,这便是王家新想要达到的,为世人提供一种独一无二的、只属于茨维塔耶娃的声音。翻译之于王家新,是一项神圣的工作,他在翻译的过程中经受了磨难和洗礼,燃烧着自我,正是这种自我"牺牲"的精神,使得其译作在语言之外仿佛都有一个灵魂。而他以生命辨认意识,穿越这些诗人,连接这些诗人,构建自己的精神家园。在王家新那里,外国诗歌翻译过程是其生命辨认诗学的形成和发展的过程,也是其诗学实践的过程。在翻译中辨认原诗中的生命,辨认原诗所表达的精神理念与生命价值观,辨认自我与他者的文化,进行深层的精神对话。辨认就是发现,只有发现了原诗中所包蕴的生命,才可能译出原诗的神韵,还原其生命力。在这个意义上说,生命的辨认既是翻译的前提,也是翻译的方法,更是翻译的诗学原则。

  诗歌翻译要翻译出诗意、诗味与诗性,就需要辨认出原语诗中的"诗"。在论述穆旦晚年翻译的《英国现代诗选》时,王家新认为,穆旦的翻译"和他所关注的诗歌问题深刻相关,和他自身的内在需要及其对时代的关注都密切地联系在一起。他通过他的翻译所期望的,正是一种'真正的诗'的回归。"此处的重点是"诗歌问题"和"真正

---

① 转引自[美]伊利亚·卡明斯基《茨维塔耶娃神话,以及翻译》,王家新译,《带着来自塔露萨的书》,作家出版社2014年版,第36页。

的诗",即诗歌翻译的核心诉求是"诗",是"真正的诗",也就是在"诗"的意义上看待诗歌翻译问题。他指出,《英国现代诗选》体现的是"穆旦对那些具有永恒价值、贯通古今的诗歌精神的确立和把握",这里的"诗歌精神"看起来比较抽象、宽泛,但实际上指的就是诗之为诗的精神,即诗本体论意义上的精神,"体现了他对诗与现实、诗与诗人、诗人职责以及诗的功能的思考。也可以说,他把这首诗的翻译,作为一种对诗歌精神的发掘和塑造。"① 与其说是谈论穆旦,不如说是借穆旦阐述王家新自己的诗歌翻译思想,即诗歌翻译是对诗歌精神的发掘和塑造。这里的发掘就是一种辨识基础上的发现,就是对诗歌精神的辨识。这是最基本的问题,也是最根本的问题,即不管译者持守什么态度、立场与翻译原则,所翻译出的译文必须具有诗意,必须是诗歌而不能是散文。这是王家新翻译诗学的重要内容。

王家新之所以进行诗歌翻译就是源于这种诗学观。90年代初,中国当代诗歌艺术发展进入到一个关键时期,80年代朦胧诗歌那种政治抒情已经失去了表达能力,后朦胧诗发展也举步维艰,在这个时候,王家新意识到现代以来的诗学无力为自己提供足够的养分,于是转向西方诗歌,开始诗歌翻译,"人们完全可以把它看作是一种当代诗学的'转喻'",他期待通过外国诗歌翻译,找到诗艺突破口,为推动诗艺的发展而翻译,这是其诗学意识的体现,或者说一种诗学实践。

真正的诗的问题,如上所说体现在诗创作的内外部各种关系上,诸如:诗人的态度、感觉与表达能力,诗人看待现实、处理现实的能力,诗人与其创作的文本的关系,诗创作的功能等等,诗歌有多复杂,诗歌翻译就有多复杂。他认为诗歌写作的过程,在一定意义上就是努力获得"一种独特的、清晰的、深刻的、有时是不无痛苦的视力",

---

① 以上均出自王家新《穆旦:翻译作为幸存》,《翻译的辨认》,东方出版中心2017年版,第90页。

而有无这种"视力"是"一个判断诗人的标准"①。他所谓的"视力"就是一种对"诗"的辨识力。在王家新心中,诗歌是神圣的,诗是独立于诗人的存在,他对翻译的态度也如此:"是你在翻译吗?是,但从更根本的意义上看,是诗在翻译它自己。是诗在翻译它的每一行。"② 这种近乎神秘的观念所表达的是"诗"在翻译中的重要性,所以辨识"诗"、守护"诗"是诗歌翻译的灵魂。在他看来,穆旦翻译的《英国现代诗选》便是"出自语言本身的'未能满足的要求'。因此他听到并响应了这呼唤"。③ 从而达到了对诗歌的辨认。

王家新选译策兰、帕斯捷尔纳克、叶芝、夏尔、洛尔迦、阿赫玛托娃、奥登、曼德尔施塔姆、茨维塔耶娃等的诗歌,不仅因为他们的诗中有可辨认的生命,有苦难中生命的不屈、抗争与承担,有穿越时空的时代介入感与良知;而且因为那些诗在艺术审美上都是一流的,有可以辨认、体味的诗艺、诗性与诗美,它们与中国诗歌构成互文性关系。对于一个诗人译者来说,译诗是与自己的创作直接相关的活动,他需要通过翻译来反观自己的创作,反省本民族诗歌艺术的优劣,通过翻译在其他文化圈的诗歌中寻找自己诗歌艺术的突破口。辨认诗艺的"视力"是一种能力,王家新从叶芝、奥登、策兰、曼德尔斯塔姆、帕斯捷尔纳克的诗歌作品中,辨认出中国诗歌中所无的诗性,不仅将他们以汉语的形式呈现出来,而且转化为自己创作的资源。在诗歌翻译、诗歌创作的同时,他撰写了一批关于外国诗人、诗作的评论文章,从中不难发现其辨认诗艺的独特眼光与"视力"。

生命的辨认和诗的辨认,是王家新翻译诗学理论中两个重要的内容,在具体的翻译实践中,它们是合二为一的关系,生命的辨认中包括

---

① 以上均出自王家新《为语言服务,为爱服务》,《黄昏或黎明的诗人》,花城出版社2015年版,第137、141页。
② 王家新:《诗学笔记》,《黄昏或黎明的诗人》,花城出版社2015年版,第79页。
③ 王家新:《诗人译诗:一种现代传统》,《翻译的辨认》,东方出版中心2017年版,第108页。

诗歌精神、诗歌艺术的辨认，诗歌精神、诗美的辨识中离不开生命价值的发现与认同，这二重"视力"赋予了王家新的诗歌翻译以特别的力量。他曾说自己在翻译过程中与策兰、茨维塔耶娃之间是那种"'心有灵犀'所达成的'亲密性'，那种生命脉搏的跳动，那种独一无二的语感、节奏、句法和生命的气息'"。这里所表达的就是生命的辨认、诗的辨认的翻译效果，也正因如此，才可能做到"在汉语中'替他们写诗'"①，才可能使一首外语诗歌在汉语里"达到一种再生——有时甚至是一种比原作更耀眼的再生"②。

第二节　语言的刷新

王家新并非职业翻译家，而是一名诗人译者。诗人译诗在世界范围内由来已久，斯威夫特、艾略特、庞德、奥登等都是著名的诗人译者。在中国新诗史上，诗人译诗由胡适、郭沫若、闻一多、戴望舒、卞之琳等人开启；由于某些原因，在五六十年代有所中断；到了80年代思想禁锢被打破后，袁可嘉、王佐良、郑敏等诗人重拾这一传统，之后北岛、杨炼、王家新、西川、臧棣、西渡等诗人也陆续开始译诗。从诗人译诗的优势和必要性来看，首先，诗人译者能译出优秀的外国诗作，丰富中国的文学谱系。朱湘认为："惟有诗人才能了解诗人，惟有诗人才能解释诗人。他不单应该译诗，并且只有他才能译诗。"③这种观点虽然有些偏颇，但道出了诗人译者的优势。其次，诗人译诗能够为汉语言发展提供新思路、新语汇，为汉语带来新质与生机，刷新诗歌语言。王佐良曾指出："在译诗的时候，需要译者有能力找到一种纯净的、透明的然而又是活的本质语言——这又只有诗人最为擅

---

① 王家新：《为语言服务，为爱服务》，《黄昏或黎明的诗人》，花城出版社2015年版，第139页。
② 王家新：《取道斯德哥尔摩》，《坐矮板凳的天使》，中国工人出版社2003年版，第103页。
③ 朱湘：《说译诗》，中国文联出版公司1998年版，第210页。

长，因此就从语言来说，也需要诗人译诗。"① 王家新近年来一边写诗一边从事诗歌翻译，正是对中国新诗发展史上存在的"诗人译诗"传统的接续与重建。文学是语言艺术，而诗的语言不同于小说、散文、戏剧的语言，它对语言的要求更高，诗性、诗意是通过语言而营造出来的。作为诗人译者，王家新对翻译与语言的关系有了更深切的体会与理解，其核心观点是诗歌翻译可以借助域外语言以质疑、破除母语中那些抑制表现力的惯用语言，重组语词，丰富语汇系统，简言之，就是刷新既有的语言系统，这是其翻译诗学的又一重要内容。

这里的语言，指的是诗的语言，翻译需要达到对既有的诗歌语言的刷新。那什么是诗的语言呢？王家新认同法国哲学家吉尔·德勒兹的观点："作家在语言中创造了一种新的语言，从某种意义上说类似一门外语的语言，令新的语法或句法力量得以诞生。"② 诗的语言必须是离开惯常路径的语言，一种破除了既有语法、句法的陌生化的语言。但是，每个诗人都生存于约定俗成的日常话语之中，生存于惯用语之中，怎么实现语言突破以走出惯用语言链呢？王家新认为翻译是最好的途径。他十分欣赏本雅明的观点，本雅明提出过"纯语言"概念，而所谓的"纯语言"就是那种使语言成为语言的"元语言"，它联系着译作和原作，"它只是部分地隐含在原作中，在翻译的过程中，在不同语言的相互映照中，我们才得以窥见它"，所以译者的使命是使之萌芽、显现、生长，在这个意义上，译作是为了语言的成长，成为语言成长的组成部分，促使语言的更新，"以至在所有文学形式中它承担起了一种特殊使命，这一使命就是密切注视原作语言的成熟过程并承受自身语言降生的阵痛"。③ 他承认翻译是一种文学形式，所以译文必须具有文学性；认为翻译的特殊使命在于语言，就是注视原作语

---

① 王佐良：《另一面镜子：英美人怎样译外国诗》，《论诗的翻译》，江西教育出版社1992年版，第105页。
② 王家新：《翻译与诗建设》，《黄昏或黎明的诗人》，花城出版社2015年版，第83页。
③ 王家新：《翻译与中国新诗的语言问题》，《文艺研究》2011年第10期。

言，辨识原作语言的成熟过程，承担自身语言的降生，也就是借原作语言创造出自己新的语言。王家新由此说："在本雅明那里，翻译便成为语言的自我更新、自我救赎的最终归属。我本人十分认同这样的翻译观和语言观。"①他坚信翻译是外语和汉语之间的桥梁，通过翻译引进异质的语言，破除母语的结构、逻辑，"中国新诗史上一些优秀的诗人译者，从事翻译并不仅仅是为了译出几首好诗，在根本上，乃是为了语言的拓展、变革和新生"。②秉持这样的信念，当王家新读到戴望舒翻译的洛尔迦诗作《梦游人谣》开头处的"绿啊，我多么爱你这绿色"时，他发出感叹："这是对声音奥秘的进入，是用洛尔迦西班牙谣曲的神秘韵律来重新发明汉语。"③"重新发明汉语"是作为一名汉语诗人兼翻译家对语言的至高的评价，翻译是为了语言的更新，语言成为翻译的重要目的，这是建立在现代语言哲学基础上的翻译观、语言观。"翻译家们走在这条道路上，那些以变革和刷新语言为己任的诗人也走在同样的道路上"④，王家新自己也走在这样的路上。诗人、译者和学者的身份，决定了他在翻译中进行理论思考，在翻译中探索语言更新的路径，同时在诗创作中进行诗学实践。

王佐良认为："译者不仅是一个反叛者，而且是一个颠覆者。"⑤诗人译者往往更能带来颠覆的效果，关于郭沫若的语言，王家新认为其提供了"在中国诗中从未出现过的词汇、意象、语言节奏"，而对于穆旦的语言，他认为："发掘了语言本身的潜能，也增大了诗的艺术难度和容量"，使得"汉语诗歌呈现了一种新的可能性。"⑥王家新承续了前人所开辟的语言探索道路，坚持用一种较为艰涩的表达来呈

---

① 王家新：《翻译与诗建设》，《黄昏或黎明的诗人》，花城出版社 2015 年版，第 81 页。
② 王家新：《翻译与中国新诗的语言问题》，《文艺研究》2011 年第 10 期。
③ 王家新：《"新的转机"——1970 年代前后"创造之手的传递"和新诗潮的兴起》，《名作欣赏》2020 年第 7 期。
④ 王家新：《翻译与诗建设》，《黄昏或黎明的诗人》，花城出版社 2015 年版，第 83 页。
⑤ 王佐良：《谈诗人译诗》，《论诗的翻译》，江西教育出版社 1992 年版，第 2 页。
⑥ 以上均出自王家新《翻译与中国新诗的语言问题》，《文艺研究》2011 年第 10 期。

现原作，通过翻译探测汉语的诗性边界。他的翻译以及创作也招致了一些人的不满，正如曾经有人用"翻译体"评价穆旦的诗作一样，如今也有人用此来形容王家新的诗歌。王家新直面这一问题，阐释了自己的看法："正是这种带有异质性质的'翻译腔''翻译体'，在悄悄唤醒和恢复着人民对诗和语言的感觉。"① 在王家新看来，"翻译体"不是贬低或者嘲讽，而是推动语言革新的方式——"'翻译体'又有什么不好？多少年来正是它在拓展并更新着现代汉语的表现力，而'接轨'也并非为了成为别人的附庸。"② 通过翻译更新现代汉语的翻译观，与鲁迅的翻译理念不谋二合——"翻译——除出能够介绍原本的内容给中国读者之外——还有一个很重要的作用：就是帮助我们创造出新的中国的现代言语。"鲁迅一生翻译了大量的外国文学作品，为中国现代翻译文学作出了重要贡献，其致力于通过翻译来输入"新的内容"和"新的表现法"，提出"宁信而不顺"③的翻译准则，强调"译的'信而不顺'的至多不过看不懂，想一想也许能懂，译的'顺而不信'的却令人迷误，怎样想也不会懂，如果好像懂得，那么你正是入了迷途"④。王家新在关于翻译的文章中多次提到鲁迅"宁信而不顺"的翻译准则，借此警醒自己尽量规避那种为了合乎汉语规范而使语句变得通顺、流畅的翻译。那么，作为诗人译者，王家新是如何进行诗学实践以刷新语言的呢？

首先，在翻译语词使用上，追求陌生化效果。以翻译刷新既有语言的诗学意识，使他时时警惕自己不要落入固有的言语套路，选择陌生的语词进行翻译。例如，在翻译叶芝、茨维塔耶娃和曼德尔施塔姆时，都用到了一个新词——"死床"，如："死床的混乱结束""死床不再可怕""躺在我的死床上"以及"来自死床上玫瑰的缕缕芳馨"

---

① 王家新：《翻译文学、翻译、翻译体》，《当代作家评论》2013年第2期。
② 王家新：《取道斯德哥尔摩》，《坐矮板凳的天使》，中国工人出版社2003年版，第105页。
③ 鲁迅：《论翻译——答 J.K. 论翻译》，《文学月报》1932年6月第一卷第一号。
④ 鲁迅：《几条顺的翻译》，中国翻译工作者协会《翻译通讯编辑部》编《翻译研究论文集（1894—1948）》，外语教学与研究出版社1984年版，第230页。

等。"死床"不是汉语通用词汇,王家新没有选择用其他词语替代之,因为没有其他语汇比这两个字的组合能更精确地传达原诗含义。这样的翻译被认为是有难度的翻译,考验着译者的语言创造力。陌生化语词的运用与译者对既有词汇贫乏性的认识相关。王家新对翻译的要求是"宁愿'自造生词'也不套用现成习语的。我们可以在翻译时调动汉语言的资源,但目标应是对语言的激活和刷新"[1]。在王家新眼里,一种语言服务的对象是另一种语言,在翻译这种复杂的工作中,语言之间应当建立起必要的联动性,以实现语言的革新。他认为现代汉语"要求的只是不断地拓展、吸收、转化和创造"[2]。这里的"拓展""吸收""转化"以及"创造"是建立在对不同文化内涵充分理解的基础上对语言表象的一种处理,涉及一系列烦琐的工作,王家新倡导有难度的翻译,追求陌生化语言效果,不遗余力地为汉语注入生机活力。

其次,在诗歌创作上,警惕惯用语使用,借助翻译追求语言的陌生感,以刷新既有的语言系统。王家新提到诗人帕斯的一句话:"翻译与创作是孪生的行为。一方面,根据夏尔·波德莱尔和埃兹拉·庞德的情况所表明的,翻译往往与创作没有区别;另一方面,在二者之间存在着一种不断的交往,一种持续的相互孕育。"[3] 翻译过程中对译语的打磨和推敲,反过来影响着译者自身的语言表达习惯,使其创作语言无形中发生改变,融入新的元素。在从事诗歌翻译之前,王家新的作品更多描写的是古老中国的山水意境,如"拨开飘来荡去的雾气/沿着曲曲弯弯的记忆——在林子那边/展开了一片冻结的土地"(《冻土地》);"秋叶红了!当群山的额头/在冰凌的银色手指支撑下陷入沉思/秋叶却一闪一闪地、一阵一阵地红了"(《秋叶红了……》);"你

---

[1] 王家新:《奥登及其翻译》,《黄昏或黎明的诗人》,花城出版社 2015 年版,第 166 页。
[2] 王家新:《取道斯德哥尔摩》,《坐矮板凳的天使》,中国工人出版社 2003 年版,第 105 页。
[3] 王家新:《陈黎,作为译者的诗人》,《黄昏或黎明的诗人》,花城出版社 2015 年版,第 115 页。

潮湿、浓重的峡江的雾/缓缓升上封顶、低低地流进船舱的雾/在每一个早晨弥漫开来，使世界/皱起眉头"（《巫峡之雾》）……使用的多为现代汉语中惯用语。从事诗歌翻译后，他的观念开始发生变化，认识到自己应对"语言的创造、语言的'自我更新'作出贡献"[①]，诗歌创作的语词和表达系统开始更新。王家新有一首诗《纪念》，其中的部分章节从词语的选择到语气的停顿与转换，再到书写对象，都与前一时期有明显的不同。诗人的视线也从古老的中国大地转向西方世界。诗中出现了"众神的土地""凯撒大帝""帝国的意志"等非传统的新词，作品的气质与写作修辞不能不令人联想到曼德尔施塔姆的《让这些绽开的城市名字》中的"不是罗马，作为永久之城"，《欧罗巴》中的"大海抛出的这最后一片大陆""凯撒们的欧罗巴！"以及《大自然也是罗马》中的"为什么我们非得去打扰众神？"等诗句。同一时期王家新的作品中还出现了希腊神话中的语言元素，如"你想起了祖国，奥德修斯却在风暴中闪现"（《纪念》），"抵抗着塞壬诱惑的奥德修斯"（《伦敦随笔》）……王家新的语词系统与表意方式也在翻译的过程中不断得到更新，《瓦雷金诺叙事曲》《帕斯捷尔纳克》即是明证。对于前者，柏桦认为："王家新正是从《日瓦戈医生》这部'巨型词典'（罗兰·巴特语）中抽出了一套文本进行改写和重组，并在改写和重组中连接了自己的生命经验"[②]；关于后者，罗振亚认为："王家新和帕斯捷尔纳克间的互文，不过是在《帕斯捷尔纳克》中把后者被翻译的诗《二月》之句'直到轰响的泥泞燃起黑色的春天'，改写成'从雪到雪，我在北京的轰响泥泞的/公共汽车上读你的诗'"[③]，这些是中肯之论。但也应当认识到，王家新所做的并不是对原文进行简单的拼接或者摘取，罗兰·巴特的本文理论认为："任何本文都是互

---

① 王家新：《辨认的诗学——曼德尔施塔姆诗歌及其翻译》，《翻译的辨认》，东方出版中心2017年版，第271页。

② 柏桦：《心灵与背景：共同主题的影响下——论帕斯捷尔纳克对王家新的唤醒》，《江汉大学学报》2006年第3期。

③ 罗振亚：《1990年代新潮诗研究》，河北大学出版社2014年版，第73页。

本文；在一个本文之中，不同程度地并以各种多少能辨认的形式存在着其他本文：例如，先前文化的本文和周围文化的本文。"① 本文并不是单独存在的，是由多重碎片拼凑而成的，因此可以认为王家新是在用"互文"的形式与西方诗歌发生联系与交流，更新着自己的语词，更新着自己的诗歌意识。在王家新看来："在中国现代汉语诗歌的建设中，对西方诗歌的翻译一直在起着作用有时甚至起着比写作更重要的作用：它已在暗中构成了这种写作史中的一个'潜文本'。"② 王家新的《帕斯捷尔纳克》和《瓦雷金诺叙事曲》从诞生之初，评论者在提及它们时都无法忽视其与《日内瓦医生》之间的联系，围绕这种联系产生的话题有褒有贬，并且一直持续到今天。某种角度来看，无论是赞扬还是批评，在这种反复争论、不断研读的过程中，二者一定程度上已经演变成了《日内瓦医生》的潜文本。

　　语言更新带来了诗歌风格的转变。在王家新诗作《最后的营地》中，既有"生，还是死"这样不朽的莎士比亚之问；又有"一，或众多"这种让人联想到"一生二，二生三，三生万物"的道家思想，二者融为一体。他一方面吸收西方诗歌的语词、语法及句法等特点，另一方面保留着中国诗歌的血脉，西方诗歌的思辨性、逻辑性和中国诗歌的韵味在不知不觉中得以融合。如诗片断系列《反向》中的"对北方原野的追忆"就有这种特点。阅读这首诗，仿佛置身于高速行驶的火车上，视线朝向窗外广阔的原野，感情层层递增。当一个人来到远方时，他的内心却无时无刻不被质朴的北方大地所召唤，先是"为了让你看它最后一眼"，而后"看了你一眼"，此处到底是你看着原野，还是原野在看着你，已经无从分辨，或许也可以理解为一种对视。在与这片广袤的土地互相凝视之后，诗人不禁发出这样的感慨："你的家园在哪里？"一旦问出这个问题，便陡然生出一种悲怆之情，原本

---

① ［法］罗兰·巴特：《本文理论》，转引自王一川《语言乌托邦——20 世纪西方语言论美学探究》，云南人民出版社 1994 年版，第 250 页。
② 王家新：《取道斯德哥尔摩》，《坐矮板凳的天使》，中国工人出版社 2003 年版，第 102 页。

是对现实中家园、故土以及归属感的追问，而作为诗人，他其实是没有"家"的，他一直在语言中漂泊，放逐自己，因此他的泪水，不仅是为土地、为家园所流，更是一种对语言的奉献。这首诗具有思辨性，而诗中出现的"草垛""原野"以及题目中的"北方"等，瞬间让人联想到中国大地，可以说王家新是用思维逻辑串起整首诗，又灌注以原始的情感，使得所有的元素融合在一起。这种融合便是王家新所说的："当语言的封闭性被打开，当另一些语言文化参照系出现在中国诗人面前，无论在他们的创作中还是在翻译中，都自觉或不自觉地体现了一种语言意识。"[①] 可以看出，王家新经由翻译吸收西方诗艺，不断打磨自己的语言与行文方式，使得自身语言具有一种"放射性"与"收缩性"——前者是翻译之功，后者则是回望传统的结果，在融合中形成一种全新的语言意识，完成诗风的转变。

王家新曾经说："我们需要翻译并不仅仅是为了读到几首好诗，在根本上如本雅明所说，乃是为了'通过外语来拓宽拓深自己的语言'。"[②] 王家新个人诗歌风格的转变，很大程度上来源于他对西方诗歌的钻研和翻译，翻译带来的不仅仅是语词、语法及句法上的变化，还有诗歌深处"纯语言"的更新，在他看来，"任何一个国家的诗歌都不可能只在自身单一、封闭的语言文化体系内发展，它需要在'求异'中拓展、激活、变革和刷新自身"。[③] 这些决定了诗歌风格的变化。

第三节　达到"更高的忠实"

翻译如何最大限度地保留原语文本的面貌与精神，是翻译的根本诉求，每位译者都需要思考、处理这个问题。王家新直言："我的翻

---

① 王家新：《翻译与中国新诗的语言问题》，《文艺研究》2011年第10期。
② 王家新：《取道斯德哥尔摩》，《坐矮板凳的天使》，中国工人出版社2003年版，第103页。
③ 王家新：《翻译与中国新诗的语言问题》，《文艺研究》2011年第10期。

译观的前提仍是'忠实'"①,翻译必须忠实,忠实是翻译的基石;但他又说:"如果不能以富有创造性的方式赋予原作以生命,这样的'忠实'很可能就是平庸的,甚至是毫无意义的。"②王家新的翻译主要是英译汉,翻译对象多是德语诗、俄语诗,这就带来了一个问题,即作为一位德语、俄语水平无法直接翻译德语诗歌、俄语诗歌的译者,如何转译又能"忠实"于原作?这不仅需要掌握恰当的方法,更需要对翻译对象有透彻的理解,以一种"辨认"的姿态进行翻译。也许是由于转译过程中不可避免地会丢失原作的一些内容,王家新所信奉的"忠实"并非逐字逐句地将一种语言转换为另一种语言,那种复制式的翻译看起来做到了准确无误,实则只是一种表象的平移,过于刻板。在他看来,评判一首译诗"是要看在忠实于原作精神的前提下,能否在汉语中创造出无愧于原作的'对等物'。"③由此可见,王家新对"忠实"的理解,是翻译必须抵达并译出原作的精神和诗质,这就意味着翻译必须具有创造性——"翻译的目的绝不止于'忠实'地复制原作,它还必须以自身富有创造性的方式为诗和语言的刷新而工作。"④此处的"刷新",并非刻意求新,而是在彻底领悟原作的精髓后所达到的更深层次的翻译。王家新在翻译曼德尔施塔姆的《环形的海湾敞开》时,将最后几句译为:"你——深喉音的乌拉尔,多肌肉的伏尔加……而我必须以我全部的肺来呼吸你们",他知道"深喉音的乌拉尔""多肌肉的伏尔加"与原文有所出入,但他认为:"只有以这样的'再创造',才配得上曼德尔施塔姆在语言上惊人的创造力,也只有这样来译,才能给我们自己的诗歌带来一种灼热的语言上的冲击。"⑤在

---

① 王家新:《"一只燕子神性的抛洒"》,《黄昏或黎明的诗人》,花城出版社2015年版,第185页。
② 王家新:《"创造性翻译"理论和教学实践初探》,《写作》2018年第6期。
③ 王家新:《一个译者和他的"北方船"》,《诗潮》2015年第4期。
④ 王家新:《语言激流对我们的冲刷——夏尔诗歌及其翻译》,《翻译的辨认》,东方出版中心2017年版,第350页。
⑤ 王家新:《辨认的诗学——曼德尔施塔姆诗歌及其翻译》,《翻译的辨认》,东方出版中心2017年版,第272页。

他看来，翻译不是简单的直译，而是要以具有张力的语言表现原作内在的生命与诗意，通过"再创造"使译作在完成的那一刻也具有自身的力量。"深喉音""多肌肉""全部的肺"就是给译文带来灼热的语言冲击的"再创造"性翻译。

王家新持守翻译是"诗"的授权的观念，他曾经提出："'翻译的授权'来自哪里？看上去是来自原文，或来自原作者（或版权拥有者），但在根本上，是来自诗本身。如果一个译者不能与原作达成更深的默契，不具备一颗敏感的诗心和与原作者相称的语言技艺，那就无法胜任这种'授权'。如果你是一位'胜任'的译者，那么就为之献身，就让诗通过你翻译它的每一行。"① 基于这样的翻译信条，王家新在近三十年的翻译生涯中，一直非常认真、用力，使自己成为一名"胜任"的译者，所以他的译作总是力争达到既忠于原作，又具有一定的创造性。在翻译洛尔迦的《黑暗爱情秘密》时，他"冒昧替洛尔迦在汉语中写起诗来"②，将最后的意象大胆地翻译为"炸裂的荆棘"，认为是"诗"赋予了这种创造性表达以权力。王家新曾说："我想任何翻译都伴随着'抵达之谜'，这个'抵达之谜'就和'忠实'相关联。我们看到过那种亦步亦趋的、表面的忠实，也看到过一种通过'背叛'达到的忠实，当然我们还可以看到一种'更高的忠实'，那是伟大的翻译所达到的境界。"③ 以"忠实"实现"抵达"，而"忠实"又可以分为不同的层次，所以就有了不同的"抵达"。王家新追求的是"更高的忠实"，探求最大限度地还原诗歌从形式到精神层面的声音。在分析王佐良翻译的奥登的《蒙田》一诗时，王家新给出了如此评价："王佐良的译诗体现了对忠实的追求与创造性翻译之间的辩证关系"④；

---

① 王家新：《翻译的授权：对阿米亥诗歌的翻译》，《翻译的辨认》，东方出版中心2017年版，第286页。
② 王家新：《"绿啊我多么希望你绿"——洛尔迦诗歌及其翻译》，《十月》2016年第4期。
③ 王家新：《一只燕子神性的抛洒》，《黄昏或黎明的诗人》，花城出版社2015年版，第185页。
④ 王家新：《奥登的翻译与中国现代诗歌》，《中国现代文学研究丛刊》2011年第1期。

关于美国诗人雷克思洛斯对杜甫《对雪》一诗的翻译，他直呼："这种'大胆'的、出人意外的翻译，可以说创造出了另一首诗，却又正好与杜诗的精神相通！"① 在他看来，"更高的忠实"是真正"抵达"原语诗的途径，是一种创造性翻译。

作为转译者，王家新的译作大都参考了多个英译本，这往往需要付出比直译更多的艰辛和努力。他对原作拥有足够的敬畏，其翻译都会尽可能保留原作的难度。例如对茨维塔耶娃的《新年问候》的翻译。这首诗充满罕见的句式和突然的节奏变换，因此带来了相当程度的阅读和理解困难。王家新谈到该诗翻译时说："抛开了已译出的那几节译文，依据科斯曼的全译文，也参照了布罗茨基的部分英译及解读，重新译出了全诗。"② 王家新虔诚地面对该诗，既没有试图抹平其突兀之处，也没有转换为符合汉语习惯的表达，而是在翻译中努力保留原作的词语、句式等障碍。在完成这首诗的翻译后，王家新坦言："仿佛经历了一场巨大的磨难，但又充满感激，甚至有点'大功告成'之感。"③ 类似的情形在当年戴望舒翻译波特莱尔的《恶之花》时也存在，戴望舒认为："这是一种试验，来看看波特莱尔的质地和精巧纯粹的形式，在转变成中文的时候，可以保存到怎样的程度。"④ 翻译试验也可以说是对汉语诗歌写作进行探索。高度还原的翻译，与其说是尊重，不如说是在贴合原作的内在灵魂，并赋予译文同样独立的诗性和生命力。王家新对茨维塔耶娃的翻译，某种意义上，正是对本雅明所谓的"纯语言"的翻译与塑造，努力创造一种只存在于诗歌国度的诗性的语言，进行诗人与诗人的交流。

王家新在翻译保罗·策兰的作品时，将这种诗人间的交流上升到

---

① 王家新：《翻译文学、翻译、翻译体》，《当代作家评论》2013年第2期。
② 王家新：《茨维塔耶娃及其翻译》，《黄昏或黎明的诗人》，花城出版社2015年版，第155页。
③ 王家新：《为语言服务，为爱服务》，《黄昏或黎明的诗人》，花城出版社2015年版，第138页。
④ 戴望舒：《译后记》，《戴望舒诗》，浙江文艺出版社2001年版，第177页。

互相信任的程度。在翻译《死亡赋格》时，用极强的张力和高度的紧张感制造出了悲怆气氛。例如"我们在空中掘一个墓躺在那里不拥挤"中的"不拥挤"所带来的空间上的窒息感，瞬间拉近与死亡的距离，渲染了诗中的恐怖氛围，与原诗情感形式高度契合。而关于诗句"清晨的黑色牛奶我们在夜里喝/我们在早上喝在正午喝我们在傍晚喝/我们喝呀我们喝"（《死亡赋格》，王家新译，2002年版）的翻译，据王家新自己说，"我们喝呀我们喝"中的语气词"呀"在原文中并不存在，是他根据对全诗语感的把握所加进去的。他认为："加上'呀'这个语气词就不是'过度阐释'，相反，它在某种程度上恰到好处地传达了原诗的语感。"① 这种大胆的尝试，达到了他所谓的翻译的最高境界——"更高的忠实"。译者看似对原作擅自增添内容，实则是充分体会到策兰灌注在整首诗中的悲怆之情后所做的更契合原诗内在声音、语调及节奏的"再创作"，这种"再创作"的前提，在王家新看来是原作者与译者在诗性层面的信任。《死亡赋格》作为一首在德语世界具有极大影响力的诗歌，在中国存在数个版本的译文，除王家新之外，钱春绮、北岛、孟明等的译文在诗歌界也有较大反响，王家新没有因为这首诗的经典性而过于保守，他在2021年《灰烬的光辉：保罗策兰诗选》中对既有译文进行了一定的修订，将诗人间的信任推向另一个高度。在此版本中，他对既有翻译进行了如下修订："他命令我们开始表演跳舞"调整为"他命令我们给舞蹈伴奏"；"他用子弹射你他射得很准"调整为"他用铅弹射你他射得很准"；"你的灰色头发苏拉米斯"调整为"你的灰烬头发苏拉米斯"。这些是王家新在参照了更多诗人的译本，以及观看了相关艺术作品后所进行的修订，这种反复阅读、思考是王家新与策兰在精神层面的"对话"。对《死亡赋格》的翻译和重新修订体现了王家新不断地对人世间的伦理和苦难进行反思，这首诗的译文某种程度上也成为他的印迹之一，是

---

① 王家新：《隐藏或保密了什么——与北岛商榷》，《为凤凰找寻栖所：现代诗歌论集》，北京大学出版社2008年版，第40页。

他翻译生涯中一篇不可忽视的作品。

　　当然，王家新的这种"更高的忠实"的翻译诗学，仍然有值得商榷的地方。

　　首先，"更高的忠实"在理论上与"转译"存在矛盾。他的"更高的忠实"强调的是对"诗"的忠实，也就是在"诗"的意义上忠实原作，这是没有问题的；在忠实"诗"的意义上增删文字，目的是为了"赋予原作以生命"[1]，译出原作的诗意和生命力，这种创造性翻译理论，也没有问题，而且它们确实是诗歌翻译最应遵守的原则。但是，在王家新那里却有一个无法回避的现象或者说问题——他的俄语诗歌、德语诗歌翻译是由英语译本转译而来的。为什么要转译？因为他的外语水平决定了他无法直接以俄语、德语为底本进行翻译。在谈到这种"转译"时，他说："英文世界有许多优秀的俄罗斯诗歌译者，他们不仅更贴近原文，对原文有着较精确、透彻的理解（说实话，正是因为读了其英译，我在一些从俄语中'直译'过来的译文中发现了比比皆是的理解上的'硬伤'）。"[2] 这段话存在一些问题：第一，既然不太懂俄语，那么怎能判断英译文"更贴近原文，对原文有着较精确、透彻的理解"？第二，既然不太懂俄语而选择读英译本，那读了从俄语中直译过来的英译本，又怎能发现其"比比皆是的理解上的'硬伤'"呢？因为理解上的硬伤只有在与俄语本对照中才能发现。其实，在他那里，"更高的忠实"的对象是英译本，而不是俄语本或德语本。

　　从世界诗歌交往维度看，转译有存在的价值与理由，可以在互文性意义上理解为不同语种诗人之间的互文性交往与对话；而且，强调转译中以"诗"为诉求的创造性翻译，也是有道理的，因为译诗的目的是"诗"，是创造出新的诗歌作品。但是，这种创造性转译出的作品，严格意义上讲，就不是译本所依据的底本之底本诗歌了，换言之，

---

[1] 王家新：《"创造性翻译"理论和教学实践初探》，《写作》2018年第6期。
[2] 王家新：《茨维塔耶娃及其翻译》，《黄昏或黎明的诗人》，花城出版社2015年版，第153—154页。

王家新依据英译本所译的德语诗歌、俄语诗歌就不能称为德语诗人的诗歌、俄语诗人的诗歌了。这个应该分清楚。所以，"更高的忠实"对于转译诗歌来说，其真实性值得怀疑①。

其次，他以"更高的忠实"理论评判相关翻译现象，因"更高的忠实"是一个主观性太强的概念，以至其评判有时过于主观，难免前后矛盾。关于卞之琳和穆旦各自翻译奥登的《战时》一诗的评述，就存在标准不统一的地方。*Far from the heart of culture he was used* 是原文中的一句，穆旦将之译为"他被使用在远离文化中心的地方"，卞之琳的译文却是"他用命在远离文化中心的场所"，穆旦的翻译主要是直译，"他被使用"读起来有些不知所云，而卞之琳翻译为"他用命"则属于意译，更贴近原文精神。王家新对卞之琳这一翻译不以为然——"且不说'用命''场所'这类过于庄重的译语对原文的偏离"——显然其评判标准发生了偏离，没有看到卞之琳在此处的"创造性"处理，而近乎偏执地对他所特别热爱的诗人穆旦的翻译大加夸赞。穆旦将 *may also be men* 译为"也能有人烟"，对此王家新赞曰："平添了汉语本身的诗意和形象感"；卞之琳将 *daughter* 译为"女娃"，王家新则认为："无端地拉开了原诗中情感的距离，使原诗中那个面对无名士兵之死内心涌动的诗人变成了一个好为人师的老夫子。"② 穆旦所使用的"人烟"一词，为原作带来了中国诗词的意境，拉近了原诗与汉语的距离，属于更符合中国读者习惯的用语，与卞之琳的"女娃"具有同样的功能，而王家新的评论却加入了过多的个人情感，其评述标准不统一，或者说与他自己的诗学观相悖。"更高的忠实"追

---

① 2019年，王家新与汪剑钊之间关于俄语诗歌翻译之争，就是这个意义上的论争。王家新是在"更高的忠实"意义上，以"诗"为翻译的目的；汪剑钊强调的则是俄语诗歌翻译就应该以俄语诗歌为底本，不能偏离俄语诗歌的固有语义和诗意。他们各有道理，但是立论的依据不同，谈论的其实不是一个问题，所以无法达成共识。他们争论的本是诗歌翻译中很重要的现象，但是彼此只是隔空喊话，没有直接对话，且太多意气用事，相互讥讽，问题没有真正展开，这是很遗憾的事。

② 以上均出自王家新《穆旦：翻译作为幸存》，《翻译的辨认》，东方出版中心2017年版，第77、80页。

求译文与原作精神的契合度，以至于在评说相关翻译问题时，他主张为传达原作精神可以不拘泥于格律、韵脚等形式，认为一味追求形式贴合的翻译过于刻板，缺乏语言创造性。例如在评论卞之琳所译奥登作品时，他说："他刻意追求与原诗语言格律形式上的对应，有时也不免陷入了翻译的误区"①；在评价穆旦所翻译的济慈的《蝈蝈和蟋蟀》一诗时，关于译文中所丢失的节奏和韵律，王家新认为："穆旦就这样忠实地传达原作的诗质和精神，而又不拘泥于原文，更没有掉进'直译的陷阱'"②，并指出其对原作精神的高度把握和创造性翻译，是对译文形式上的某种"补偿"。叶维廉翻译的博尔赫斯的《渥品尼亚的士兵》，将原作十四行诗的形式改变为自由式，在王家新看来："这是一个相当大胆的举动，目的是摆脱原诗的形式框架而把其诗感呈现出来"③。先不论那些译文是否完全传达了原作的精神和诗质，单就诗歌形式来看，没有一定的形式就不可能有相应的诗质与精神；十四行诗是一种特殊形式的诗歌体，翻译不能不讲究其形式，没有相应的形式就不是十四行诗，或者说对十四行诗而言形式就是内容，没有形式就没有所谓的精神和诗质了，翻译只求所谓的精神、诗质，舍弃形式也就舍弃了精神和诗质了。翻译家许渊冲曾经提出："如果忠实于原文的形式和忠实于原文的风格是一致的，那译文就应该忠实于原文的形式。如果忠实于原文的形式和忠实于原文的风格之间有矛盾，那就可以不必拘泥于原文的形式。"④ 即内容与形式出现冲突时，可以舍形式而重内容，但一般情况下还是应当兼顾二者。如果笼统地将译文对原作形式的随意改变看作一种创造性行为，显然是不合适的，它消解了语言的表达力。正是语言自身蕴含的强大潜力使其能够胜任不同形式，译者应当充分挖掘语言的包罗性来适应不同诗歌体裁与形式，

---

① 王家新：《奥登的翻译与中国现代诗歌》，《中国现代文学研究丛刊》2011年第1期。
② 王家新：《穆旦：翻译作为幸存》，《翻译的辨认》，东方出版中心2017年版，第75页。
③ 王家新：《从众树歌唱看叶维廉的翻译诗学》，《翻译的辨认》，东方出版中心2017年版，第130页。
④ 许渊冲：《忠实与通顺》，《翻译的艺术》，中国对外翻译出版公司1984年版，第21页。

这也是对语言诗性边界的一种探测。

　　有学者曾质疑王家新所提倡的"创造性翻译"和"转译"理论，认为："王先生的'创造性'诗歌翻译理论，只会把对外国诗歌和外国诗人的研究变成对译者的研究"；关于转译问题，提出："想翻译曼德尔施塔姆，首先就要学俄文，而且要学好"；同时指出王家新"研究问题却总是脱离诗歌形式的分析"[1]。我们应如何看待这一质疑？首先，王家新将翻译视作再创造行为，强调译文对原作精神的传达，对"诗"的传达，抓住了翻译的目的与特征，一定程度上揭示了翻译的本质。相比于字句的准确性，对"诗"的创作性把握，无疑更科学；但不可否认的是，创造性翻译的前提是不能脱离原作，翻译不是脱离原作的改写，而是以原作为底本更深层次的把握与转换，这就需要译者与原作者之间存在精神上的默契，且译者应具有极强的原文阅读理解力。其次，转译有利有弊，其优点正如王家新所阐述的，有些英译者对原诗有较为透彻的理解，参考多个译本，有助于从整体上把握原诗的精神内核，有助于在"诗"的层面"抵达"原诗；不足之处则在于，转译容易丢失原诗的语义信息，丢失原诗所表达的特别的诗意。王家新曾经说："英美译者尤其是诗人译者在翻译观念上更大胆，也更看重在英文中重写原诗的可能性"[2]，那么根据英美译者这种"重写原诗"的版本所转译的作品，跟原作相比又有多大的可信度呢，它虽然有自己的诗意，但它还是原来那首诗吗？王家新转译本的某些瑕疵显然与此有关。再次，关于韵脚、格律等诗歌形式的翻译，一方面，过于追求不同语种之间完全对等的形式转换，显然是不现实的，生硬的形式转换会给人生硬之感，也无助于"诗"的营造与传达；另一方面，以诗译诗，如果完全脱离原文的节奏与形式，只追求对精神的传达，那更不可取，因为很多时候诗歌的内容与诗质是通过韵脚的切换以及音节的轻重等来表达的，形式即内容，没有一定的形式也就没有

---

[1] 丁鲁：《说说王家新先生的"翻译诗学"》，《文学自由谈》2018年第5期。
[2] 王家新：《一个译者和他的"北方船"》，《诗潮》2015年第4期。

相应的内容，也就没有相应的"诗"了。

　　总的来看，王家新的翻译理念，是为了实现"译者的现身"。他曾提出："在最近出版的由谢冕先生主编、一批新诗学者参与编选的堂堂十卷本《中国新诗总系》中，诗歌翻译等于不存在。我们看到的并不是真实的、互动的诗歌和语言的历史。"①王家新的这番言论，表达了他对翻译工作的重视，希望翻译在文学史、诗歌史中能够占据一席之地，扭转一直以来存在的"原著中心论"。改变翻译所处的从属、次要的地位，使其能够与原作平起平坐，实质是改变译者的边缘地位，肯定其工作并赋予其充分的主体性，最终达到让译者通过翻译现身。王家新在其任职的高校开设了创造性写作课程，他的创新之处在于将翻译纳入"创造性写作"的范畴，理由是"如果说翻译的第一步是读懂原诗，第二步就是重构一个与原作'等值'的文本。它要求我们能够胜任，能够担当起一部作品在汉语中的命运。所以教翻译，在这种意义上就是教创作，就是培养一种在深刻理解的前提下对原作进行创造性重构的写作能力"。②此处王家新提到的重构与原作等值的文本，便是将译本从原作中独立出来成为具有同样价值的文本，这种理念已经十分接近韦努蒂的"异化"翻译观，韦努蒂反对那种归化的、透明的翻译，认为在这样的翻译文本中，译者被隐形了，正因为此，他认为"异化翻译要彰显原文的差异性"③。而王家新将翻译归为"创造性写作"的做法，正是通过翻译体现目的语的独特性与译者的想象力、创造力，让译者现身。

---

① 王家新：《翻译与中国新诗的语言问题》，《文艺研究》2011年第10期。
② 王家新：《"创造性翻译"理论和教学实践初探》，《写作》2018年第6期。
③ [美]劳伦斯·韦努蒂：《译者的隐形——翻译史论》，张景华、白立平、蒋骁华主译，外语教学与研究出版社2009年版，第20页。

第六章　诗学总体特征与反思

王家新的诗学观散见于诗论、诗学笔记、诗歌访谈、诗歌评论等文本中，涉及的话题多，内容较驳杂，包括"神秘主义诗学""承担诗学""词语诗学""晚期风格诗学"以及"翻译诗学"等。它们一方面有各自的内在规定性，反映了王家新在不同的创作阶段的诗思，具有突出的个人性和时代特征；另一方面，彼此交叉渗透，在具体语境中，相互阐释与支撑。本章将从"个人体验性""时代问题性""世界对话性"和"守望与突围"四个方面，阐述王家新诗学的总体特征，并从理论与创作关系等维度，进行理性反思。

第一节　个人体验性

作为一名诗人诗论者，王家新的诗学观具有突出的个人体验性，他的诗歌观念主要不是源于间接知识，而是与其个人经历、切身创作体验以及批评实践等有着直接而深刻的关系；即便是其中的"晚期风格"诗学这一与策兰、阿多诺等有直接关系的理论，也是经过他的心理过滤、理论批评和创作实践而内化形成的。因此，王家新的诗学属于个人体验型诗学，其诗创作与个人经历密切相关，而诗创作又持续地影响着其诗学观的建构。

王家新的诗歌创作，大致分为三个阶段：第一阶段基本上覆盖了整个80年代；以1990年为界，进入第一个转型期，也就是第二阶段；以2000年的《冬天的诗》和《变暗的镜子》为标志，进入诗创作的新阶段①，即第三个阶段。因此可以说，王家新的诗歌创作阶段性特征极为明显，并且每个阶段的特点都非常鲜明。具体来看，王家新初涉诗坛之时，骨子里有着传统诗人的浪漫主义气息，作品题材主要涉及两类：一类是自然风光，例如《巫峡之雾》《神女峰下的沉思》《雪山祈水歌》《呼伦湖》等；另一类是自我抒怀，如《青春的历程（组诗）》《"希望号"渐渐靠岸》《星空：献给一个人》等。这两类诗从本质上来看都属于青春叙事曲，在呐喊中完成激情的释放，表达对理想、生命力的热切渴望。然而，一个诗人不会一直处于亢奋之中，激情过后，王家新逐渐沉淀下来，他对前一段的抒情进行了反思，"这时再回头看那些青春期的抒情，不过是一种感情的夸饰，真正的诗意却没写出来"。②于是，他开始在诗歌中追求人与自然的合一，写下了《朝圣路上的札记——武当山纪行》《纪念碑》等作品；他创作于1984年的诗歌《中国画（组诗）》则将人与自然的结合提升到了一个新的境界。关于这首诗，程光炜曾给予这样的评价："出于生存的考虑，呐喊方式在这里显然是行不通的，它只能通过象征、隐喻乃至曲笔将其发散给读者。"③随着青春激情的消退，他进入领悟人生真谛并泰然处之的心境，早期创作经历了一个从成长到成熟的转变。因此，他该时期的诗论文章主要从人与自然、与世界的和谐共生关系入手，探讨诗歌的生成机制，强调诗人对"通达"的领悟和对诗的瞬间把握。

1989年，王家新出版了自己的第一本诗歌评论集《人与世界的相遇》，在这本诗集中，他集中探讨了人与世界的互相进入，语言的自我生成以及生命在诗歌中的显现。透过这些文章，能够看到王家新突

---

① 王家新：《"你的笔要仅仅追随口授者"》，《黄昏或黎明的诗人》，花城出版社2015年版，第14页。
② 王家新：《我对"诗"的把握》，《人与世界的相遇》，文化艺术出版社1989年版，第23页。
③ 程光炜：《王家新论》，《南方诗志》1993年秋季号。

出的自我意识，他不断寻求对自我界限的突破，从自然到宇宙，力求达到"天人合一"的境界。他的核心观念是："诗，正来自于这种人与世界的'相遇'。"此时的王家新，特别强调"顺其自然"，这与他的遭遇不无关系。王家新从全国知名的高等学府毕业，分配到偏远地区的师专工作，经过几年的历练，又来到中国的文化中心北京，这种经历深深地影响着王家新对世界的认知以及对诗歌的理解。他认为写诗伴随着个人境界的攀升，由"迫于一种生命内部的需要"到"从诗的表层退出而潜入其内部，让他所创造的世界替他说话"，再到"澄怀观道，心与道合，在对现实和自我的双重超越中，以诗的光芒为我们照亮出一个世界的存在"。[1] 这种"心与道合"的淡泊宁静的诗歌观念，已经十分接近中国古人那种超然于物外的思想。王家新曾引用王维的诗句"玩奇不觉远，因以缘源穷。遥爱云木秀，初疑路不同。安知清流转，偶与前山通！"[2] 来阐释自己关于"悟"与"通"的诗歌理念。能够看出，王家新尤为强调诗人的个人感觉与语言的融合，并在这种融合中进入生命的内部，从而感受到世界的存在。所以在他的诗学文章中，总能看到类似"穿过那种通常的、人们对事物既有的感觉，而进入到一种奇特的、只有在诗的深层体验中才能获得的感觉之中"。[3] 他曾经形容："艺术是难以用理性来'分析'的，它要求我们的，也正是超出常规性反应而打开自身的内在之门，以和它发生更深层的感应"[4]，他强调："以'精神'来贯通我们所体验的各种层次，并在语言的作用下，让生命与万物、内部世界与外部世界相互兴发、演化为一种诗的存在。"[5] 力求将个人感受、精神世界以及更深层次的存在相结合，达到对生命的融合与超越。

---

[1] 以上均出自王家新《人与世界的相遇》，《夜莺在它自己的时代》，东方出版中心1997年版，第3页。
[2] 王家新：《对话：谈"通"》，《人与世界的相遇》，文化艺术出版社1989年版，第45页。
[3] 王家新：《我对"诗"的把握》，《人与世界的相遇》，文化艺术出版社1989年版，第24页。
[4] 王家新：《一只手掌的声音》，《人与世界的相遇》，文化艺术出版社1989年版，第21页。
[5] 王家新：《对话：谈"通"》，《人与世界的相遇》，文化艺术出版社1989年版，第44页。

王家新早期这种以悟道为核心,以精神通达为导向的诗歌创作及诗学观念,随着80年代末90年代初诗坛的新一轮变革而终结,这时候"一批活跃诗人还根据自身的历史意识与写作境遇,进行'转型'的设计和调整。他们从理论与写作实践上,刻意突出与80年代第三代诗的差异"[1]。而王家新便是这批"活跃诗人"中的一员。他们的转型主要针对80年代诗歌中的"不及物写作""纯诗写作"以及"零度写作"等,主张对文本的回归,强调诗歌创作的历史性和经验性,提倡"个人写作""叙事写作""日常写作"等关于诗歌创作的新理念。于是,"90年代诗歌"以新的面貌登上历史舞台。在这种大的时代背景下,王家新迎来了个人的诗歌转型期。据他自己所说:"20世纪80年代末对我个人很重要……1989年标志着一个实验主义时代的结束,诗歌进入沉默或是试图对其自身的生存与死亡有所承担。"[2] 90年代诗歌与朦胧诗和第三代诗歌最大的不同在于,其集体意识逐渐减弱,不再以诗歌流派分类,进入新的个人化写作阶段,呈现出多元化的局面。从王家新的作品来看,他的诗歌视野更为开阔、宏大,并且着重关注诗歌的内部问题。在曼德尔施塔姆、阿赫玛托娃、茨维塔耶娃、帕斯捷尔纳克等俄苏诗人的影响下,王家新的作品中现出一种"承担精神",他的诗歌风格较之前变得严肃、凝重,而他也在创作之余建构自己的承担诗学——"如何使我们的写作成为一种与时代的巨大要求相称的承担,如何重获一种面对现实、处理现实的能力和品格,这是我们在今天不得不考虑的问题。"所谓"承担"并非一种写作的姿态或技巧,它意味着切实背负起命运和时代的重量,所以王家新尤为看重诗歌与历史及生存经验的摩擦。彼时整个诗坛都在对游离于文本之外的写作提出质疑,而王家新也对此进行反思,他指出:"我一点也不否认中国现代诗八十年代以来在诗艺、语言形式革新和风格多样化

---

[1] 洪子诚、刘登翰:《中国当代新诗史》,北京大学出版社2010年版,第298页。
[2] 王家新、陈东东、黄灿然:《回答四十个问题(节选)》,张桃洲:《王家新诗歌研究评论文集》,东方出版中心2017年版,第448页。

等方面的进展，但在这个过程中人们也付出了他们没有意识到的代价，那就是一种面对现实、处理现实的品格和能力的弱化，甚至丧失。"① 王家新并非要完全否定"纯诗写作"，认为它在 80 年代对于唤醒艺术审美和诗歌语言意识有一定的积极意义，但是在 90 年代特殊历史环境下，中国社会经历了极大的动荡与变革，这种写作追求已然失效，诗歌无法超越现实、逾越历史而在一个虚空的层面存在，诗坛需要真正有力度的作品。有的面对现实直观地展现出市场经济下城市街头巷尾的景象（《蒙霜十二月》）；有的将个人生活脉络纳入历史发展的维度，呈现出史诗般的气度（《回答》）；还有的从时代背景出发思考个体生存境遇，并且在精神上达到一定的高度（《帕斯捷尔纳克》《瓦雷金诺叙事曲》）……它们的共同之处在于，正视真实的生存境况，同时具有历史的厚重感。基于这样的创作体验，王家新提出："诗歌不仅体现了人类古老的审美想象力和创造力，它更是历史本身锻造出来的一种良知。"② 可以说，这种独立的、具有批判意识和历史意识的诗歌观念，贯穿了王家新整个 90 年代，也成为他写作的标尺。

2000 年以后，王家新的个人生活发生了变动，在漂泊数年后再次回归家庭，这种变动对其诗歌风格和诗学观念均产生了一定的影响。用他自己的话来说："变化的是某种风格与境界，不变的是'灵魂'——这在一开始就被注定，却需要我们以漫长、迂回的一生来发现。"③ 王家新 90 年代诗学的核心是"承担"；那么进入 21 世纪，他的诗学核心则是"辨认"。这两种诗学理念具有同样的精神内核，它们都来自同一个"灵魂"深处，只是变换了角度，从过去广阔的、宏观的视角转向了微观视角。该时期不乏《八月十七日，雨》《田园诗》《牡蛎》《和儿子一起喝酒》《塔可夫斯基的树》等佳作，诗歌的语言不再紧张和

---

① 以上均出自王家新《阐释之外：当地诗学的一种话语分析》，《文学评论》1997 年第 2 期。
② 王家新：《从一场濛濛细雨开始》，《读书》1999 年第 12 期。
③ 王家新、陈东东、黄灿然：《回答四十个问题（节选）》，张桃洲：《王家新诗歌研究评论文集》，东方出版中心 2017 年版，第 442 页。

当代诗坛的独行者

尖锐,也少了许多宏大的词汇,但平实的语言并不能掩盖作品的光芒。不论是《八月十七日,雨》中,一场降落在身体里的雨所引起的时间、空间的变换——"向南,是雨雾笼罩的北京,是贫困的早年/是雨中槐花焕发的清香/是在风雨中骤然敞开的一扇窗户/是另一个裹着旧雨衣的人,在胡同口永远消失",《牡蛎》一诗的不可阐释——"'其实,掰不开的牡蛎才好吃',在回来的车上/有人说道。没有人笑,也不会有人去想这其中的含义",还是《塔可夫斯基的树》中对艺术孤独、荒凉的描写背后透出的敬畏——"在这岛上/要找到一棵孤单的树真难啊/问当地人,当地人说/孤单的树在海边很难存活/一棵孤单的树,也许只存在于/那个倔犟的俄国人的想象里"……都让人感受到王家新的诗艺正在步入另一重境界。这时期的王家新认为:"写作不仅是一种艰辛的辨认,还应是对这种辨认的确立和坚持:让它成为一种良知、一种语言的尺度。"① 王家新在《田园诗》中写道:

> 我从来没有注意过它们
> 直到有一次我开车开到一辆卡车的后面
> 在一个飘雪的下午
> 这一次我看清了它们的眼睛
> (而它们也在上面看着我)
> 那样温良,那样安静
> 像是全然不知它们将被带到什么地方
> 对于我的到来甚至怀有
> 几分孩子似的好奇

诗中那来自羊群的"温良""安静"的眼睛和它们"孩子似的好奇",显现出王家新作为一个诗人的良知。他可以将自己的感情和全

---

① 王家新:《诗歌的辨认》,《黄昏或黎明的诗人》,花城出版社2015年版,第62页。

部身心放在对时代的反思，对命运的承担中，也可以将这种大爱置于一个弱小、无助的生灵之上，而这何尝不是另一种写作的尺度呢？

90年代的王家新，善于从一种普遍的、大众的生存环境和生活状态中寻找切入点，这个切入点往往是整个社会的症结所在，他也因此被树立为那个年代诗坛的标杆之一；而进入21世纪以后，王家新所关注的，是个人生活中的细节，并从细节中寻找诗歌存在的线索，这种寻找便是"艰辛的辨认"。由此也可以看出，王家新不仅能写出恢宏气势的具有时代回响的作品，他还有细腻的一面，这种细腻并非简单地向日常生活回归，而是在平凡、朴实的语言中找到诗歌书写的另一种可能。除此之外，王家新近年来的诗歌越来越多样化，有《黄河三题》《写给未来读者的几节诗》《伦敦之忆》《翻出一张旧照片》以及《旁注之诗》等，很难对它们进行定位与归纳，甚至从中无法找到像往常那种鲜明的主题。在与诗歌厮守了四十年之后，王家新坦言他想把诗歌"写得更自由一些"，他用南宋诗人严羽《沧浪诗话》中的"其初不识好恶，连篇累牍，肆笔而成；既识羞愧，始生畏缩，成之极难；及至透彻，则七纵八横，信手拈来，头头是道也"来形容自己当前的写作状态[1]，甚至在面对"创伤"这样沉重的命题时，他也给出如下观点："'创伤'无需刻意挖掘，它就在那里，就看我们能不能感到它并接受它痛苦的注视。"[2] 此时的王家新再次到达一种"通透"的境界，这与他在80年代所领悟的"通"有了很大的区别，年轻时他是在遭遇挫折后褪去激情，对未来道路有意无意地进行"淡化"处理；而此时的王家新是在领受了生活所赋予他的一切之后，自然而然进入一种从容的境地，在这种境地，他能够自由地创作，不再拘泥于主题，也不必再将"难度写作"奉为黄金准则。所以他发出这样的感悟："我们也只有在与他者、与世界、与事物的关联和体认中才能认

---

[1] 王家新：《诗歌的"内与外"》，《写作》2019年第1期。
[2] 王家新：《写作，创伤与治愈》，《扬子江评论》2018年第3期。

识和找回我们自己。"① 王家新在多年以后又一次拥抱世界，而这次他选择的是从内心深处去靠近，因为当你向外无限延伸，最终都会回到心灵深处。

由此可见，王家新的诗学观呈现出明晰的个人阶段化特征。其诗学是一种来自个人创作实践的诗学，与他的生活经验密不可分，是个性化诗歌探索历程的反映。个人体验型诗学是诗人对自己创作感受的提炼与概括，与创作之间构成互生关系，是一种内生的具有实践品格的诗学，真切而具有内在的生命力，在80年代以降喧闹的当代诗坛，他正是以自己个人体验性的诗学，承担了时代诗歌的重量。当然，其个人体验性诗学也存在一定的局限性。首先，以主观经验带动的诗歌创作以及诗学观的转变，往往缺少一定的历史过渡期，容易引起创作风格的"断代"，这种断代在其从80年代进入90年代时，表现得最为明显。例如他在90年代初开始自己的第一段旅欧生涯，这一时期他的作品具有很浓的异域性，大量堆砌如"欧罗巴""城堡""教堂"等字眼，显示出他的强烈的转型渴望，但是他对这种转型的驾驭力还不够，内在的艺术支撑力不足，以至于部分作品显得较为生涩。诗歌风格的转变需要不断实验、逐步积累，是一个循序渐进的过程。其次，容易引起前后诗学观相矛盾的现象。王家新80年代的诗学观是围绕诗的"存在"以及人与诗歌、与世界的关系而展开，在诗歌本体论的牵引下，他将诗写作的过程看作一种自然的生成过程，而诗人受命于诗歌，在诗歌"自我觉醒"的过程中只起到辅助性作用。他曾经认为诗在人和世界的相遇中产生："这种相遇唤起了他内在的精神性格感知力，使他产生了某种'存在'的呼应，从而超越实生活而进入诗中。"② 在此时的王家新看来，诗人能够超越现实生活进行创作，而这种超越是在诗歌本身的引领下所达成的，诗歌是在一种更高的境界中显现与升华；而进入90年代以后，王家新强调诗歌创作与现实相结合，同时他

---

① 王家新：《诗歌的"内与外"》，《写作》2019年第1期。
② 王家新：《人与世界的相遇》，《夜莺在它自己的时代》，东方出版中心1997年版，第3页。

对诗歌的理解遵循"诗是经验"的理念,诗人的能动性大大增强,他认为诗歌是在诗人不断地练习与工作中所产生的,并且坚持"难度写作"。在此时的他看来:"诗意的呈现,尤其是诗歌可能性的呈现,总是伴随着对某种难度——有时甚至是一种'看不见的难度'——的克服。"① 而他过去所信奉的诗歌自我生成理念不复存在,他摒弃了诗歌来自上天或者来自召唤的观念,这种变化无疑会带来一种前后矛盾的感觉。从发展的角度来看,一个诗人的诗学观处于不断变化中,是一种动态的过程,但是从他90年代的诸多诗学文章看,他过于看重诗歌与历史、生活经验的结合,对于那种超越现实生活而创作的诗歌持不信任态度,而这种态度似乎是对前一个阶段的否定。作为一位诗歌批评家,前后对比过于明显的批评在一定程度上切割了他的诗学观,破坏了其整体性,从而不利于他建构逻辑连贯、结构完整的诗学理论体系。再次,个人经验性、体验型诗学,囿于个人经验、感受,其对诗歌现象的解释也往往存在宽度和力度不够的问题。一个人的经验有时具有普遍性,有时则完全是个人化的;有时具有较为广阔的应用价值,有时则是狭隘的没有多大价值。即是说,限于个人视野、知识和趣味,个人的经验和体验用来解释自我创作现象有力量,但用来解释普遍性创作现象可能就没有针对性,所以其个人经验性、体验性诗学理论在适应度和解释力上便具有先天的不足。

第二节 时代问题性

王家新的诗学,如上所论,是他个人创作经验的表达,具有独特的个人体验特征,属于体验型诗学;同时他的思考从未真正离开当代诗坛和所处的时代,他的诗歌观念大多是以自己特别的视角审视、回应当代诗坛问题的结果,具有很强的时代特征性。

---

① 王家新、陈东东、黄灿然:《回答四十个问题(节选)》,张桃洲:《王家新诗歌研究评论文集》,东方出版中心2017年版,第437页。

臧棣认为："每一个时代的诗歌都会选择一些独特的诗人，作为折射它自身所隐含的深邃的艺术内涵的一面镜子"，而王家新就是"能映现出我们时代的诗歌的这样一面镜子"，他的诗学不仅是个人创作经验的提炼，也是对80年代中期以降的诗歌所隐含的艺术内涵的挖掘与总结。在臧棣看来，王家新的创作"呈现出当代中国诗歌在我们这个时代中所处的一些具有经典性的状态"[①]。他对诗歌的思考与观念同其创作一样，亦呈现出时代的经典性状态。在这个意义上，他就是当代诗坛一个重要案例，他的诗学具有标本性价值。自改革开放始，中国逐渐向市场经济进发，经济发展带来的社会生活世俗化，暴露出从社会层面到个人层面的诸多问题，例如社会对金钱、利益的推崇，个人对快速消费的追逐等。这些问题蔓延到诗坛，加速了诗歌的边缘化——"现代汉诗一方面丧失了传统的崇高地位和多元功用，另一方面它又无法和大众传媒竞争，吸引现代消费群众。"[②] 在这种时代背景下，诗人们无可避免地开始思考个人与时代、诗歌与时代的关系。王家新置身其中，诗创作成为对时代的一种拷问，其诗学观具有鲜明的时代感与问题意识。他置身当代诗坛，在诗歌创作发展的关键时期，对一些重要的诗歌现象与问题进行思考，发出声音；同时能守住诗人的本分，从个体出发，关注诗歌与时代的关系，与时代保持必要的距离。他的诗学时代问题意识突出，是一种介入性诗学。

"知识分子写作"最早在1987年《诗刊》举办的第7届"青春诗会"上被西川、陈东东以及欧阳江河等提出后，诗坛关于该命题的阐释一直存在争议；到了90年代中后期，围绕着建构"诗歌秩序"所引发的"对诗歌象征资本和话语权力的争夺"[③]引发了"知识分子写作"阵营与"民间写作"阵营的对垒；接下来，随着"二十世纪末中

---

① 以上均出自臧棣《王家新：承受中的汉语》，《诗探索》1994年第4期。
② 奚密：《从边缘出发——现代汉诗的另类传统》，广东人民出版社2000年版，第2页。
③ 姜涛：《可疑的反及反思话语的可能性》，王家新、孙文波：《中国诗歌九十年代备忘录》，人民文学出版社2000年版，第137页。

国诗人自选集"丛书①、"九十年代中国诗歌"丛书②、程光炜编选的《岁月的遗照》③、杨克主编的《1998中国新诗年鉴》④等一系列诗歌选集的出版和发行,以及1999年4月16—18日在北京盘峰宾馆召开的"世纪之交:中国诗歌创作态势与理论建设研讨会","知识分子写作"与"民间写作"的冲突达到高峰。王家新作为亲历者,以一系列的诗歌创作和诗歌批评回应了新诗发展所面临的困境。尤其是作为"知识分子写作"的中坚力量,在跨年代的"知识分子写作"论争中,他撰写了两篇重要文章——《阐释之外——当代诗学的一种话语分析》⑤和《从一场濛濛细雨开始》⑥,阐述自己的观点。

王家新对论争的热门话题"写作立场"做出如此阐述——"诗人不属于任何帮派或阵营,也不应受到任何权势或集体的规范。他生来属于'自由的元素'……他只有个人立场,或者说在一个充满各种蛊惑的时代他对任何标榜的'立场'都应保持必要的警惕。"⑦"写作立场"问题既是诗人必须独自面对的问题,又是80年代末至90年代文化转轨时代诗人群体面临的共时性问题,是那个时期中国诗歌发展的核心问题。在诗坛各派观点"大混战"的情况下,王家新保持着独立、自省的态度,坚守"自由的元素",对各种人为的立场保持警惕,摒弃"二元对立"思维方式。二元对立的思维方式是时代弊病,在王家新看来:"正是它把文学与政治、文本与语境、中心与边缘、永恒与当下、普遍性与具体性、责任与自由等等对立起来或是相互隔绝起来,造成了八十年代以来中国现代诗歌的某种病态和畸形"。这是他对一个时代诗歌病症的诊断。"二元对立"思维是一种顽症,一种痼

---

① 西川、欧阳江河、王家新、陈东东:《二十世纪中国诗歌自选集》,湖南文艺出版社1997年版。
② 洪子诚:《九十年代中国诗歌》,文化艺术出版社1998年版。
③ 程光炜:《岁月的遗照》,社会科学文献出版社1998年版。
④ 杨克:《1998中国新诗年鉴》,花城出版社1999年版。
⑤ 王家新:《阐释之外——当代诗学的一种话语分析》,《文学评论》1997年第2期。
⑥ 王家新:《从一场濛濛细雨开始》,《读书》1999年第12期。
⑦ 王家新:《知识分子写作,或曰"献给无限的少数人"》,《诗探索》1999年第2期。

疾，危害着诗歌的健康发展，渗透到诗坛的各个角落，例如关于诗歌创作的"中国话语场"与"国际诗歌"关系之争中，也有这种问题。关于"中国话语场"与"国际诗歌"，王家新认为："所谓超语境的'国际诗歌'是不存在的，那种抽象的非历史化写作也不能获得它所期望的意义。"在他看来："提出'中国话语场'，在某种意义上正是为了结束这种'不知所措'，为了使我们的写作在我们所意识到的历史条件下重新达到一种自我限定，重新考虑我们的写作依据、差异性、具体性及指向性等问题。"① 这种观点从诗的意义上消解了二者的对立性。在特殊的时代处境中，王家新将写作落脚点归于具有独立批判意识以及广阔文化视野的"个人写作"中，彰显了知识分子写作的诗学观。在时代话语纷争中，王家新没有局限于话语权力、写作流派等具体问题，而是审视着时代诗歌的关键论题，从诗坛具体问题背后挖掘出整个时代的诗歌症结。

带着对诗歌时代性问题的审视，王家新将焦点对准"个人"。直面时代，他更愿意接受那种"同时代就是不合时宜"（罗兰·巴特）的观点，所以他刻意与时代保持一定的距离。他曾经在一篇获奖致辞中提到："我属于这个时代吗？当然属于，但作为一个诗人，恕我在这里直言，我更属于虚无。"② 自我、时代与虚无，构成一种深邃的关系链，作为诗人的真实生命体验是这种关系的纽带。王家新天性敏感，当他看到消费时代犬儒主义的到来，深知这种享乐意识不仅会渗透生活的每一个方面，更会入侵诗歌创作空间。诚然，市场经济体制与文化艺术的结合会出现偏差——"把依托市场的通俗文化和消费文化观念，简单地套用于创造性的文学活动，无视真正的文学创造所应当追求的独创性和思想、艺术深度，结果导致了这期间的文学创作在不同

---

① 以上均出自王家新《阐释之外：当代诗学的一种话语分析》，《文学评论》1997 年第 2 期。
② 王家新：《首届"苏曼殊诗歌奖"获奖致辞》，《在一颗名叫哈姆莱特的星下》，中国人民大学出版社 2012 年版，第 51 页。

第六章 诗学总体特征与反思

程度上也出现了一种时尚化的偏向。"① 这种偏差使得诗歌、小说、散文、音乐逐渐被物化，成为一种"文化消费"，这是对艺术的侵蚀。王家新对此保持着警惕："消费时代以它外表的奢华掩盖了其内在的贫乏，不仅如此，它也在生产着、推销着这种贫乏。"王家新的态度极其鲜明，他所要警惕的，是那些借"文化"之名，行"消费"之实的行为。当消费文化已经成为诗歌创作的重要力量与表达元素时，王家新对待时代的方式是近距离观察，远距离存在，做一个清醒的审视者、游离者，这也许就是他所谓的属于时代又属于虚无的意思。

面对消费时代，他选择的抽身方式便是写作。他认为："我们不可能生活在消费社会之外，但我们一定要保持清醒。更重要的，是要通过我们的写作，拒绝成为消费的对象，或者说，让消费社会不那么好消费你。"② 通过写作屏蔽消费文化杂音，抗拒消费时代，维持自我的独立性，这种与时代保持距离，甚至存在一定的错位感，既是一种历史概括，更是一种文化姿态言说。因此，王家新在80年代拒绝被纳入各类诗歌流派，在90年代拒绝将《帕斯捷尔纳克》和《瓦雷金诺叙事曲》标签化，在新世纪拒绝写出能够提供明确意义的作品……他通过一系列"拒绝"抗拒被同化，保持清醒和独立。换言之，王家新从个体视角出发审视时代，但与时代保持必要的距离，真正化身同时代人——"成为同时代人也就意味着能够以意料之外的方式阅读历史，并以此向我们未曾在场的当下回归。"③ 通过游离介入时代，阅读时代，以回归当下。这是王家新在消费时代所确立的一种处理自我与时代、诗歌与时代关系的诗学。

王家新的诗学是回应当代诗坛问题的产物，具有鲜明的时代感。他坚持知识分子写作，倡导以诗歌承担时代的重量，以诗歌介入纷繁

---

① 於可训：《中国当代文学概论》，武汉大学出版社2016年版，第219页。
② 以上均出自王家新《诗歌与消费社会——在尤伦斯艺术中心的讲座》，《在你的晚脸前》，商务印书馆2013年版，第30、34页。
③ 王家新：《诗人与他的时代——读阿甘本、策兰、曼德尔施塔姆》，《塔可夫斯基的树：王家新集1990—2013》，作家出版社2013年版，第232—233页。

· 207 ·

的时代,认为:"我们现在需要的正是一种历史化的诗学,一种和我们的时代境遇及历史语境发生深刻关联的诗学。"① 如何处理时代问题,对中国诗人来说是一大难题。当代新诗史为他提供了某种经验教训,即不能成为时代的传声筒;而西方"同时代就是不合时宜"的思想又给予了他某种启示,所以他既强调时代承担意识,又强调与时代相错位、疏离的诗歌观念,使得他的诗学中存在着一种潜在的话语冲突性。也许,对一个西方诗人来说,以游离时代的方式介入时代并不矛盾,也可以在创作中践行之;但是对于王家新这类深受中国功利主义诗歌观念影响,且又历经新中国数十年时代宏大叙事影响的诗人来说,却很困难。面对各式各样的时代命题,他虽然时时提醒自己保持冷静的姿态,但他又总是试着去回应,而解答那么复杂甚至彼此矛盾的时代命题,在某种程度上超出了包括他在内的中国当代个体诗人的能力范围,所以其诗学话语中难免前后矛盾。以游离的方式介入时代,在理论上没有问题,即是说他找到了化解矛盾话语的言说逻辑,但在创作实践上却无法践行之。承担、承受、坚守乃至"伟大"这一类概念,已经渗透到他的生命深处,所以所谓的游离之说、不合时宜之说在很多时候只是一种"时尚"的诗歌姿态,一种抽象的话语表达,很难落到实处,使得其历史化诗学主张有时给人一种非历史化的理论悬空感。我这样说,不是否定他的思考,而是指出在他的时代诗学中,存在着一种近乎宿命的内在矛盾性。

第三节 世界对话性

王家新从进入诗坛那一天开始,就在寻求与世界诗歌的对话,其诗学是在世界性话语场中,通过与不同文化背景的诗人对话而建构起来的,言说对象、范畴和诉求等,具有一定的世界性。大体而言,王

---

① 王家新:《夜莺在它自己的时代——关于当代诗学》,《诗探索》1996年第1期。

家新与世界诗歌的对话方式主要有三种：一是阅读、翻译外国诗歌，二是在欧美参加诗歌朗诵会和学术交流会，三是通过批评与西方诗歌"大师"进行精神对话。

王家新对世界诗歌的关注，可以追溯到大学时期，尤其是80年代中后期。从那时起，他开始大量阅读西方诗歌，写下《读外国现代诗札记》《同一个梦》《诗人与"两个世界"——读勃莱的新作〈从两个世界爱一个女人〉》等一批诗学随笔。他认为："中外诗人的文化背景不同，但在今天，他们的生存处境又是多么相同！"关于艾略特的《传统与个人才能》，他说："他关于'历史感'的见解，不仅促成了中国诗人对于自身文化传统的意识，而且帮助我们摆脱了接触外国诗时的那种盲目态度……艾式所谓'历史感'，只有在我们对传统进行充分的占有和领悟后才有可能获得。"[①] 阅读西方诗歌使王家新开始形成中外诗歌融合的视野和观念，他在阅读西方诗歌时，意识到对西方文学的学习有利于重新认识中国传统文化。进入90年代，王家新开始翻译西方诗歌。1991年，他译出《保罗·策兰》诗作20余首，并一发不可收拾，相继出版了《保罗·策兰诗文选》《带着来自塔露萨的书：王家新译诗集》《新年问候：茨维塔耶娃诗选》《我的世纪，我的野兽：曼德尔施塔姆诗选》《死于黎明：洛尔迦诗选》《没有英雄的叙事诗——阿赫玛托娃诗选》《灰烬的光辉：保罗·策兰诗选》等译诗集，通过翻译扩大自己的世界诗歌视野，与外国诗人在精神层面进行对话。他在一篇关于翻译的诗学文章中，提到本雅明关于作品现世与来世的观点——"在本雅明看来，伟大的作品一经诞生，它的译文或者说它的'来世'已在那里了，虽然它还未被翻译。它期待并召唤着对它的翻译。"[②] 伟大的作品召唤翻译，译文是原作传播的重要途径，是作者与另一语种的读者交谈的媒介，王家新正是以翻译实现与原作的平等对话，并以这种对话形式进入到世界话语场，搭建起"与他者

---

① 以上均出自王家新《同一个梦》，《世界文学》1989年第1期。
② 王家新：《翻译与中国新诗的语言问题》，《文艺研究》2011年第10期。

共在"的诗学建构语境。在翻译的同时，王家新还编选了部分欧美诗歌选集，主要包括1989年的《当代欧美诗选》，1992年的《二十世纪外国重要诗人如是说》和《外国二十世纪初抒情诗精华》，1995年的《最明亮与最黑暗的——二十家诺贝尔文学奖获奖诗人作品新译集》，1996年的《灵魂的边界：外国思想者随笔经典》，2003年的《欧美现代诗歌流派诗选》等。他所选诗人、诗作大都曾对他产生过某种影响，编选、出版他们的作品，可以看作一种历史回应和跨越时空的对话，是一种诗学思考与更新的过程。

在译介外国诗歌的同时，王家新频繁出国开展诗歌交流活动，尤其是海外诗歌朗诵。据统计，他的海外诗歌活动主要有：1992年6月，参加伦敦大学、莱顿大学中国诗歌研讨会和鹿特丹国际诗歌节；7月在比利时根特参加文化节朗诵；10月在德国科隆大学朗诵；12月在比利时根特洛赫斯音乐中心朗诵。1993年7月，在伦敦南岸文学艺术中心诗歌图书馆"声音之屋"朗诵；10月在英国纽卡索诗歌之家朗诵。1994年7月，在比利时洛赫斯音乐中心及根特"词语"俱乐部朗诵。1995年11月，参加比利时根特首届国际诗歌节。1996年3月，在美国布朗大学、哈佛大学及纽约等地开会和朗诵。1998年1月，在波恩大学、美因茨大学、慕尼黑大学和奥地利维也纳大学巡回朗诵。2001年2月，在德国慕尼黑大学举办讲座《另一个中国》；3月，在慕尼黑歌德学院总部举办朗诵会。2004年，在瑞士伯尼尔朗诵。2006年11月，参加日本东京驹泽大学主办的"中国现代诗的诗意生成机制"研讨会。2007年9—12月，在美国纽约州柯盖特大学做驻校诗人，其间在纽约等地朗诵。2009年2月，在意大利博洛尼亚大学进行讲学、朗诵；11月下旬至12月上旬，在布鲁塞尔"Bo Zar"艺术中心、比利时根特诗歌中心、阿姆斯特丹"Perdu"诗歌中心朗诵。2011年3月，在德国莱比锡孔子学院、波恩文学之家、柏林文化中心"文学车间"巡回朗诵。2011年7月下旬至8月初，参加希腊"第二届提诺斯国际文学节"；9月参加韩国昌原国际诗歌节；10月参加韩国首尔外国语大学和釜山庆星大学的文学研讨会和朗诵会。2012年3月，参加奥地利劳瑞舍文学节；9月参加斯洛文尼亚第27届维伦尼察国际文学节。2013年5月，参加德国明斯特国际诗歌节，在德国法兰克福大学、海德堡大学、奥地利萨尔茨堡文学中心、维也纳大学巡回朗诵；11月，在纽约之家进行朗诵。2015年6月，在葡萄牙里斯本文学中心进行朗诵。2016年7月，在莫斯科"白银时代纪念馆"举办朗诵会；11月参加韩国"东亚诗会"。2017年9月，参加韩中日诗人大会；10月在克罗地亚举办克罗地亚文诗选《夜行火车》新书发布和朗诵会。2018年5月参加奥地利萨尔茨堡国际诗歌节，并在德、奥一些城市和大学巡回朗诵，10月参加希腊雅典第二届国际诗歌节。2019年5月，参加罗马尼亚第七届雅西国际诗歌节；9月参加英国利兹大学英中诗人高端对话会。2022年3月，在阿姆斯特丹做一个月驻留作家，其间在阿姆斯特丹文化中心、莱顿大学、根特大学和多所中学朗诵。2022年8—9月在美国纽约法拉盛图书馆举办系列诗歌讲座。王家新的海外诗歌活动自20世纪90年代初开始，30年来几乎没有间断。在域外与不同语种、文化圈的诗人和读者直接交流，对他诗歌观念的影响更为直接和有力，他将这种海外诗歌活动看成是一种诗学"换气"。他说："我愈来愈感到天下的诗人其实都出自同一个心灵……我们的一生，虽然会属于不同的语言和文化，但又都是进入这'同一个心灵'的过程。"①他意识到语言、文化的差异对诗人来说并不重要，重要的是心灵，是诗。与某些被迫移居海外的中国诗人不同的是，他的海外之行是自觉的、主动的，他在中国诗坛与国外诗坛之间的每一次穿梭，都可谓是一种诗学旅行。他在西方诗坛发出自己声音的同时，也调整、更新和丰富着自己的诗歌观念，"同一个心灵"之说就是这种对话的产物。

海外诗歌交流活动，为他提供了思考诗歌的国际化平台。被海外诗界邀请参加诗歌朗诵，证明其是具有一定国际影响力的诗人，而频

---

① 王家新：《越界的诗歌与灵魂的在场——答美国汉学家江克平》，《在一颗名叫哈姆莱特的星下》，中国人民大学出版社2012年版，第19页。

繁的国际诗歌活动又进一步扩大了其声誉，他的作品被翻译成多种外文出版，一些海外学者撰写了相关批评文章，并给予高度评价，如罗伯特·哈斯认为，阅读王家新的诗，"你会再一次意识到诗歌并非文学运动或历史事件的产物，而是一种独立个人的声音，在他这里则表现为一种高度警觉与内省的特质"。① 在顾彬看来，王家新的诗"能够代表80年代和90年代的诗歌创作。从他的诗中，读者可以直接进入他的个人生活，同时可以看到诗人从困境中带来了多少生命"。② 乔治·欧康奈尔指出："他目光中那尖锐的洞察力，如此精确，哪怕它触及的是极为短暂的时刻，也击穿了我们共同承受的存在的本质。"③ 艾里克·列斐伏尔认为王家新"承担了继以北岛、顾城、芒克和舒婷为代表的老一代'朦胧派'诗人之后的新一代诗人代言人的角色"④。……他们从不同角度打量王家新，对其创作理念、诗歌文体以及诗歌译本进行研究，揭示其世界性价值与局限性，他们的观点反过来影响着王家新，调整、建构自己的诗歌理论。

　　诗创作和批评，则是王家新另一种与世界诗歌对话、接轨的方式。在此必须再一次提及那些对王家新影响深刻的诗人、作家——但丁、卡夫卡、本雅明、叶芝、帕斯捷尔纳克、策兰、纳博科夫、索尔仁尼琴、布罗茨基……这些名字一再出现在王家新的诗歌文本和诗学批评文章中，他们成为王家新诗歌版图中不可或缺的部分。有学者指出，王家新"通过这些诗人、作家和知识分子，并在他们身上，寄寓了自己对国家、民族、历史、时代和社会人生的思考，同时也通过对他们的人格精神和思想品性的阐释，表达了自己特立独行、超远高迈的心灵诉求"⑤。没有

---

① [美]罗伯特·哈斯：《王家新：冬天的精神》，史春波译，《世界文学》2015年第6期。
② [德]顾彬：《王家新的诗》，克非译，《东方研究》2002年第2期。
③ [美]乔治·欧康奈尔：《柚子的幽香——阅读王家新》，史春波译，《文学界》2012年第10期。
④ [法]艾里克·列斐伏尔：《城市，记忆——以王家新的诗片段为例》，杨森译，张桃洲：《王家新诗歌研究评论文集》，东方出版中心2017年版，第375页。
⑤ 於可训：《中国当代文学概论》，武汉大学出版社2016年版，第234页。

他们就没有中年以后的王家新，没有他们，王家新不可能进入真正诗的世界。王家新在诗创作中与他们相呼应，构成互文关系；通过批评再一次发掘他们的诗学价值。他们为王家新的诗歌思考提供了全新的资源，为其诗歌观念世界注入了新质。王家新称叶芝是"教我灵魂歌唱的大师"，叶芝的明亮与痛苦照亮了他，为他的诗学注入了"灵视的天赋"，从叶芝那里，他读到"超越现代的混乱和无意义而向'更高的领域'敞开"的诗歌，领悟到"在生命之树上为凤凰找寻栖所"的含义[1]；艾略特加深了王家新关于诗歌写作的历史意识和"互文性"理论的理解——"一个中国诗人处理'个人与传统'的关系，还必须把自己置于人类全部文学历史的压力下来发展一种个人意识的才能，同时，这还意味着一种跨越了语言和文化边界的文本吸收力和转化力，意味着从不同的诗中诞生一个新的诗歌生命"[2]；在布罗茨基的作品中，王家新获得了关于诗歌的"精确"观念，体会到"诗与诗人的相互寻找"，他坦言："诗与诗人的相互寻找，在根本上就是与母语发生这种'相依为命'的关系。"[3] 王家新所作的短诗《布罗茨基之死》也堪称其最优秀的作品之一；米沃什关于"诗的见证"理论为王家新确立了一名诗人的精神在场的诗歌观念，米沃什的诚实、智慧和勇气为他带来了艺术的高难度以及宽广的视界，以显现出人生中最有意义的那部分存在。[4] 王家新称这些异域作家的作品"比任何力量都更能惊动我的灵魂，尤其是当我们茫茫然快要把这灵魂忘掉的时候"。通过他们，王家新找到了自己精神的归属，找到了诗的栖息地，他的诗学具有了一种清醒的自我反思与批判意识。

---

[1] 王家新：《叶芝："教我灵魂歌唱的大师"》，《教我灵魂歌唱的大师》，人民文学出版社2017年版，第1—18页。

[2] 王家新：《以文学的历史之舌讲话——〈荒原〉的写作及其在中国的反响》，《为凤凰找寻栖所》，北京大学出版社2008年版，第150页。

[3] 王家新：《诗与诗人的相互寻找》，《取道斯德哥尔摩》，山东文艺出版社2007年版，第74页。

[4] 王家新：《"诗的见证"与"神秘学入门"》，《教我灵魂歌唱的大师》，人民文学出版社2017年版，第202页。

在与西方诗歌对话以建构自己的诗歌观念世界的过程中，王家新遇到了一个无法回避的问题，即诗歌的"国际化"。在他苦思中国当代诗歌的"文化身份"问题以及与世界诗坛的关系时，一批俄罗斯诗人为他提供了参考。"在他们写诗时，西方的现代主义正处在巅峰期，但他们似乎并没有去迎合这种潮流，也无意于要把自己'化'进去；相反，在那个时代他们发出的，是一种'古典主义的声音'（帕斯捷尔纳克评茨维塔耶娃语），这倒成就了他们自身。"[①] 俄罗斯诗人骨子里的不迎合给了王家新某种启示，他不急于得到西方诗歌界的认可，既没有刻意融入西方诗界，也没有利用西方世界对中国传统文化的好奇而故意在作品中加入"中国风"元素，他的创作唯一听从的是自己的内心。他始终怀着一种平等交流的态度来对待西方诗界，这种独立的态度反而受到了西方诗坛的尊重。俄罗斯诗人处理民族诗歌与西方诗歌的经验为他处理中西诗歌关系提供了帮助，帕斯捷尔纳克的"古典主义的声音"融入了其诗歌观念结构中，成为其诗歌观念世界重要的底色。

王家新的诗学是在与世界诗歌的对话中形成的，这使得他的诗学相对于中国传统诗学和现当代那些主要在中国话语背景中生成的诗学，具有了某些全新的质素。诸如"晚期风格""在词语中流亡""写作的难度""寻找词根"等，这些都是中国传统诗学乃至现当代诗学体系中所无的范畴；策兰、帕斯捷尔纳克、曼德尔施塔姆、茨维塔耶娃、阿赫玛托娃等，不仅是他的诗歌对话者，是他的诗学资源的重要所在，而且这些名字也已经成为他诗学观念中的重要概念；"奥斯维辛"、死亡赋格、塔可夫斯基的树等，也是其诗学中的重要符号。值得注意的是，这些来自西方的范畴，并非来自西方诗学理论体系，而是王家新根据自己的喜好所选取的语码、概念，这使得他的诗学与中国自现代以降那些从西方引入的成体系的诗学观不同，具有自己的独特性。即是说，

---

① 以上均出自王家新、陈东东、黄灿然《回答四十个问题（节选）》，张桃洲编《王家新诗歌研究评论文集》，东方出版中心 2017 年版，第 445—446 页。

它是诗人的诗学，不是理论家的诗学，这也许是其特别的价值所在。

世界对话性为王家新提供了一套全新的诗学概念，使他逐步建构起一个不同于中国既有诗学体系的诗歌观念世界。这些源于西方诗歌的范畴，使王家新诗学的谈论对象，不再完全是中国诗歌，而是世界诗歌；它的理论诉求与指向，不是主要停留在中国诗歌问题上，而是突破了民族诗歌边界，指向跨文化、跨语际的世界诗歌现象。换言之，他的诗学要解决的问题，是一种纯粹的诗歌问题，正是在这个意义上，其诗学具有一种超越国界的世界性。

中国当代诗人曾经被指认是为国际读者而创作，是"借助于国际观众在国外兜售自己"[①]，这种观点来自西方世界对自身所构建的世界诗歌秩序的某种维护，无形中将中国诗歌与世界诗歌的关系置于某种伦理冲突之中。实际上，中国当代诗人对中国诗歌命运的思考远比西方世界所以为的要深刻得多，他们在90年代便提出了"中国话语场"的概念。王家新认为："一个国内诗人不能不受制于这个巨大、动荡的话语场，而在海外的中国诗人也将和它构成某种特殊的关系。"[②] 中国话语场离不开中国历史和中国经验，王家新注重从历史语境和具体问题出发，处理该课题。王家新对国外资源的利用经历了从吸收到转化的过程，在对曼德尔施塔姆的翻译中，他领悟了曼氏关于"辨认的诗学"的概念，认同写作和翻译是一种"辨认"的观念，并在2017年将自己第一部诗歌翻译批评文集取名为《翻译的辨认》；他在翻译保罗·策兰后，认可了策兰的"晚嘴""晚脸""晚词"理念，开始构建自己的晚期诗学；在翻译了帕斯捷尔纳克之后所写的两首互文性诗歌《瓦雷金诺叙事曲》和《帕斯捷尔纳克》，使他成为中国诗坛不可忽视的诗人。王家新对国外诗歌的态度从仰视转变为平视，自觉建构中外诗歌互译对话的当代伦理原则，将外国诗歌资源转化到植根中国

[①] [美]宇文所安：《环球影响的焦虑：什么是世界诗？》，文楚安译，《中外文化与文论》1997年第2期。

[②] 王家新：《阐释之外——当代诗学的一种话语分析》，《文学评论》1997年第2期。

话语场和个人生活体验的创作之中。王家新诗学的世界对话性，为中国诗学发展建构提供了突破既有诗学体系的新路径与可能性，这是其重要的价值所在。但话说回来，他在与当代世界诗歌对话中所建立的诗学，从符号、内部构造和目的指向看，与中国既有诗学之间存在着很大的差异，两者如何对接、相容是一个值得思考的问题；个人审美趣味、创作经验是他接通西方那些诗学符号的密码，其内在的话语逻辑建立在诗人自我体验的基础上，于是，他那具有世界对话性的诗学在阐释中国当代诗歌现象时，其适应范围与解释力是有限的。

第四节 守望与突围

王家新一边创作一边思考诗歌问题，其诗学的另一特征可以概括为守望与突围。这里的"守望"包括两层意思，一是守护、坚守，二是远望、瞭望；"突围"就是挣脱、突破、冲出之意，旨在突破围城，重新建构。即王家新诗学具有一种坚守、瞭望、突破与重构的品格，在守望中突破，在突围中守望。那么，守望什么？如何突围？突围表现在哪些方面呢？

1979年，王家新创作了《在山的那边》，表现诗人对山那边的眺望，"怀着一种隐秘的想望/有一天我终于爬上了那个山顶/可是，我却几乎是哭着回来了/——在山的那边，依然是山"，他一次又一次爬上诱惑着他的山顶，一次又一次的失望，"但我又一次次鼓起信心向前走"，因为他坚信山那边是海，是"全新的世界"。这首诗是王家新人生和诗创作的隐喻，他的人生在不断地眺望、前行，经历了从想望到失望到再出发的过程，他的诗创作、诗歌观念也在不断地翻过一座又一座大山，从不停下脚步，永远不会满足。1990年，在他人生关键时刻，创作了另一首重要的诗《守望》，早年的"想望"变成"守望"，青涩的眺望者变成了具有承担品格的"守望者"——"起风的时刻，黑暗而无助的/时刻！守望者/我们能否靠捶打岩石来承担命运?""守望者！你的睫毛苦涩/你的双手摊开，而雷雨越过花园那边的城市，阴沉沉地/来了。""一动不动，守望者！把你的生命/放在这里"……这是诗人身份的重新定位，也是诗歌观念的蜕变。

自80年代始，王家新就开始阅读盖瑞·斯奈德的作品，斯奈德为中国读者熟知多是由于他于1958年在《常青评论》中发表的24首《寒山诗》，以及他在日本生活的多年里翻译的一批具有禅意的诗歌。施耐德自幼便与自然建立起和谐的关系，其知行合一的人生哲学观和富于生命质感的语言深深触动了王家新。王家新曾在一篇文章中引用了斯奈德的话语："作为一个诗人，我依然把握着那最古老的价值观"，"我的诗或许更可接近于事物的本色以对抗我们时代的失衡、紊乱及愚昧无知"。① 王家新赞同这样的价值观，认为诗歌应表现、传承古老价值观念中那些可以抗衡我们这个失衡、紊乱和愚昧时代的内容，他表示自己"认同知识分子的批判、质疑、内省精神和现实关切"。② 倡导诗人坚守知识分子立场，批判性地介入现实。正如臧棣所言："对王家新而言，诗歌是对人类精神价值的一种守望，并且这种守望已不再能保持一种适意的风度。"③ 所以，王家新在诗人文化立场、价值理念与现实态度上，反对诗人与愚昧、失衡的时代相妥协的态度，反对同流合污，守望着人类长期以来所创造的精神价值。在精神守望的同时，守护"诗"本身也是他诗学的重要内容与特点。2014年，他在谈论奥登与中国40年代新诗的关系时说："40年代的那批诗人把参与的热情与超然的观照结合了起来，中国新诗因此获得了一种既介入又保持独立的诗学品格。"④ 在他看来，面对世俗化的消费时代，诗人应保持既介入又独立的品格，以生命守护着诗，这就是他关于诗和诗

---

① 王家新：《诗人盖瑞·斯奈德》，《黄昏或黎明的诗人》，花城出版社2015年版，第35—36页。
② 王家新：《为语言服务，为爱服务》，《黄昏或黎明的诗人》，花城出版社2015年版，第137页。
③ 臧棣：《王家新：承受中的汉语》，《诗探索》1994年第4期。
④ 王家新：《奥登及其翻译》，《黄昏或黎明的诗人》，花城出版社2015年版，第162页。

歌身份的诗学观。

　　对诗的守望,不仅体现在守护诗的神圣性地位,还体现在不断瞭望诗的未来,探索诗歌新的发展路径。90年代开始,王家新在中国新诗进入新的发展阶段后,也开始了新的探索,重新瞭望"山的那边",进入爬"山"望"海"的新阶段。他坚持在大学任教,写诗,开展诗歌评论,并将很大精力转向诗歌翻译,以更加多样化的方式坚守诗的阵地。大体而言,他对诗的新探索体现在三个方面:第一,诗歌叙事性探索。例如《回答》《伦敦随笔》《冬天的诗》《一九九八年春节》等作品,叙事成分不断加强,其中有内心世界的挣扎,有对生存经验的感悟,还有对时代问题的剖析……叙事节奏的变化增强了作品的时间感,而叙事视角的转换拉开了作品的空间感,二者相结合为诗歌注入了新的活力与美学理念。第二,互文性探索。在王家新看来:"正是从文学中产生了文学,从诗人中产生了诗人……一个作家和诗人,无论自觉或不自觉,都处在这个相互作用、相互反映的互文体系之中。"[①] 他创作了《瓦雷金诺叙事曲》《叶芝》《卡夫卡》《布罗茨基之死》《纳博科夫先生》《晚年的帕斯》《哈姆雷特》等呼应式作品。在他的观念里,西方诗歌与中国新诗之间不是影响与被影响的关系,而应是相互呼应、发现与增值的"互文性"关系。第三,"诗片断"探索。王家新大胆地将互不相连的独立的片断化为一个整体,这些片断长短不一,形式不同,主要包括《词语》《反向》《冬天的诗》《变暗的镜子》《另一种风景》等。之所以称其为"片断",在于难以定义,他提道:"有的朋友说它们很多都可以'发展'为一首诗。但我宁愿它们以这样的形式出现。"[②] 看得出,在王家新的诗学观中,他对于诗歌形式持包容、开放的态度,他的诗歌观念没有固化,而是处于不断地思考与更新中。而诗片断作为一种整合式的写作,绝非一朝一夕能

[①] 王家新:《以文学的历史之舌讲话——〈荒原〉的写作及其在中国的反响》,《为凤凰找寻栖所》,北京大学出版社2008年版,第147页。

[②] 王家新:《回答普美子的二十五个诗学问题》,《诗探索》2003年第1—2合辑。

第六章 诗学总体特征与反思

够完成，它是在融合了诗人的经验、技艺以及对世界的感悟之后所形成的更为自由、开阔的结构，其外在形式与内在精神构成了一种独特的张力。因此，王家新一边守护着诗，守护着独立的诗人身份，还一边探索着诗的未知空间。

在"守望"中探索，寻求"突围"。这种"突围"并非标新立异，而是对现有诗学理论的不满，是试图突破旧的观念体系，更新既有的诗学体系。他曾说："歌德这棵大树仍是活的，不过也需要修剪；在那上面有一些死枝。"① 旧的诗歌传统仍是有生命力的，但必须剪除那些陈旧的不利于当代诗歌发展的内容，必须突破其旧的结构体，创造转化使之具有新的解释力、引导力，也就是观念突围。王家新在诗学上的突围表现在很多方面，最重要的有：第一，流派观念的突围。中国现代新诗一开始就具有强烈的流派意识，诗人们流派观念突出，在80年代王家新的创作和诗歌观念中充满着集体写作的流派意识，但到90年代，他则"深刻质疑"这种写作观念②；他倡导知识分子写作，但又强调知识分子写作"并不是一个写作群体或流派。我本人从开始到现在也不可能属于任何流派"③，这无疑是一种诗学观念的突围。第二，纯诗观念的突围。20世纪20年代，中国新诗坛就从国外引进纯诗理论，张扬纯诗观念，80年代很多人包括王家新自己都相信纯诗是中国新诗的希望，但到90年代中后期，他开始质疑之："多年来在中国现代诗歌写作中占支配地位的，一直是一种非历史化的诗学倾向及'纯诗'口味"，现实使他认识到这种非历史化的抽象写作或不及物写作，"纵然可以把某种诗歌写到纯之又纯的程度"，但是它们却不能与"人们当下的生存及语言经验发生一种切实的摩擦"④。第三，承担诗学向辨认诗学的发展、突围。90年代初，他定位诗人是守望者，倡导

---

① 王家新：《诗学笔记》，《黄昏或黎明的诗人》，花城出版社2015年版，第78页。
② 王家新：《诗歌的辨认》，《黄昏或黎明的诗人》，花城出版社2015年版，第61页。
③ 王家新：《为语言服务，为爱服务》，《黄昏或黎明的诗人》，花城出版社2015年版，第137页。
④ 王家新：《阐释之外——当代诗学的一种话语分析》，《文学评论》1997年第2期。

承担诗学；进入新世纪，他认同俄国诗人曼德尔斯塔姆的写作是一种辨认的观念，认为写作"是一种艰难的辨认，也是一种神秘的辨认"，"每一首诗都是某种'辨认'的产物"，"因为我们有太多的时候把蚊子的哼哼和个人一时的抒情当成了缪斯的歌唱"，只有辨认才能分清诗与非诗，所以应建立一种辨认诗学，"让它成为一种良知、一种语言的尺度"，这意味着"一种更艰巨的承担和精神熔铸"①。他将承担诗学发展成为包括辨认内容的诗学。第四，对"信达雅"翻译观的突围。王家新90年代开始致力于诗歌翻译，思考诗歌翻译问题，认为传统的"信达雅"虽然有可圈可点的地方，但"不是一种具有足够的勇气和创造力的翻译"，认为翻译不能"作茧自缚"，而应"化蛹为蝶"，认为应建立一种"新的翻译诗学"②；他说翻译应出自爱，"出自一种生命的辨认"，翻译的前提仍是"忠实"，技巧仍然是"精确"，但翻译"需要某种不同寻常的创造力"，应如本雅明所言"在密切注视原作语言的成熟过程中'承受自身语言降生的剧痛'"③，这是王家新个人的诗学观，但放大看，则是对中国现代以来"信达雅"翻译思想的突破。第五，对"中年写作"观的突破，建构中国的"晚期风格诗学"。欧阳江河等概括的"中年写作"被普遍认可的时候，王家新质疑了这种新的诗学观，提出了"晚期风格"的诗学观。晚期诗学理论主要来自保罗·策兰，他诗歌中所出现的"晚嘴""晚脸"等都对王家新产生了很大影响。王家新的晚期风格诗学与当日诗坛业已出现的"在累累果实与迟暮秋风之间、在已逝之物与将逝之物之间、在深信和质疑之间、在关于责任的关系神话和关于自由的个人神话之间"④

---

① 王家新：《诗歌的辨认》，《黄昏或黎明的诗人》，花城出版社2015年版，第62页。
② 王家新：《关于诗人译诗、诗歌翻译》，《黄昏或黎明的诗人》，花城出版社2015年版，第175页。
③ 王家新：《一只燕子神性的抛洒》，《黄昏或黎明的诗人》，花城出版社2015年版，第185页。
④ 欧阳江河：《'89后国内诗歌写作：本土气质、中年特征与知识分子身份（节选）》，王家新、孙文波：《中国诗歌九十年代备忘录》，人民文学出版社2000年版，第184页。

的中年写作不同，中年写作带有某种怀旧的感伤，而王家新的"晚期写作"不仅与诗作者的年龄、心态无关，反而围绕写作的异质性展开，作品中出现一些带有黑暗色彩的非常规词汇。王家新重新定义了"晚期"这个词，将它与时间的维度相分离，取而代之的是更多精神的元素，这也解释了为何王家新最早提出"晚期风格诗学"概念时，尚处在人生的中青年过渡时期。与此同时，他在晚期风格诗学中所秉持的"往回看"原则也并非简单的怀念过往，而是一边回溯过去一边向前展望，时间不再是单向地向一个方向延展，而是呈现出一种双向运动的形态。第六，诗歌形式的突围。诗歌的形式问题，某种程度上是诗的本质问题。古代诗歌中，格律是一种最核心的形式，以至于在古代某些时候格律几乎可以等同为诗，后来胡适提出诗体大解放，白话自由体成为诗的基本形式。王家新的诗学探索还表现在诗歌形式上，他创造的"诗片断"形式包含着一种观念突破；之后推出的组诗《旁注之诗》，同样是一种大胆创新与突破。通常情况下，批注是无法入诗的，然而王家新却打破了常规，他在 1995 年《卡夫卡的工作》中，便流露出对非正文文本的兴趣："从变异文到正文，这中间发生了什么？……可以说文学的'秘密'就存在于这个如何形成它自身的过程中。"[①] 王家新的旁注之文不能等同于卡夫卡的变异文，但是从本质上来看，都是处于边缘的文本，虽然无从得知王家新这些旁注对应着怎样的"正文"，但是从这些片断中还是能窥探文学创作的秘密。他这样说道："它的许多片断，如用阿甘本的话讲，是以'征引历史'的方式来'回归当下'。这组诗穿越了不同的文学时空，但它仍是一个艺术整体。"[②] 比起"诗片断"系列，《旁注之诗》的创作更为大胆和新颖。关于其诗学观念的突围，表现在很多方面，不再赘述。

在守护中突围，突围某种意义上是为了更好的守护。他突围的主要路径是诗歌翻译，借助翻译更新自己的诗学观念，他说："为了杜

[①] 王家新：《卡夫卡的工作》，《北京教育学院学报》1995 年第 2 期。
[②] 王家新：《诗歌的"内与外"》，《写作》2019 年第 1 期。

甫你还必须成为卡夫卡"（《孤堡札记》），借助卡夫卡成为更好的杜甫，借助卡夫卡重新发现杜甫的价值与意义。上述"以'征引历史'的方式来'回归当下'"，也是借传统实现突围以守护当下的意思。2014年，他在《从这里，到这里》中说："诗人已完全知道了她作为一个诗人的责任：她要'从这里'出发，经由诗的创造，经由痛苦战栗的词语，再回到'这里'。"① 这几句是王家新对诗人蓝蓝的评价，同样也是他自己对于写作的态度，出发不是为了远方，而是为了重审当下，不是为突围而突围，而是为了守护当下。这是其诗学的重要特征。

守护与突围是王家新处理诗与现实、传统与创新、中与西等关系的重要原则，为其诗学带来了不断更新的活力，在理论上有较强的解释力、说服力。这一特征使得其诗歌观念一直随着诗歌创作发展而不断更新，与其创作之间构成相互支持的关系；使其诗学一直守护着人文精神价值与诗之独立性。他的突围与建构虽然属于纯个人行为，但关涉的是当代诗坛问题，甚至是20世纪初期以降的中国新诗问题，所以具有诗学史价值，一定程度上为中国诗学的进一步发展打开了一扇新的大门，为中国诗学体系带来了新的内容。但是，他突围的主要路径是翻译西方诗歌，他的不少观念来自叶芝、策兰、曼德尔斯塔姆等，属于异质文化圈中的诗学内容，因为时代和文化的本质差异，以至于一些具体诗学观念与中国当代诗坛之间存在距离，其解释中国当代语境中的诗歌现象的力量有的是有限的。他在理性上强调介入当下中国诗坛，但在译介西方诗作、介绍西方诗学观念过程中，却常常沉醉于个人的阐释话语之中，走得太远，以至于有时忘却了中国的诗坛状况，或者说从"这里"出发，去了远方，却为远方风景所迷醉，忘记了回到"这里"，这是值得深入研究与反思的问题。

---

① 王家新：《"从这里，到这里"》，《黄昏或黎明的诗人》，花城出版社2015年版，第69页。

结　语

　　本书研究王家新的诗学，具体考察、论述了其神秘主义诗学、承担诗学、词语诗学、"晚期风格"诗学和翻译诗学的内涵与特征，并从发生机制、诗歌语境、话语诉求等角度，阐释其总体特征，反思存在的问题。论文贯穿着一个核心问题，即为什么要研究王家新的诗学？在具体章节内容展开中，这一核心问题又转换成为：他的诗学有什么独特性、价值何在以及本课题研究的价值何在等相互关联的问题，它们构成整篇论文内在的问题线索，由此形成了本文内在的逻辑层次，具体章节从不层面探索、回答了这些问题。

　　王家新诗学的价值，是由其独特的内涵和特点所决定的，即它提供了什么新的理论范畴，多大程度上刷新了中国当代诗学内容，提升了其理论阐释力，丰富了中国当代诗学体系，对于推动中国当代诗歌创作有何贡献。对这些问题的追问、研究，固然要立足其诗学文本进行具体深入的考察、论述；但相比而言，课题研究的视野与背景也许更为重要，所以笔者努力打开研究的比较视野，确立比较意识，将王家新诗学放在中国诗学尤其是中国20世纪以来的诗学视野里考察，甚至放在世界诗学背景中进行阐释，尽可能地发掘更深层次的问题，进行论述，揭示其理论价值。

　　中国古典诗学体系，是在中国传统文化土壤中发生、完成的，言志、缘情、比兴、格律、意境、神韵、格调、性灵等构成其观念体系；

与之相比，王家新诗学面对的是中国当代诗坛，问题不同，资源库也不同，所以概念术语、基本观念完全不一样，二者几乎没有交集。19世纪末20世纪初开始的中国近现代诗学，关注的是文言诗歌向白话诗歌转型和白话自由体诗歌创作的问题，情绪、自然节奏、自由体、新格律、散文化、大众化、口语入诗、戏剧化、现实主义、浪漫主义、象征主义等构成基本的概念谱系，它们关注的是白话自由体新诗创作问题，有些概念来自西方诗学体系，有些则是内生的，在质上与古典诗学之间联系很少。王家新诗学与近现代诗学理论相比，关注的问题基本不在一个维度上，内容上少有重合的地方。换言之，王家新的诗学虽然是中国诗学（包括中国近现代诗学）的组成部分，但概念范畴、关心的问题和基本观念完全不同，从中国诗学发展的视野看，他提供了异质性内容，使中国诗学话语在新的时代有了新的内容，丰富了中国诗学话语体系，这是其重要的贡献与价值。

无疑，这是以中国诗学（包括中国近现代诗学）为视野，从刷新、更新原有系统的维度，肯定其价值。但如果从其诗学来源这一更为具体的角度看，又应如何评价他所提供的那些诗学范畴与观念的价值呢？他既是诗人，也是译者，他的诗学范畴大多来自当代欧美、俄罗斯，诸如"晚期风格""词语本体论""对存在的进入""辨认诗学""互文性对话""换气""纯语言"等，都是来自西方诗人或哲人，都有它们自己发生的特殊文化土壤，对应着具体的文化现象和诗人个体心理。王家新在言说、阐释这些诗学理论时，例证也大都是西方诗人、诗作，诸如叶芝、策兰、奥登、曼德尔施塔姆、阿赫玛托娃、茨维塔耶娃、帕斯捷尔纳克及其作品等，以西方诗学范畴解释西方诗歌现象，自然是有效的；但若以它们阐释中国诗歌问题情形又会怎样呢？能否找到恰当的切入口和契合点呢？其解释力有多大？这些概念与中国既有诗学范畴之间能否相容？王家新说过，为了杜甫还必须成为卡夫卡，即以卡夫卡激活杜甫，使杜甫获得重生的价值和意义；但我想问的是，卡夫卡真能激活杜甫吗？在什么意义上激活？即便真能激活,那激活的还是唐代的杜甫吗?换言之,那些西方诗学范畴能激活中国既有的诗学吗?这是一个现代以来发生的很重要的问题,"五四"前后引入了大量的西方美学概念、诗学理论,它们置换了中国传统文学批评的固有概念,成为一个世纪以来中国人解释文学现象、诗歌创作的基本理论,从一个世纪的实际情况看,它们并未激活中国固有的诗学理论,而是取而代之,近些年来学界已经意识到了这一问题,提出了重建中国文论话语的课题。之所以出现这一问题,从源头上看,是因为"五四"以来引入的那些外来理论范畴未能激活中国固有诗学理论,未能与中国固有的理论真正融合。所以,王家新诗学范畴如何激活、融入中国既有的诗学体系里,还是一个需要在理论话语实践和诗歌创作上探索的问题;换言之,它们本身的价值还需要进一步阐释与验证,其价值评估是一个开放性问题;王家新诗学重续了"五四"以来外来文学理论中国化的命题,成为中国文论话语重建中一个可以重点剖析的新案例,在这一意义上,其诗学具有重要的研究价值。

　　诗学归根到底是关于诗歌的学问,是关于诗歌的理论。一般而言,它来自于创作实践,是对创作经验的总结。但王家新的诗学观,很多却是来自西方,从源头看是西方人创作经验的总结,王家新对它们有一种强烈的理论认同感,并在诗歌创作中努力实践之,这是其诗学与创作关系的一个特点。一定程度上讲,那些诗学观也引导了他的诗歌创作,使他不断突破自己,甚至突破时代诗歌潮流。换言之,那些外来的诗学范畴,为他自己和中国诗坛带来了新的理论资源,这是它们的重要价值;但是,那些来自域外的哲学化的诗学观,诸如"换气"、对存在的介入、"纯语言"等观念,在他的创作实践中并不是都成功地转化为"诗"了,即是说它们作为一种理论很诱人,但是在中国诗人的汉语写作中,在很多时候可能只是一种理论标签。所以,那些诗学理论范畴的诗化问题还需要经由创作实践去解决,在这个层面,其价值的判断还待时日,还是一个现在无法完成的论题。

　　语言本体论、纯语言、存在论、互文性对话等,是90年代以来中国文学界共同关注的话题，并不是单纯的诗学问题，中国当代诗坛不少诗人对这些问题感兴趣，即是说，王家新关注的问题有不少中国当代诗人也关注过。这样，我们在评估其诗学价值的时候，需要考虑到其同代人的问题。文学史通常将王家新视为"第三代诗人"的代表，但是他自己并不认可，他也不赞成按代际区分诗人，也正是在这个意义上，他认可同代人就是不合时宜这一观念。这种清醒的独行意识，使他面临同时代共同的诗学问题，都能按自己的方式思考与表达，警惕掉入同代人的某种话语陷阱。面对时代诗学命题，力求曲径通幽，使其探索获得了特别的价值。诚然，语言问题、生命存在问题、文化互文性问题等，是人文学科共同的难题，但是在诗的领域如何谈论，如何转化为诗学命题，如何在创作实践中对象化为诗，王家新及其同代诗人作了探索，在理论上和创作实践中提供了答案。但是在当今全球化语境里，伴随着社会矛盾的复杂化，人文问题越来越突出，诗人们如何处理这些问题，如何将它们转化到诗的语境里探索，还需要包括王家新在内的中国诗人继续思考。在这个视野里，他的诗学是有价值的，但如何评估其价值，不仅与他已经提供的答案有直接关系，也与未来诗歌界如何处理这些问题有关，所以需要采取一种谨慎而开放的评估态度。

　　诗学的核心问题是何谓诗、诗为何以及如何为诗等问题。王家新的寻找词根说、生命辨认论、"晚期风格"、互文对话观等，将这些问题引向新的领域进行阐述，提供了新的答案，并因此引起笔者的思考，到底存不存在一种称作"诗"的东西，"诗"这一汉语能指及其所指是汉语领域的问题，还是所有别的语种共同存在的问题？如果是汉语自身的问题，那引入他种语言中的诗歌观念和诗歌作品进行共享性讨论，有效吗？有意义吗？如果"诗"的能指及其所指是所有语种共同的问题，那就是生命存在意义上的问题，不同语种提供的答案应该是相同的，至少是相似的，即不会因为语种的不同而存在着很大的差异。那么，迄今为止，不同语种中关于"诗"的答案是不是相似的呢？这个共同的答案到底是什么？王家新的答案是不是趋向这个共同的答案呢？在这个意义上，王家新的诗学问题还可以放在诗学的核心问题域里，作进一步的展开与研究。

王家新的诗学探索、诗歌创作贯穿当代诗坛四十年，他既是参与者又是见证人，他的诗学是当代诗坛的一面镜子，四十年间重要的诗歌问题都在他的诗学里面有所反映，所以他的诗学是一个具有代表性的案例；而他是诗人、译者、诗评者和大学教授几重身份集一身，一直坚持走自己的路，独立思考，对诗坛问题始终保持一种警觉性，不断反思，审慎把握与言说，而且他的眼光主要转向了域外以寻找资源，所以他的诗学又是一个非典型性的案例。这种特征决定了他的诗学具有特别的研究价值。作为诗人不断地撰写诗学文章，这是现代以来中国新诗的一个传统，胡适、郭沫若、闻一多、戴望舒等无不如此，在创作中不断思考诗歌问题，既是对自己创作试验的一种总结，又是对诗坛发展的思考，有一种引导新诗发展的使命感、责任感，值得敬畏。在他们那里，创作与诗歌理论之间相互支持，其诗学既具有个人经验性，又包含时代性，这是其活力所在。但另一方面，他们在创作中撰写诗学文章，不断阐述自己创作的秘密，不断论述自己诗学观的意义，这在客观上无疑起到了自我宣传的作用，对诗坛同仁和读者势必产生某种影响，有利于他们的作品和诗学观被诗坛接受，而这种接受并不是建立在读者自己阅读判断的基础上，而是受了诗人阐述的影响。从近百年中国新诗发展史看，诗人论者相当程度地牵引了新诗创作的走向，而有些个人经验性的诗学观对新诗发展的影响则是负面的，新诗发展史上一些弊端与此不无关系。即是说，诗人论诗这一现代传统中存在着看不见的隐患，值得警惕。笔者在研究王家新诗学过程中，发现了这一问题，行文也保持了必要的警惕性。研究诗人论诗这种现象，揭示其价值与存在的隐患，对于当下诗坛发展无疑是有意义的。

王家新这一代诗人，从 70 年代末期接过中国新诗发展的接力棒，已经有四十余年历史了，他们的诗歌创作和诗学水平已经超过了现代

当代诗坛的独行者

很多诗人，他们对新诗发展的贡献已经不亚于现代很多诗人，北岛、舒婷、海子、西川、王家新、于坚、欧阳江河等，每位诗人的创作探索史都具有独特的诗史价值，已经到了以专文深入研究每位重要诗人的诗歌探索史，揭示他们各自的诗学价值的时候了。本书研究王家新诗学这一特别个案，就是基于这样一种看法。个案研究的着眼点是整个当代诗坛，通过对王家新诗学的考察、研究，透视中国当代诗坛，看看新诗理论在这四十年到底有多大的发展，看看这四十年新诗创作到底取得了哪些特别的成就，存在什么问题。当然，王家新诗学只是一个案例，一个切入点，我们还需要从更多的诗人、诗学案例入手，去研究当代诗学与创作，揭示当代诗歌创作和诗学理论建设的不同面相和特征，以为当下新诗创作实践提供历史经验和理论支持。

附录　王家新主要作品

[俄]安娜·阿赫玛托娃：《没有英雄的叙事诗》，王家新译，花城出版社2018年版。

[德]保罗·策兰：《保罗·策兰诗文选》，王家新、芮虎译，河北教育出版社2002年版。

[德]保罗·策兰：《灰烬的光辉：保罗·策兰诗选》，王家新译，广西师范大学出版社2021年版。

[德]保罗·策兰、[奥]英格褒·巴赫曼：《心的岁月：策兰、巴赫曼书信集》，芮虎、王家新译，中国人民大学出版社2013年版。

[俄]茨维塔耶娃：《新年问候》，王家新译，花城出版社2014年版。

[俄]茨维塔耶娃等：《带着来自塔露萨的书》，王家新译，作家出版社2014年版。

[西]费德里科·加西亚·洛尔迦：《死于黎明：洛尔迦诗选》，王家新译，华东师范大学出版社2016年版。

[俄]曼德尔施塔姆：《我的世界，我的野兽》，王家新译，花城出版社2016年版。

沈睿、王家新：《最明亮与最黑暗的：二十家诺贝尔奖获奖诗人作品新译》，解放军文艺出版社1995年版。

唐晓渡、王家新：《中国当代实验诗选》，春风文艺出版社1987年版。

王家新：《1941年夏天的火星》，花山文艺出版社2020年版。

王家新：《保罗·策兰诗歌批评本》，华东师范大学出版社 2021 年版。

王家新：《对隐秘的热情》，北岳文艺出版社 1997 年版。

王家新：《二十一世纪中国文学大系（2001—2010 翻译文学卷）》，南京师范大学出版社 2014 年版。

王家新：《黄昏或黎明的诗人》，花城出版社 2015 年版。

王家新：《纪念》，长江文艺出版社 1985 年版。

王家新：《教我灵魂歌唱的大师》，人民文学出版社 2017 年版。

王家新：《没有英雄的诗》，中国社会科学出版社 2002 年版。

王家新：《欧美现代诗歌派诗选》，河北教育出版社 2003 年版。

王家新：《取道斯德哥尔摩》，山东文艺出版社 2007 年版。

王家新：《人与世界的相遇》，文化艺术出版社 1989 年版。

王家新：《塔可夫斯基的树》，作家出版社 2013 年版。

王家新：《王家新的诗》，人民文学出版社 2001 年版。

王家新：《为凤凰找寻栖所》，北京大学出版社 2008 年版。

王家新：《未来的记忆：王家新四十年诗选》，江苏凤凰文艺出版社 2021 年版。

王家新：《未完成的诗》，作家出版社 2008 年版。

王家新：《新诗"精魂"的追寻：穆旦研究新探》，东方出版中心 2019 年版。

王家新：《雪的款待》，北京大学出版社 2010 年版。

王家新：《夜莺在它自己的时代》，东方出版中心 1997 年版。

王家新：《游动悬崖》，湖南文艺出版社 1997 年版。

王家新：《在你的晚脸前》，商务印书馆 2013 年版。

王家新：《在一颗名叫哈姆莱特的星下》，中国人民大学出版社 2012 年版。

王家新：《中国当代诗歌经典》，春风文艺出版社 2003 年版。

王家新：《中国现代爱情诗选》，长江文艺出版社 1981 年版。

王家新：《中外现代诗歌导读》，中国人民大学出版社 2012 年版。

王家新：《重写一首旧诗》，武汉大学出版社 2017 年版。

王家新：《坐矮板凳的天使》，中国工人出版社 2003 年版。

王家新、沈睿：《当代欧美诗选》，春风文艺出版社 1989 年版。

王家新、沈睿：《二十世纪外国重要诗人如是说》，河南人民出版社 1992 年版。

王家新、沈睿：《钟的秘密心脏》，解放军文艺出版社 1997 年版。

王家新、孙文波：《中国诗歌九十年代备忘录》，人民文学出版社 2000 年版。

王家新、唐晓渡：《外国二十世纪抒情诗精华》，作家出版社 1992 年版。

王家新、汪剑钊：《灵魂的边界：外国思想者随笔经典》，云南人民出版社 1996 年版。

王家新编著：《中外现代诗歌欣赏》，语文出版社 2005 年版。

［爱尔兰］威廉·巴特勒·叶芝，王家新编选：《叶芝文集》，东方出版社 1996 年版。

主要参考文献

［美］爱德华·W. 萨义德：《论晚期风格——反本质的音乐与文学》，阎嘉译，生活·读书·新知三联书店 2009 年版。

［美］爱德华·萨丕尔：《语言论》，陆卓元译，商务印书馆 1985 年版。

［法］安托瓦纳·贡巴尼翁：《反现代化》，郭宏安译，生活·读书·新知三联书店 2009 年版。

柏桦、余夏云：《外国诗歌在中国》，《当代作家评论》2008 年第 4 期。

北岛：《时间的玫瑰》，中国文史出版社 2005 年版。

卞之琳：《人与诗·忆旧说新》，生活·读书·新知三联书店 1984 年版。

昌切：《"七〇年后"诗刊的原创宣言》，《武汉晚报》2002 年 3 月 5 日。

陈超：《深入当代》，《诗歌报》1993 年第 2 期。

陈超：《最新先锋诗论选》，河北教育出版社 2003 年版。

陈国恩：《论俄苏文学对 20 世纪中国文学的影响》，《外国文学研究》2004 年第 2 期。

陈良运：《中国诗学批评史》，江西人民出版社 2001 年版。

陈平原：《假如没有"文学史"……》，《读书》2009 年第 1 期。

陈平原：《文学史的形成与建构》，广西教育出版社 1999 年版。

陈思和：《对中西文学关系的思考》，《中国比较文学》2011 年第 2 期。

陈思和：《试论 90 年代文学的无名特征及其当代性》，《复旦学报》2001 年第 1 期。

陈思和：《中国当代文学史教程》，复旦大学出版社1999年版。

陈晓明：《表意的焦虑》，中央编译出版社2003年版。

陈晓明：《解构的踪迹：历史、话语与主体》，中国社会科学出版社1994年版。

陈仲义：《诗写的个人化与相对主义》，《东南学术》1999年第2期。

程光炜：《90年代诗歌：另一意义的命名》，《学术思想评论》1997年第1辑。

程光炜：《不知所终的旅程——序〈岁月的遗照〉》，《山花》1997年第11期。

程光炜：《文学史研究的兴起》，福建教育出版社2008年版。

程光炜、吴晓东等：《中国现代文学史》，中国人民大学出版社2000年版。

程光炜：《岁月的遗照》，社会科学文献出版社1998年版。

崔卫平：《个人化与私人化》，《诗探索》1994年第2期。

崔永禄：《鲁迅的异化翻译理论》，《浙江大学学报》（人文社会科学版）2004年第6期。

戴望舒：《戴望舒译诗集》，湖南人民出版社1983年版。

［美］戴维·巴斯：《进化心理学》，张勇、蒋柯译，商务印书馆2015年版。

丁帆：《八十年代：文学思潮中启蒙与反启蒙的再思考》，《当代作家评论》2010年第1期。

［德］恩斯特·卡西尔：《语言与神话》，于晓等译，生活·读书·新知三联书店1988年版。

樊星：《论八十年代以来文学世俗化思潮的演化》，《文学评论》2001年第2期。

方长安：《新诗传播与建构》，中国社会科学出版社2012年版。

方长安：《中国诗教传统的现代转化及其当代传承》，《中国社会科学》2019年第6期。

方长安：《中国新诗（1917—1949）接受史研究》，中国社会科学出版社 2017 年版。

冯文炳：《谈新诗》，人民文学出版社 1984 年版。

［奥］弗洛伊德：《论美》，邵迎生、张恒译，金城出版社 2010 年版。

高名凯：《语言论》，商务印书馆 1995 年版。

高旭东：《生命之树与知识之树　中西文化专题比较》，河北人民出版社 1989 年版。

高玉：《现代汉语与中国现代文学》，中国社会科学出版社 2003 年版。

耿占春：《叙事美学》，海南出版社 2008 年版。

耿占春：《隐喻》，河南大学出版社 2007 年版。

辜正坤：《中国诗歌翻译概论与理论研究新领域》，《中国翻译》2008 年第 4 期。

郭建中：《翻译中的文化因素：异化与归化》，《外国语（上海外国语大学学报）》1998 年第 2 期。

［美］哈罗德·布鲁姆：《西方正典》，江宁康译，译林出版社 2005 年版。

［美］哈罗德·布鲁姆等：《读诗的艺术》，王敖译，南京大学出版社 2010 年版。

［德］海德格尔：《荷尔德林诗的阐释》，孙周兴译，商务印书馆 2000 年版。

［德］海德格尔：《诗，语言，思》，彭富春译，文化艺术出版社 1991 年版。

韩东：《三个世俗角色之后》，《百家》1989 年第 4 期。

韩东：《自传与诗见》，《诗歌报》1988 年 7 月 6 日。

何言宏：《中国书写——当代知识分子写作与现代性问题》，中央编译出版社 2002 年版。

洪子诚：《百花时代》，山东教育出版社 1998 年版。

洪子诚：《问题与方法——中国当代文学史研究讲稿》，北京大学出版社 2010 年版。

洪子诚：《中国当代文学史》，北京大学出版社 1999 年版。

洪子诚、刘登翰：《中国当代新诗史》，人民文学出版社 1993 年版。

洪子诚、奚密：《百年新诗选》，生活·读书·新知三联书店 2015 年版。

胡适编：《中国新文学大系·建设理论卷》，上海良友图书印刷公司 1935 年版。

黄灿然：《世界的隐喻》，文化艺术出版社 1998 年版。

黄发有：《准个体时代的写作》，上海三联书店 2002 年版。

黄曼君：《中国现代文学经典的诞生与延传》，《中国社会科学》2004 年第 3 期。

黄修己：《中国现代文学简史》，中国青年出版社 1984 年版。

江弱水：《伪奥登风与非中国性：重估穆旦》，《外国文学评论》2002 年第 3 期。

姜涛：《"新诗集"与中国新诗的发生》，北京大学出版社 2005 年版。

姜涛：《叙述中的当代诗歌》，《诗探索》1998 年第 2 期。

姜涛、胡续冬、冷霜、蒋浩：《四人谈话录》，《偏移》2000 年第 9 期。

蒋寅：《杜甫与中国诗歌美学的"老"境》，《文学评论》2018 年第 1 期。

［美］杰姆逊：《后现代主义与文化理论》，唐小兵译，北京大学出版社 1997 年版。

金宏宇：《中国现代文学的副文本》，《中国社会科学》2012 年第 6 期。

［美］卡尔：《现代与现代主义》，陈永国、付景川译，吉林教育出版社 1995 年版。

旷新年：《写在当代文学边上》，上海教育出版社 2005 年版。

蓝棣之：《九叶派诗选》，人民文学出版社 1992 年版。

蓝棣之：《现代派诗选》，人民文学出版社 1986 年版。

老木：《新诗潮诗集》，北京大学 1985 年印刷。

［英］雷蒙·威廉斯：《关键词——文化与社会的词汇》，刘建基译，生活·读书·新知三联书店 2005 年版。

李海鹏：《当代新诗中的"镜子"母题与语言本体观念转换》，《扬子江文学评论》2021年第4期。

李欧梵：《现代性的追求》，生活·读书·新知三联书店2000年版。

李怡：《论穆旦与中国新诗的现代特征》，《文学评论》1997年第5期。

李怡：《中国现代新诗与古典诗歌传统》，西南师范大学出版社1994年版。

李有光：《中国诗学神秘主义多元阐释方式及其成因研究》，《华中学术》2019年第2期。

李玉平：《"影响"研究与"互文性"之比较》，《外国文学研究》2004年第2期。

李遇春：《中国文学传统的创造性转化——重建现代中国文学研究的古今维度》，《天津社会科学》2016年第1期。

李泽厚：《批判哲学的批判》，人民出版社1984年版。

李振声：《季节轮换》，学林出版社1996年版。

林毓生：《中国传统的创造性转化》，生活·读书·新知三联书店1988年版。

刘半农：《扬鞭集》，中国文联出版公司1998年版。

刘春：《新世纪诗坛的两次重要论争》，《南方文坛》2011年第4期。

刘春：《一个人的诗歌史（第二部）》，广西师范大学出版社2010年版。

刘福春：《中国新诗编年史》，人民文学出版社2012年版。

刘军平：《翻译经典与文学翻译》，《中国翻译》2002年第4期。

刘军平：《互文性与诗歌翻译》，《外语与外语教学》2003年第1期。

刘士杰：《走向边缘的诗神》，山西教育出版社1999年版。

刘翔：《中国传统价值观阐释学》，上海三联书店1996年版。

刘勇、李怡主编：《中国现代文学编年史》丛书，文化艺术出版社2015年版。

龙泉明：《我看"后新诗潮"》，《文学评论》2000年第3期。

龙泉明：《中国新诗的现代性》，武汉大学出版社2005年版。

陆耀东：《冯至传》，十月文艺出版社2003年版。

陆耀东：《中国新诗史（1916—1949）》，长江文艺出版社，第1卷2005年版，第2卷2009年版，第3卷2015年版。

吕进：《二十世纪下半叶的中国新诗研究》，《文学评论》2002年第5期。

绿原、牛汉：《白色花》，人民文学出版社1981年版。

[法] 罗兰·巴特：《符号学美学》，董学文、王葵译，辽宁人民出版社1987年版。

罗振亚：《1990年代新潮诗研究》，河北大学出版社2014年版。

罗振亚：《二十世纪九十年代现代诗歌综论》，《东吴学术》2010年第3期。

罗振亚：《朦胧诗后先锋诗歌研究》，中国社会科学出版社2005年版。

罗振亚、周敬山：《先锋诗的"多事之秋"：世纪末的论争和分化》，《北方论丛》2003年第3期。

[英] 迈克·费瑟斯通：《消费文化与后现代主义》，刘精明译，译林出版社2000年版。

毛峰：《神秘主义诗学》，生活·读书·新知三联书店1998年版。

[法] 米歇尔·福柯：《知识考古学》，谢强、马月译，生活·读书·新知三联书店1998年版。

穆旦：《穆旦诗文集》，人民文学出版社2006年版。

[德] 尼采：《偶像的黄昏》，周国平译，光明日报出版社1996年版。

聂珍钊：《文学伦理学批评：论文学的基本功能与核心价值》，《外国文学研究》2014年第4期。

牛汉、谢冕：《新诗三百首》，中国青年出版社2000年版。

[美] 欧文·白璧德：《法国现代批评大师》，孙宜学译，广西师范大学出版社2002年版。

欧阳江河：《诗歌写作，如何接近心灵和现实》，《当代作家评论》2010年第4期。

欧阳江河：《透过词语的玻璃——欧阳江河诗选》，改革出版社 1997 年版。

欧阳江河：《站在虚构这边》，生活·读书·新知三联书店 2001 年版。

[英] 帕林德尔：《世界宗教中的神秘主义》，舒晓炜、徐钧尧译，今日中国出版社 1992 年版。

钱理群：《中国现代文学三十年》，北京大学出版社 1998 年版。

裘小龙：《现代主义的缪斯》，中国社会科学出版社 1989 年版。

[法] 让·鲍德里亚：《消费社会》，刘成富、全志钢译，南京大学出版社 2000 年版。

沈奇：《中国诗歌：世纪末的论争与反思》，《诗探索》2000 年第 1、2 辑。

沈苏儒：《论信达雅——严复翻译理论研究》，商务印书馆 1998 年版。

施建业：《中国文学在世界的传播与影响》，黄河出版社 1993 年版。

[美] 苏珊·朗格：《情感与形式》，刘大基、傅志强译，中国社会科学出版社 1986 年版。

孙文波：《我理解的 90 年代：个人写作、叙事及其他》，《诗探索》1999 年第 2 期。

孙玉石：《中国现代诗歌艺术》，人民文学出版社 1992 年版。

孙玉石：《中国现代主义思潮史论》，北京大学出版社 2010 年版。

[瑞士] 索绪尔：《普通语言学教程》，高名凯译，商务印书馆 1980 年版。

[英] T.S 艾略特：《艾略特诗学文集》，王恩衷编译，国际文化出版公司 1989 年版。

谭桂林：《本土语境与西方资源——现代中西诗学关系研究》，人民文学出版社 2008 年版。

谭桂林：《二十世纪中国文学的中西之争》，百花洲文艺出版社 2006 年版。

谭桂林：《论现代中国神秘主义诗学》，《文学评论》2008 年第 1 期。

谭武昌：《1999—2002 中国新诗状况述评》，《海南师范学院学报》（社会科学版）2003 年第 4 期。

谭武昌：《20 世纪中国新诗中的死亡想象》，安徽教育出版社 2008 年版。

唐晓渡、张清华：《关于当代先锋诗的对话》，《当代作家评论》2009 年第 1 期。

［英］特伦斯·霍克斯：《结构主义和符号学》，瞿铁鹏译，上海译文出版社 1987 年版。

涂险峰：《当代文学批评中的"现代性终结"话语质疑》，《文学评论》1999 年第 1 期。

［英］托尼·本尼特：《文化与社会》，王杰、强东红译，广西师范大学出版社 2007 年版。

［德］瓦尔特·本雅明：《启迪》，张旭东、王斑译，生活·读书·新知三联书店 2008 年版。

汪剑钊：《中国当代先锋诗人随笔选》，中国社会科学出版社 1998 年版。

汪剑钊：《中国新诗前 30 年现代主义的流变》，《学术研究》1995 年第 3 期。

王本朝：《中国现代文学观念与知识谱系》，人民出版社 2013 年版。

王德威：《被压抑的现代性》，北京大学出版社 2005 年版。

王光明：《文学批评的两地视野》，北京大学出版社 2002 年版。

王光明：《新诗研究的历史化———当代中国的新诗史研究》，《文艺争鸣》2015 年第 2 期。

王光明：《在非诗的时代展开诗歌：论 90 年代的中国诗歌》，《中国社会科学》2002 年第 2 期。

王珂：《论新诗诗美的构建》，《东南大学学报》（哲学社会科学版）2013 年第 4 期。

王尧：《作为问题的八十年代》，生活·读书·新知三联书店 2013 年版。

王瑶：《中国新文学史稿》（上卷），开明书店 1951 年版。

王瑶：《中国新文学史稿》（下卷），新文艺出版社 1953 年版。

王一川：《通向文本之路》，四川人民出版社 1997 年版。

王一川：《语言乌托邦——20世纪西方语言论美学探究》，云南人民出版社1994年版。

王泽龙：《中国现代主义诗潮论》，华中师范大学出版社1995年版。

王佐良：《风格和风格的背后》，人民日报出版社1987年版。

王佐良：《论诗的翻译》，江西教育出版社1992年版。

［英］维特根斯坦：《逻辑哲学论》，郭英译，商务印书馆1962年版。

魏天无：《"个人写作"的诗学内涵：历史意识与现实承担》，《南方文坛》2010年第4期。

吴欢章：《中国现代分体诗歌论》，上海大学出版社2008年版。

吴思敬：《心理诗学》，首都师范大学出版社1996年版。

吴晓东：《象征主义与中国现代文学》，安徽教育出版社2000年版。

西川：《思考比谩骂更重要》，《北京文学》1999年第7期。

西川：《西川的诗》，人民文学出版社1999年版。

西渡：《灵魂的未来》，河南大学出版社2009年版。

奚密：《从边缘出发：现代汉诗的另类传统》，广东人民出版社2000年版。

奚密：《反思现代主义：抒情性与现代性的相互表述》，《渤海大学学报》2009年第4期。

奚密：《现代汉诗》，上海三联书店2008年版。

肖开愚：《抑制、减速、放弃的中年时期》，《大河》1990年第1期。

谢冕：《冲突与期待：加入世界的争取——论新诗潮》，《文艺争鸣》1986年第3期。

谢冕：《新世纪的太阳——二十世纪中国诗潮》，时代文艺出版社1993年版。

谢冕：《在新的崛起面前》，《诗探索》1980年第1期。

谢冕：《中国新诗总论（1990—2015）》，宁夏人民教育出版社2019年版。

谢冕、洪子诚：《中国当代文学史料选》，北京大学出版社1995年版。

谢冕、唐晓渡：《磁场与魔方（新潮诗论卷）》，北京师范大学出版社

1993年版。

谢冕、唐晓渡：《在黎明的铜镜中——"朦胧诗"卷》，北京师范大学出版社1993年版。

谢冕、赵振江：《中国新诗总论（翻译卷）》，宁夏人民教育出版社2019年版。

谢有顺：《诗歌在疼痛》，《大家》1999年第5期。

熊辉：《翻译诗歌与中国新诗现代性的发生》，《中南大学学报》（社会科学版）2013年第2期。

熊辉：《五四译诗与中国新诗形式观念的确立》，《西南大学学报》（社会科学版）2008年第3期。

徐敬亚：《圭臬之死——朦胧诗后》，《鸭绿江》1998年第7、8期。

徐志伟：《位置的选择：对90年代诗歌的审视》，《文艺评论》1997年第6期。

许渊冲：《翻译的艺术》，中国对外翻译出版公司1984年版。

[法]雅克·德里达：《文学行动》，赵兴国等译，中国社会科学出版社1998年版。

亚思明：《张枣的"元诗"理论及其诗学实践》，《当代作家评论》2015年第5期。

颜炼军：《重新编码的传统和当代诗意景观——试论新时期汉语新诗古典意识的嬗变》，《文艺争鸣》2015年第8期。

杨克等：《1998中国新诗年鉴》，花城出版社1999年版。

杨匡汉、刘福春编：《中国现代诗论》，花城出版社1985年版。

杨远宏：《诗的自觉与诗人的迷失》，《当代文坛》1989年第1期。

叶立文：《被阐释的命运——卡夫卡在新时期初的中国》，《海南大学学报》（人文社会科学版）2007年第3期。

叶维廉：《中国诗学》，人民文学出版社2007年版。

[英]伊格尔顿：《二十世纪西方文学理论》，任晓明译，陕西师范大学出版社1986年版。

伊沙：《现代诗论》，青海人民出版社 2015 年版。

易彬：《穆旦年谱》，中国社会科学出版社 2010 年版。

于慈江：《朦胧诗与第三代诗：蜕变期的深刻律动》，《文学评论》1988 年第 3 期。

于坚：《当代诗歌的民间传统》，《当代作家评论》2001 年第 4 期。

于坚：《于坚的诗》，人民文学出版社 2000 年版。

于坚：《真相：关于"知识分子写作"和新潮诗歌批评》，《诗探索》1999 年第 3 期。

余旸：《文化帝国的语言——诗人张枣的"汉语性"概念阐释》，《文学评论》2018 年第 4 期。

於可训：《当代诗学》，湖南人民出版社 2000 年版。

於可训：《对现当代文学研究中"过度阐释"现象的反思》，《文学评论》2006 年第 2 期。

於可训：《新诗体艺术论》，武汉大学出版社 1995 年版。

於可训：《中国当代文学概论》，武汉大学出版社 1998 年版。

於可训、李遇春主编：《中国文学编年史·当代卷》，湖南人民出版社 2006 年版。

於可训等：《文学风雨四十年》，武汉大学出版社 1989 年版。

郁葱：《诗歌的另一种表情》，《诗选刊》2002 年第 2 期。

袁可嘉：《论新诗现代化》，生活·读书·新知三联书店 1988 年版。

袁可嘉：《现代派论·审美诗论》，中国社会科学出版社 1985 年版。

袁可嘉：《现代主义文学研究》，中国社会科学出版社 1989 年版。

臧棣：《当代诗歌中的知识分子写作》，《诗探索》1999 年第 4 期。

臧棣：《汉语中的里尔克》，《郑州大学学报》（哲学社会科学版）1999 年第 3 期。

臧棣：《燕园纪事》，文化艺术出版社 1998 年版。

臧棣、肖开愚、孙文波：《激情与责任》，人民文学出版社 2002 年版。

翟永明：《面对词语本身》，《作家》1998 年第 5 期。

翟永明：《翟永明的诗》，人民文学出版社2012年版。

张洁宇：《论早期中国新诗的本土化探索及其启示》，《中国现代文学研究丛刊》2017年第9期。

张林杰：《都市环境中的20世纪30年代诗歌》，中国社会科学出版社2007年版。

张林杰：《外来诗歌的翻译与中国新诗的发生》，《学习与探索》2007年第5期。

张隆溪：《二十世纪西方文论述评》，生活·读书·新知三联书店1986年版。

张清华：《中国当代先锋文学思潮论》，江苏文艺出版社1997年版。

张桃洲：《语词的探险：中国新诗的文本与现实》，社会科学文献出版社2012年版。

张伟栋：《当代诗中的"历史对位法"问题——以萧开愚、欧阳江河和张枣的诗歌为例》，《江汉学术》2015年第1期。

张新颖：《中国新诗1916—2000》，复旦大学出版社2001年版。

张颐武：《诗的危机与知识分子的危机》，《读书》1989年第5期。

张枣：《春秋来信》，文化艺术出版社1998年版。

赵黎明：《"诗气说"与中国新诗节奏的建构》，《中国社会科学》2014年第10期。

赵稀方：《翻译与新时期话语实践》，中国社会科学出版社2003年版。

郑敏：《诗歌与哲学是近邻》，北京大学出版社1999年版。

郑敏：《思维·文化·诗学》，河南人民出版社2004年版。

朱栋霖：《中国现代文学史1917—1997》，高等教育出版社1999年版。

朱自清：《诗言志辨》，广西师范大学出版社2004年版。

宗白华：《新诗略谈》，《少年中国》1920年第1卷第8期。

后　记

　　本书据我 2017—2020 年于武汉大学文学院所作的博士学位论文修订而成。从选题到定稿，前后六年，我的写作遭遇了新冠疫情的挤压、考验；这些年，无论是武汉大学珞珈山，还是海外联合培养学校加州大学戴维斯分校，都留下了我的身影和匆忙的脚步，对我来说，拙著拥有时间和空间上的双重"厚度"，它承载着调动了我所有感官反应的生存记忆。

　　2009 年，我考入武汉大学经济与管理学院。本科期间，有幸得到江春老师、范如国老师、方德斌等老师的诸多指导，使我对"大学"有了较为深切的理解，开始从"学习思维"向"学术思维"转变。2013 年，我进入华中科技大学经济学院攻读硕士学位，硕士导师唐齐鸣教授注重研究的严谨性和思辨性，并以此严格要求我，对我产生了良好的影响。本硕七年，经济学专业建构理论模型的研究方法和偏数理的思维训练，培养了我的科学意识和逻辑思维能力。2017 年，我怀揣着难以释怀的儿时文学梦想，考入武汉大学文学院现当代文学专业，攻读博士学位。跨专业对我来说，既是一种"文学性"回归，更是一种专业挑战，但这种"寻梦"意义的挑战更是一种乐趣，不是吗？专业识断不够精审，就去如饥似渴地研读理论书籍；背景知识不全面，就去阅读史学论著；作者生平不熟悉，就去阅览人物传记。我的博士导师於可训教授，是我崇仰的文史大家，学问精深，他强调理论学习

后 记

的重要性，敦促我研读理论著作，厚实理论基础；他重视学术研究的独立性、思辨性，注重在日常学习与写作中培养我独立思考的能力；他倡导学术研究的创新性，鼓励我接通经济学与文学，以宽阔的眼光审视问题。於老师博雅、温和，润物无声，跟随他，我不仅确立了人文学术价值观，还收获了立身处世之正道。於老师常常告诉我要具备国际化视野，正是在他的鼓励下，我申请到了美国加州大学戴维斯分校的联合培养博士项目。我在海外留学期间的导师是奚密教授，奚密老师是著名的汉学家，专注研究中国当代新诗和诗歌翻译理论，书中有关国际性内容的写作得到了她的悉心指导。师从奚密教授让我看到了全球化视域里中国文化独特的魅力，以及中西方文化交融的多种可能性。

拙著从开题、写作到成书，离不开武汉大学文学院现当代文学教研室的陈国恩、昌切、樊星、金宏宇、方长安、叶立文、叶李等老师的指导，永远忘不了他们的鼓励、鞭策与教诲。本书的研究对象——中国人民大学教授、诗人兼翻译家王家新老师，给我提供了很多帮助，写作期间，我数次向他请教，他不仅为我"传输"了许多宝贵的资料，还针对一些难题发表意见，供我参考。北京大学吴晓东教授、中国人民大学程光炜教授、华中科技大学何锡章教授、华中师范大学王泽龙教授等，均对本书的写作、修改提出过建设性意见。涂险峰教授、程芸教授、萧映教授、萧红教授等，均是关心过我的前辈师长，给了我许多温馨指引，在此谨致谢忱！

2020 年，我入职武汉大学国家文化发展研究院。在院长傅才武教授的引领下，我拓宽了自己的学术视野。傅才武教授是具有文化大格局、人文情怀和学术前瞻性的学者，博学精深，他的指导厚实了我的诗思视域；作为院长，他注重对年轻教师的培养，为我提供了多重支持；傅老师工作认真，严于律己，从他身上，我领略到专注与自律的人生诗意。院里老师们共同营造出温暖向上的工作环境、和谐浓郁的学术氛围，置身其间，我对跨学科文化创新研究价值有了新的认识。

借此机会，我还要特别感谢《Interdisciplinary Studies of Literature》《文艺争鸣》《天津社会科学》《江汉论坛》《福建论坛》《中国现代文学研究丛刊》《当代作家评论》《华中学术》等期刊的诸位编辑老师，他们为我提供了刊发拙文的机会，在此一并致谢。

最后，感谢父母对我无微不至的关心和爱护，尤其是他们在我低谷时的陪伴，在我取得点滴成绩时的鞭策！此刻，窗外雪花纷飞，心怀感念，祈愿 2023 年春疫情结束，人们重回烟火人生，春暖花开。

2023 年元月 16 日，珞珈山